프로젝트
오벨리스크

프로젝트 오벨리스크 ❻ (완결)

지은이 | AKARU
펴낸이 | 권순남
펴낸곳 | (주)마야 · 마루출판사

등록 | 2008. 1. 7(제310-2008-00001호)

초판 인쇄 | 2015. 11. 16
초판 발행 | 2015. 11. 18

주소 | 서울시 노원구 상계 1동 1049-25 신영산업 **BD 602호**
대표전화 | 02-2091-0291
팩스 | 02-2091-0290
이메일 | marubooks@hanmail.net

ISBN | 978-89-280-6167-9(세트) / 978-89-280-6499-1
정가 | 8,000원

잘못된 책은 교환하여 드립니다.
저자와 협의하여 인지를 붙이지 않습니다.

「이 도서의 국립중앙도서관 출판시도서목록(CIP)은 서지정보유통지원시스템 홈페이지(http://seoji.nl.go.kr)와
국가자료공동목록시스템(http://www.nl.go.kr/kolisnet)에서 이용하실 수 있습니다.」
(CIP제어번호:CIP2015030812)

프로젝트 오벨리스크

6

AKARU 퓨전 판타지 장편소설
MAYA & MARU FUSION FANTASY STORY

[완결]

마루&마야

▲목차▲

페이즈 11-1. 개자식들 …007

페이즈 11-2. Dr.웨더웨더 …049

페이즈 11-3. 신입 사원 환영회 …101

페이즈 11-4. 케르베로스 공략 …149

페이즈 12-1. 쇼 타임(Show Time)! …183

페이즈 12-2. 밟힌 꼬리, 그리고 혼란 …237

페이즈 13. 신입 탱커 면접 …273

페이즈 14. 결의 …297

Project Obelisk

프로젝트 오벨리스크

페이즈 11-1

개자식들

오전 11시.

잠에서 깬 나는 간단히 식사를 한 후 내 사무실로 출근했다.

당장 오늘 급한 국정원 직원의 방문이 오기 전에 탱커 연합에 있는 치우 형님에게 메일을 보내는 걸로 일을 시작한다.

분명 나에게 오는 것, 그것도 영국 대사에게 이야기를 하고 온다는 것은 그만큼 놈들도 절박하다는 뜻이고, 날 통해서 무언가를 하려는 게 틀림없다.

'고로 미리 연락해야겠지.'

현재 탱커 연합과 정부 간의 회담은 4차례 이루어졌지만 전부 다 무산으로 이어졌다.

회담 초기에는 재생 치료비와 보험 적용을 적극 검토하겠다던 정부가 3대 길드가 다시 활동을 살살 하려니 금세 손바닥 뒤집듯이 어렵다는 이야기를 했기 때문이다.

당연히 열 받은 탱커 연합은 저 두 가지 조건을 이루지 않는 이상 협상은 없다, 라고 하면서 파업을 유지 중이었다.

'대체로 뉴스는 전부 다 정부 편이군.'

[테러리스트와 같은 요구 사수. 민주주의는 이미 죽었는가?] J일보

[탱커 연합의 파업으로 인해 한국 내에 던전 숫자는 근래 300여 개가 증가했으며, 사상자의 수도 점점 늘어나고 있다.] Y일보

[한시바삐 던전 현장으로 복귀해서 국가 안전에 신경 써야…….] H일보

단 하나의 언론도 탱커 연합에 대한 지지나 중립적인 시선으로 글을 써 주는 데가 없었다.

그야 뭐, 대재앙 이후 언론은 그냥 돈만 쥐어 주면 하라는 대로 해 주는 나팔수나 다름없는 셈이지. 더구나 쥐뿔도 없는 탱커들을 던전 노동자 수준으로 전락시켜 버렸으니, '노예는 돌아가서 일이나 해!'라고 말하는 수준이었다.

'그래도 치우 형님은 이번만큼은 결사 항전할 거야! 라고 했지만……'

결국엔 돈이 가장 큰 문제였다.

이런 항쟁이나 파업은 돈이 있어야 이루어지기 쉽고, 또 스캐빈저도 대비해야 하고, 연합에서 탈퇴하려는 탱커들을 단속해야 하니 보통 일이 아니었다.

더구나 이제 3대 길드가 활동을 다시 시작하는 때라서 서울 쪽의 탱커 수요는 급격히 늘어날 텐데, 크로니클 인터넷 페이지를 보니 웃음밖에 안 나온다.

〈부산 자갈치 쪽에 생긴 던전 가실 탱커 1 구합니다. 레벨 제한 20〉

〈울산 자수정 지하굴 가실 탱커 2 구합니다. 레벨 제한 25〉

〈전주 절대 안전 보장! 백호굴 가실 탱커 2 구합니다. 레벨 제한 35〉

〈서천 코볼트 던전 가실 탱커 아무나 한 명만ㅠ 레벨 제한23〉

〈대구 불 정령의 소굴 가실 탱커 한 분만 부탁요. 레벨 제한 33〉

경주 석굴암 근처 야차 던전 가실 탱커 한 명 구함. 재생 치유비 드립니다. 레벨 제한 35〉

이미 전국에서 난리다. 이때까지 다수의 탱커로 밀어붙이던 레이드는 꿈도 못 꾸고, 던전 도는 것도 탱커가 귀해서 품귀 현상이 벌어지고 있었다. 전국의 길드들은 크로니클과 정부에서 빨리 탱커 문제 좀 해결해 달라고 난리였다. 몇몇 던전은 재생 치유비까지 기본 조건으로 걸고 있군. 한국 길드들의 게시물도 웃기다.

〈정부 뭐하냐? 빨리 탱커 문제 좀 해결해라. 지금 던전 닫히는 거 처리도 안 된다.〉

〈물약 러시로 깨는 거도 한계가 있지. 돈도 안 주면서 탱커 새끼들 파업하니까 우리가 피 보네.〉

〈ㅉㅉ 그러게 있을 때 잘하지.〉
 ㄴ 너 탱커니?

〈솔직히 재생 치유비는 정부에서 부담하는 거 아니냐? 한 번에 수백만 원에서 수천만 원을 길드가 어떻게 감당함? 다 망하자는 거지.〉
 ㄴ 이거레알 반박불가.

〈야, 우리 지방 난리 났다. 몬스터가 너무 많아서 도시를 덮칠 기세임. 어디로 이주하지? 대재앙 다시 날 기세인데?〉

〈요즘 적합자 뉴스 보면 탱커 새끼들 죄다 외국으로 빠져나가는데 미친다. 미쳐! 30레벨 베어 드루이드, 베어너클

배웅진이 러시아에 갔다고 나오네.〉

〈이놈의 매국노 새끼들! 러시아 금발 미녀가 그리 좋더냐?〉

└ 좋지. ㅋㅋ 등신아.

〈먼저 갔던 빅토르 안을 본받고 싶다고 러시아 이름도 빅토르 배라더라.〉

〈얼마 전에 미국 갔던 실드 파이터 새끼는 40렙 찍고 슈퍼 카 모는 거 SNS에 올렸더라.〉

 그나마 탱커 연합의 수입원은 우수한 한국 탱커들의 외국 영입을 주선하는 알선비였다.

 몇몇 신문에서는 나라의 귀한 인재를 팔아먹는 매국노 짓이라고 비난하고 있었지만, 정작 외국으로 나간 당사자들은 못해도 수억, 많으면 10억이 넘는 수입을 받을 뿐만 아니라 기본적인 조건이 너무 좋았다.

 '그래도 이런 수입도 있고, 소개도 있어서 탱커 연합이 버티는 거지.'

 교육소에서 나오는 신입 탱커들로 채우면 된다는 개소리도 있었지만, 나오자마자 탱커 연합에 찾아가서 가입하겠다는 놈도 많았다.

 워낙 정보화 시대고, 기술의 발전으로 인해 자신이 적합자인 걸 미리 알 수도 있어서 아예 병원에서 파이터 견습

기사 같은 클래스가 나오면 먼저 탱커 연합에 와서 질문을 하는 경우도 많다고 한다. 즉, 새로운 탱커의 유입도 확 떨어진 것이다.

'캬, 진짜 전체적으로 개판이네.'

길드도 정부에 욕을 하면서 난리를 부리고, 탱커들은 전부 자신을 비싸게 사 주는 외국행을 생각, 새로 열리는 던전들이 안 닫히니까 일부 지방에서는 대피령까지 나와서 다른 지역으로 도망가는 일도 생겼다.

지금 정부와 다른 길드의 사람들이 탱커들에게 '이러다가 대재앙이 다시 발생해서 나라가 망한다. 우선 복귀하고 이야기하자.'라는 제스처를 취하고 있었지만, 내가 하던 짓을 보다시피 다 알지 않는가? 우리 탱커들, 성질머리 말이다.

X까라. 우리 요구 안 들어줄 거면 그냥 망해라.

말 그대로 결사 항전.

어차피 자신들의 대우가 바뀌지 않는 이상 던전에 돌아가 봐야 죽음뿐이고, 정부는 탱커 연합이 느슨해지는 틈을 타서 다시는 이렇게 뭉치지 못하게 완전히 밟아 버릴 것이 안 봐도 비디오였다. 한두 번 당해 봤어야지.

더구나 옛날과 다른 건 실시간으로 외국에 나간 탱커들과 소통도 된다는 거다.

당장 봐도 베어너클 자식이 풀어놓은 게시물이 베스트

에 올라가 있어서 눌러 보니, 사진과 함께 자신의 이야기를 하고 있었다.

〈야, 러시아 길드 1일째 이야기 푼다.〉
작성자 : 베어너클
처음엔 말이 안 통할까 우려도 했고, 걱정도 많이 했는데 개깜짝 놀람. 대통령이 직접 나와서 나한테 포옹해 주고, 전속 통역가도 붙여 주더라. 거기에 내가 곰으로 변하는 베어 드루이드잖아. 러시아의 기상을 품은 인재니 뭐니 하면서 모스크바에서 지낼 아파트 선택하라고, '당신이 선택한 곳이 곧 당신의 집입니다.' 꾸어엉! 감동의 물결 아니냐? 진짜 난 쇠돌이 형님에게 너무 감사한다. 그 형 아니었으면 지금도 개 같은 강원도 산에서 진짜 곰 같은 취급받으면서 댕했을 텐데 말이야. 그리고 길드에 가서 이야기인데…….

이런 게시물까지 올리니, 한국인 탱커들이 외국 가려고 기를 쓰는 거 아닌가.
리플에는 국정원 알바들인지 '외국 나가 봐야 똑같다, 조국을 버리고 도망간 매국노 새끼.' 등등 딱 봐도 알기 쉬운 악플도 달려 있었다.
또 몇몇 놈들은 '야, 스킬 초기화나 지우는 법 없냐? 딜러 스킬 다 잘라 버리고 싶다.' 등등, 기초가 탱커였는데 스킬을 찍어서 딜러 클래스로 간 놈들이 부럽다는 리플도 있었다.

그렇게 열심히 정보를 수집하고 있는데 사무실 문이 열리고 누군가가 들어온다.

"아, 아저씨, 일한다 했으면서 인터넷 웹서핑 중이었어요?"

"이게 일이야, 인마. 오늘 국정원 직원 오잖아. 그래서 정보 좀 모으고 있었지. 근데 넌 왜 이제야 온 거냐?"

평소라면 일찍 와서 옆에서 딱 붙어 있었을 텐데 말이지. 뭐, 세연이에겐 애석한 일이지만 일에는 집중하기 쉬워서 좋았다.

"아, 3D 프린터 주문하고 오느라요."

"…그, 그건 왜?"

"아저씨 굿즈 만들게요."

조만간 영장 들고 세연이 방 수색하러 가야겠군. 도대체 왜 내 굿즈 같은 걸 만드는 거야? 만들려면 아이돌이나 미연시 캐릭터 같은걸 만들라고!

어쨌든 나는 계속해서 적합자 업계에 관련된 정보를 서핑했다.

"중국에서 또 그랜드 퀘스트 실패했네요."

"세 번째인가? 흑룡 퀘스트."

영국의 모습을 보고 그랜드 퀘스트에 계속해서 적합자들

을 모아서 처박고 있었지만 벌써 세 번째 실패. 〈양자의 황제 : 흑룡〉은 쉽지 않은 것 같았다.

미국은 일전 썬더 버드 레이드 실패 이후 잠시 조용한 상태고, 근처의 일본은 〈여덟 머리의 뱀 : 야마타노오로치〉를 준비한다는 소식은 들었는데 아직 한다는 이야기가 없었다. 주변국의 모습을 보고 신중하게 하려는 건가?

'어쨌든 외국 문제는 나중에 신경 쓰고, 우리나라 정부의 입장에서 본다면…….'

탱커 연합에서 주도하는 파업의 불부터 꺼야 하는 판국이다.

각지에서 열리는 던전의 처리가 밀림으로써 전국에 난리가 난 상태였고, 군대를 동원해서 저지선을 임시로 짜긴 했지만 그들은 움직이는 것부터가 돈이 엄청나게 들어서 낭비였다.

또, 몬스터에게 주는 데미지량도 매우 적어서 탄약 값, 포탄 값을 생각하면 기획재정부 장관이 입에서 피를 토할 정도겠지.

어쨌든 그들이 원하는 건 제일 먼저 탱커들의 파업 종료와 던전 업무 복귀다.

'그 관점에서부터 계산을 시작하면 아주 편하겠군.'

원래 문제라는 건, 답을 알면 중간 과정을 푸는 것은 너무나 쉬운 일이다.

파업 종료와 던전 복귀를 목적으로 나에게 접근해 오는 것. 그렇다면 나 또한 목적을 가지고 저들의 접근에 대응하면 쉬운 일이리라.

어쨌든 난 놈들과 협력할 생각이 전혀 없다.

"아저씨, 정부 사람 오면 어떻게 대응할 거야?"

"뭐긴, 소금 뿌려서 쫓아내야지. 아주 신선한 천일염으로 말이야. 정말 뿌려 주고 싶은 천일염!"

"······."

"아, 왜? 뭐?"

"아저씨, 이제 높은 사람이야. 그래도 격을 갖춰야지. 언제까지 시정잡배처럼 행동하려고?"

"흥! 칫! 뽕!"

넌 이제 무슨 내 마누라처럼 이야기하는구나. 말마따나 시정잡배가 시정잡배처럼 행동하는 게 뭐가 나빠?

어쨌든 그놈의 정부 놈만 해결하면 휴일이니까 오늘 저녁에는 탱커 연합 형님들이랑 삼겹살에 소주나 먹으러 가자고 제안이나 할까?

난 휴대폰을 열어서 메신저를 켠 다음 탱커 형님들 번호를 전부 연결해서 방을 만든다.

〈쇠돌이, 치우, 바위왕, 방패는사랑이지, 베어너클〉
쇠돌이 : 형님들, 바쁜가여?

치우 : 나 바쁨. 새꺄, 왜 갑자기 겜?

바위왕 : 나 안 바쁨.

방패는사랑이지 : 어이쿠! 한국 지부장님이 왜 우리를 콜함?

베어너클 : 쇠돌이 햄, 뉴스 안 보나여? 저 러시아예요.

아차, 실수해서 베어너클한테까지 연락해 버렸네. 러시아에 있는 놈한테 한국 와서 술 먹으라 할 수 없는 노릇이니 빼야지.

쇠돌이 : 아녀. 오늘 저녁에 시간 나서 술 한 잔 사 드리려고요. 지부장 되고 이제야 첫 휴일 받았어요.

바위왕 : 리얼? 소 먹자, 소!

치우 : 야! 치킨이 짱 아니냐?

방패는사랑이지 : 그래도 40억이나 버는 놈이니까 크게 쏴야지. 소 먹자.

쇠돌이 : 에휴, 소 맛있는 데 모르는데요.

바위왕 : 내가 지금부터 알아본다! 캬! 오늘 포식하겠군. 마누라랑 애들 데려가도 되냐?

쇠돌이 : 가족 다 데리고 와요. 간만에 한국 탱커끼리 회식하죠.

베어너클 : 아, 햄! 나는? 나는?

쇠돌이 : 넌 거기서 연어나 드셈ㄴ

치우 : 할 이야기도 있으니 그러자. 고깃집, 바위왕 형이 잡으면 거기로 가면 되는 거지?

쇠돌이 : 네. 그럼 저녁에 봬요.

뭐, 나도 간만에 소고기 먹겠군. 더구나 다들 대재앙 시절부터 같이 노력했던 탱커 형님들이니까 한턱 쏘긴 해야겠지. 간 김에 근황이나 스캐빈저 움직임에 대해서도 물을 수 있을 테니 1석 2조군.

그렇게 메신저를 끄고 시계를 바라본 나는 벌써 점심때가 되었다는 것을 깨닫는다.

"어? 벌써 12시야? 밥 먹어야겠네."

"아저씨, 뭐 시킬 거야?"

"저녁에 탱커끼리 회식 있으니까 점심은 간단하게 햄버거 세트나 하나 사다 줘."

"응."

후~ 직원은 도대체 누가 오려나? 전에 봤던 이성운인가 하는 그 뱀 같은 놈이려나? 아니면 일전의 일로 서로 안 좋은 감정이 있을 테니 다른 사람이 오려나?

누가 올지는 몰라도 놈들의 목적을 아는 이상 난 그에 맞게 대비하면 그만이었다.

그리고 4시간이 지나고, 우리 길드에 드디어 예정된 손님이 도착한다.

"하하, 오랜만입니다."

"하나도 안 반가운 얼굴이네."

예상대로 뱀 같은 눈빛을 가진 남자, 나와 미현 누님의 데이트를 방해하던 개 자식, 아니 뱀 자식이 어울리겠군. 바로 국정원 직원 이성운이었다.

검은색 정장은 입은 깍두기 둘을 대동하고 우리 지부 입구로 걸어오는 녀석을 난 지부 안으로 데려왔다.

근데 어디서 회의할까? 대회의실은 너무 넓고, 내 사무실엔 이딴 새끼 들여놓기도 싫다. 결국 남은 데는 2층 식당이다.

"음~ 만들어진 지 얼마 안 돼서 그런지 상당히 시설이 좋네요. 전부 다 최신식에 안의 장비도 최고급이군요."

"집들이할 셈이면 뭐라도 들고 오지 그랬냐?"

"다만 아쉬운 건 전부 외제품이군요. 나라도 어려운데 국산 좀 쓰시지."

다 독일, 영국에서 수입한 물건… 아니, 애초에 우리 길드는 영국이 본국인 외국계 길드다. 더구나 지크프리트 씨가 주목하고 있는 나라여서 투자도 최상급으로 해 준 건데 왠지 저런 말 들으니 빡치네. 괴로우나 즐거우나 나라 사랑하세냐?

어쨌든 난 녀석을 데리고 2층 식당가에 와서 앉았다.

놈은 매우 당황한 표정이다. 그러거나 말거나 난 식당 의자에 앉았고, 내 뒤에는 세연이 아무 말 없이 서 있는다.
"점심 식사는 이미 하고 왔습니다만?"
"여기서 회의할 건데?"
"지부장이시면서 사무실 없습니까?"
"정확히는 네놈이 들어올 곳은 없지. 왜? 안 할 거면 돌아가든가?"
"큭!"
파지지직!
전기가 튀길 것 같은 효과음과 함께 놈이 화를 삼키는 침 소리가 들린다. 굴욕이겠지. 정부의 중요한 일을 하시는 국정원 사람이 고작 식당 구석에서 지부장과 면담을 한다니 말이야.
내가 대놓고 내놓은 축객령이다. 보통이면 자존심에 큰 상처를 입고 돌아가야 정상인데, 놈은 잠시 부르르 떨다가 내 앞자리에 앉는다.
"사, 상당히 제가 거슬리시는 모양이군요."
"내 일생일대의 추억을 그렇게 박살내 놨으니 당연한 거 아니야? 맘 같아선 직원 좀 바꿔 주세요! 했을걸?"
"그래도 공과 사는 구별하셨으면 합니다만?"
"내가 지부고, 지부가 나인데 무슨 말인지? 내 마음이야."
부르르르! 덜덜!

테이블이 미묘하게 떨린다. 놈은 분을 참으려고 고개를 숙인 채 덜덜 떨고 있었다. 내가 하는 행동이 무례하긴 했나 보군. 아니면 생각보다 멘탈이 약하던가?

하긴 보통 높으신 분만 상대하면서 정중하게 존경받았을 양반이 갓 스물 넘은 놈에게 모욕당하는 거니 참기 힘들겠지. 그것도 반말 찍찍 들으면서 말이다.

"용케도 버티고 있네? 보통 이 정도 취급받았으면 금방 돌아갔을 텐데 말이야."

"예. 하하, 들개 같은 당신네와 다르게 저에겐 나라를 위한다는 애국심이 있으니까 말이죠."

"아? 그러셔?"

얼어 죽을 애국심. 나에겐 개먹이만도 못한 물건이다. 살아남는 데 도움도 안 될뿐더러 어쭙잖은 사람의 목숨을 가지고 놀기 딱 좋은 명분이니까 말이다.

어쨌든 놈은 내가 주는 모욕들을 넘어서 협상 테이블에 앉았다. 그리고 독사 같은 눈빛으로 날 바라보는데, 이건 당장이라도 죽이고 싶은 눈이다.

'제법인데? 하긴 이 정도는 돼야 국가의 개 노릇을 하는 거겠지.'

더불어 그 살의에 내 정신도 또렷해진다.

옛날부터 전쟁은 외교에서부터 시작했다. 그로 인해 이곳은 원래 단순한 식당이었지만 지금 이 순간부터 서로의 살의가 오가는 추악한 전쟁터로 변한다.

"그럼 본격적으로 이야기를 시작해 보죠."

"……."

사실 난 회담이니 외교니 협상 같은 건 잘 못한다. 머리도 안 좋고, 고작 고교 중퇴인 내가 뭘 하겠는가? 하지만 지금 눈앞에 뱀과 같은 남자, 이성운을 몬스터라고 생각하니 오히려 속이 편해진다. 던전에서 몬스터를 상대하는 게 익숙해진 탓인 것 같다.

녀석은 경호원이 건네주는 가방을 열고는 몇 가지 서류를 꺼내 제시한다.

"지금 대한민국은 제2의 대재앙이라고 여겨질 정도의 위기에 봉착해 있습니다. 탱커들의 파업 때문에 전국 각지에는 던전이 열리고, 몬스터들의 습격에 대응도 힘들어지고, 피해는 점점 늘어나고 있죠. 현재 국군이 대신 나서서 전선을 구축해 막아 내고 있긴 하지만 사실상 던전에서 '오벨리스크'를 깨지 않으면 닫히지 않는 만큼 시간이 지날수록 힘듭니다."

"그럼 탱커 연합의 요구만 들어주면 그만이잖아."

탱커 연합에서 요구하는 것 중 메인은 바로 재생 치유비 면제와 임금 보장, 스캐빈저에 대한 안전보장이었다. 거기에 추가로 얹어지는 게 있다면 정규직 탱커의 업무량 제한 정도가 추가되리라. 거의 기존의 노동법과 유사한 요구였다.

하지만 그런 내 말에 이성운은 곤란하다는 말투로 대답한다.

"하아~ 저희도 들어드릴 수만 있다면 좋겠지만 사실상 곤란한 것들뿐입니다. 재생 치유비를 면제하면 당장 의약계에서 파업을 할 거고, 전국의 병원도 마비가 될 테고, 임금도 지금 전국에서 활약하는 탱커의 숫자를 생각하면… 수천억에 달하는 예산이 들어가겠지요. 업무량 제한은 더더욱이! 국가의 안전과 관련된 일이라서 절대로 안 됩니다. 던전이 열렸는데 닫는 게 우선이지 않습니까?"

요는 '닥치고 그냥 노예 생활 하면 좋은데.'인가?

하긴 의사들이 파업하면 그거대로 난리고, 원래 친기업적인 이 나라 정부의 성향상 임금을 상승했다간 정치 자금으로 오는 뒷돈과 세금에서 말려 버리고, 대기업들은 '아이고, 나 죽네!'를 시전하겠지. 그리고 정규 길드 탱커의 업무량 제한에서는 국가안보를 걸고넘어지네. 미친 새끼들! 힐러나 딜러는 알아서 제한시키면서 말이지!

"그래서? 나에게 온 이유가 뭐야?"

결국 탱커들의 요구를 들어주기 싫으니, 나를 이용해서 그 해결책을 만들 작정이라는 거다. 돈도 적게 들고, 노예인 탱커를 그대로 노예로 만들 방법을 말이다.

"우선적으로 탱커들의 파업을 멈추게 해야 합니다. 지금

개자식들 • 25

긴급으로 3대 길드들을 정상화시켰지만 던전의 처리에는 엄연히 탱커들이 필요합니다. 저레벨 던전이야 고레벨 딜러들과 힐러만으로 어떻게 해결할 수 있지만, 그 효율은 매우 나쁘고 딜러들이 중상인 상태 이상을 입을 염려도 있거든요."

그럼 탱커가 다치는 건 아무렇지도 않냐? 개새끼야? 라는 말을 목으로 삼킨다.

세연이가 내 어깨에 손을 올려주어서 다행이었다. 안 그랬으면 당장 일어나서 저 뱀 같은 새끼의 멱살을 잡고 밖으로 던져 버렸으리라.

일단 나는 잠자코 놈의 이야기를 계속해서 듣는다. 이놈의 정부가 무슨 짓을 꾸미는지부터 알아야 한다.

"그래서 다음 청문회 때 저희는 현재 한국에서 가장 탱커로서 인지도가 큰 드래고닉 레기온 한국 지부장 강철 씨를 증인으로 모실 예정이죠. 연락은 이미 받으셨겠지요?"

"내가 그것 때문에 짜증나 죽을 지경이다."

난 으르렁거리듯 낮게 중얼거린다. 너희가 짜증난다는 표현이다. 보다 못한 세연이는 나에게 귓속말을 한다.

"아저씨, 진정해."

"휴우……."

"성가시게 해서 죄송합니다. 그런데 거기에서 강철 씨에게 부탁이 있습니다. 다음 청문회 주제는 바로 탱커들의 재생 치유비 면제에 관한 청문입니다. 보건복지부 장관과 새로 생긴 적합자부 장관 두 사람이 그 대상이지요. 이번 청문회에서 정부의 목적은 바로 탱커들의 대의명분을 꺾는 겁니다."

재생 치유비. 신체 결손과 파괴가 심한 탱커들에게 엄청난 비용을 받아먹는 그것은 탱커들의 삶에 압박을 주었기에 탱커 연합이 내거는 가장 큰 대의명분이다.

아니, 그걸 어떻게 청문회에서 꺾겠다는 거야? 개소리도 적당히 해야지. 이미 수만 명 넘는 탱커들의 삶을 부숴 버린 원인인데.

"어떻게?"

"마치 대재앙 초기부터 '재생 치유비' 지원이 있었던 것처럼 강철 씨가 증언해 주면 됩니다. 즉, 애초에 있었던 지원을 왜 해 주냐는 식으로 흐름을 바꾸는 거지요."

뭐? 이 개새끼들이? 녀석의 말에 난 소름이 돋는 걸 느꼈다. 놈들은 정면으로는 꺾을 수 없는 탱커들의 논리를 마치 처음부터 없던 걸로 조작하려 하고 있었다. 진짜 발상 한 번 창의적이군.

"이미 서류와 데이터 부분은 조작을 해 두었지만 역시 증인이 필요하더군요. 그야 아무도 받은 적이 없는 지원을 있었다고 할 만큼의 공신력과 인지도가 있는 증인이 말이지요."

당연하지. 미친 새끼들! 자기네들이 노예로 만들어 놓고는! 뻔뻔하게 처음부터 지원해 주고 있었다는 식으로 주장해서야 비아냥거림만 듣고, 일반 민중들에게 지지도만 더 떨어지는 일이 되리라.

하지만 반대로 적절한 유명세와 공신력 있는 자가 증인으로 나서고, 가짜 증인들의 의견이랍시고 메우면 거짓을 진실로 바꾸는 것이 가능하리라.

"현재 한국에서 가장 인지도가 높은 탱커 하면 누구겠습니까? 40억대 연봉, 각종 예능과 방송에 출연해서 친근한 이미지, 불쌍한 동정심을 불러일으킨 사람, 바로 강철 씨 당신입니다."

"하하하하! 근데 잊었어? 나도 탱커란 걸? 현재 지부 일이 바빠서 돕진 않았지만 나 개인적으로는 탱커 연합의 의견에 찬성이란 말이지. 이 길드 있기 전에 나도 재생 치유비 때문에 얼마나 지독한 꼴을 봤는데 내가 너희의 일을 도울 거라 생각해? 사람 잘못 골랐어."

"지부장님. 진정을······."

이게 진정할 일이야? 이 정부의 개새끼들! 하다하다 이제는 없는 일까지 조작해서 사람 병신으로 만들려는데? 그걸 가만히 보고 있으라고? 이놈들도 똑같아! 스캐빈저와 똑같다고!

세연이는 일어서려는 날 필사적으로 억누른다. 다행히 옷 안에 아대를 찬 상태라서 세연이보다 근력이 낮기에 분에 못 이겨 나서는 일은 없었다.

"물론 맨입으로 부탁하는 건 아닙니다. 정부에서도 국익을 위해 협조한 강철 씨에게 그에 상응하는 보답을 해 드리려고 합니다. 이걸 보시지요."

놈은 나에게 계약서 한 장을 넘겨준다. 과연, 말로만 해서는 내가 못 믿을 거라는 계산이 깔려 있었나 보다.

서류에는 드래고닉 레기온 한국 지부에 대한 온갖 혜택이 적혀 있었다. 지부장인 나뿐만 아니라 그 밑의 길드원까지 포함되는 내용이었다.

레이드 던전 발견 시 우선 선택권
전국 각지 교통 및 편의 시설 무료 이용
한국 내에서 압수된 희귀 및 전설 아이템 우선 판매
국가 시설에 출입 허용
대대급 군 시설과 경찰에 협조 요청 가능
각종 국가 사업과 홍보에 우대

꽤나 파격적인 우대 사항이 많은 것으로 보아 어지간히 나의 존재가 필요한가 보다. 일개 길드가 군과 경찰에게 협조 요청을 한다는 것부터가 어이가 없네.

어쨌든 꽤나 구미가 당기는 조건들뿐이지만 말했다시피,

나도 탱커다.

"꽤나 후한 조건이네. 어지간히 급하셨나 봐?"

"승낙만 해 주시고, 증언만 해 주시면 기타 가짜 증언자들도 만들고, 언론을 통해서 단숨에 분위기 전환을 할 수 있습니다. 거기에 강철 씨가 꼭 필요합니다. 모든 게 국익을 위해서입니다."

세상 참! 이러라고 만든 정부가 아닐 텐데 말이야. 국익을 위해서 국민의 일부인 탱커를 그대로 노예로 만들자 이건가?

"이다음엔 강철 씨를 적합자 국가 홍보대사로 임명해서 명성을 더 올릴 겁니다. 그다음엔 대통령 훈장과 각종 훈장으로써 탱커들에게……."

"노력하지 않은 너희가 나쁘다, 노력한 탱커는 강철처럼 보상받는다, 라고 떠들어댈 셈이겠지?"

"후후, 역시 잘 아시는군요."

이 정부는 처음부터 노력해도 소용없는 세상을 만들어 놨으면서, 아니! 앞으로도 만들 생각이면서 노력의 증거랍시고 날 허수아비로 만들 생각이다.

구역질난다. 더럽다. 이 개새끼들! 세상을 절망으로 물들인 죗값을 치를 생각도, 나아지게 만들 생각도 하지 않고, 그걸 개인의 탓으로 돌려서 증오의 칼날이 자신들에게 향하지 않게 하려 한다.

"나보고 같이 싸워 온 그 사람들을 배신하라고?"
"하하, 이미 당신은 탱커라도 그들과는 다른 사람이지 않습니까?"
"지랄 싸네. 게다가 이딴 짓을 하면 정부가 먹을 욕을 모조리 내가 처먹잖아. 암만 봐도 손해라고!"
"그 부분은 저희가 잘 넘어가게 연예계의 스캔들과 음주운전 사건, 입대비리 사건 등등을 빵빵 터뜨려서 막아 드리겠습니다. 여차하면 야당 의원의 성추행 스캔들도 괜찮겠군요. 그러고서는 미담과 함께 강철 씨를 다시 방송계에 복귀시키는 거죠. 음, 탱커라면 역시 자기희생으로 누군가를 구했다는 미담 한 방이면! 여론 따위 금세 돌아섭니다."
 하! 아주 대놓고, 언론으로 사람들을 조정하겠다고 이야기한다.
 내가 생각한 것 이상으로 이 정부가 하는 짓은 더러움의 극치였다. 진짜 구역질날 것 같았다. 이 새끼들을 만나는 게 아니었다.
 몸이 무겁다. 머릿속도 무겁고, 솟아오르는 이 증오의 불길을 억누르는 것도 힘들다.
"원래 세상엔 잠자코 당해 주는 노예가 있어야 하는 법입니다. 지금은 세상이 많이 변해서 노예들이 노예라는 걸 모르게끔 해야 하는 게 좀 문제이긴 합니다만, 어쨌든 지금 탱커들은 그걸 알게 돼서 골치 아프죠."

"그걸 바랐으면 진작 잘했어야지. 최소한 스캐빈저만 철저히 잡았어도!"

진작 잘하고, 최소한 생존의 위협만이라도 지켜 줬으면! 탱커들도 이렇게까지 일어서지 않았으리라.

"아, 스캐빈저는 북한이 없어진 이상 최고의 공포이지 않습니까? 그들이 없으면 국민들이 또 진보니 뭐니 하며 떠든다구요. 강철 씨도 아시잖습니까?"

그래, 알지. 과거에 북풍하면서 뭐든 북한 탓만 하던 양반들이 대재앙 이후 북한이 멸망하니까 갑자기 돌아서서는 스캐빈저가 위험하다면서 난리를 피우는 현실.

즉, 놈들은 옛날 민중을 지배하던 그 방식을 유지하고 싶었던 것이리라. 복잡하게 정책 검토니 뭐니 하면서 나라를 나아지게 할 필요 없이 반대하면 빨갱이, 스캐빈저로 잡아가면 그만이니까!

"다 알고 있는 사실인데 네놈의 입에서 들으니 더 엿 같군."

"그래서? 역시 거절할 생각이십니까?"

"알면서 묻냐? 나도 탱커다."

이런 미친 계획을! 사람들을 배신하는 계획을! 내가 승낙할 리가 있냐? 나도 3년간 대재앙에서부터 싸워 온 탱커다. 그 과거의 상처가 엄연히 새겨져 있고, 죽은 동료들의 얼굴이 잊히지 않는데! 내가 이런 걸 허락할 것 같아? 차라리 죽으면 죽었지, 절대로 승낙 안 한다.

"흠, 그럼 어쩔 수 없군요. 이만 가겠습니다."

"생각보다 쉽게 포기하는군."

"애초에 기대치가 낮았으니 말이지요. 물건이 거절당했는데 어쩌겠습니까? 후후."

이성운 국정원 직원은 그대로 일어서서 짐을 챙기고 나간다. 생각보다 깔끔히 떨어져 나가는군.

같이 온 깍두기 2명과 동시에 나가는 뒷모습을 나와 세연이는 바라본다. 너무도 조용히 나가는 모습에 왠지 모를 찜찜함이 남아 있었다.

돌아가는 길, 이성운의 차량 안.

"아오! 개새끼! 고작 지크프리트의 눈에 들어서 벼락출세한 애새끼가! 나를? 나를! 아주 똥개 취급을!"

"그냥 손봐주는 게 안 나았습니까?"

"미쳤어? 지금 시국에 탱커 지부장인 저 양반이 맞았다는 걸 언론에서 알아봐! 탱커 연합은 아주 신나서 보도할 거다! 잘 참았어! 뭐, 수확이 없는 건 아니었으니 말이야."

이성운은 자신의 가방에서 무언가를 찾아 꺼냈다. 바로 초소형 비디오카메라. 방금 전 자신과 강철의 모습을 영상으로 찍은 것이다. 어차피 정부와 감정이 안 좋은 탱커인 강철이 거절하리라는 건 충분히 예상했던 일이다. 하지만 없던 일도 사실로 만들려는데!

"국가정보원은 괜히 하는 게 아니지. 어디, 잘 나왔나 볼까?"

옛날부터 노조 선동과 분열은 그들이 늘 해 오던 일이었다. 명망 있는 탱커인 강철이 국정원 직원과 만났다는 사실 하나로부터 의심의 씨앗을 만드는 건 일도 아니다.

건물 안 녀석들이 CCTV로 찍고 있을 수도 있었지만, 거기엔 음성은 찍히질 않는다.

"민용아, 재머 켰었지?"

"물론이죠. 품 안에서 작동 잘하고 있었습니다."

공학계들 덕에 고작 몇 년이지만 한두 세대 발전된 전자 장비로 무장한 국가정보원이다. 철저히 놈들의 CCTV에 찍히지 않도록 하는 재머 정도는 만들어 두었다. 즉, 증거는 자신들만 가지고 있는 셈.

이제 오늘 얻은 강철과의 회담 장면을 어떻게 사용할지 생각하며 초소형 비디오카메라를 차 안에 있던 노트북과 연결해서 켜는 이성운이었는데…….

치이이이이익…….

"에? 뭐? 뭐야? 뭐야 이거? 말도 안 돼. 야, 우리 거 재머랑 이 장비랑 충돌하는 거 아니지?"

"사무실에서 시험해 보셔 놓고 무슨 소리입니까?"

녹화된 화면엔 오로지 노이즈만 가득했다. 영상은 일절 안 보이고 회색의 화면만 이성운을 반겨 준다.

그는 어이없다는 표정으로 자신들의 직원과 이야기를 나눴지만, 자신들의 장비끼리는 서로 충돌 안 하게 애초에 세팅해 두고 왔었는데…….

"서, 설마? 그 망할 놈이! 대비를 했단 말인가? 제길!"

"이거 H회사와 S회사가 합작해서 만든 신품인데……."

쾅!

노트북을 내려치고, 아랫입술을 물면서 이성운은 분해한다. 각종 최신식 설비로 이루어진 건물에 저 정도 대비가 되어 있을 줄이야.

결국 오늘 일은 허탕이라는 걸 안 이성운은 자신의 머리를 쥐어뜯으며 괴로워한다.

"이런 제기라아아알! 절대! 절대 가만 안 두겠어! 그 망할 새끼!"

드디어 저 망할 개자식이 갔구나! 하하하! 그리고 오늘부터 난 휴가다! 예쓰! 휴가! 파워 X스! 마지막에 저놈이 들은 이야기 때문에 엿 같아진 기분을 돌리기 위해서 난 일부

개자식들 • 35

러 오버하면서 떠들었다.

"휴우, 다행이다. 아저씨가 살인자가 안 되고 끝나서 정말 다행이야."

"뭐부터 할까? 훗! 우문이군. 당연히 사랑과 꽁냥함이 넘치는 야겜이지! 오예! 야겜!"

"저녁에 탱커끼리 회담 있다면서?"

"아, 그것도 있지만 가기 전에 게임 좀 할 수 있지. 아, 맞다. 우리 지부 내의 하이퍼 재머 작동 잘되어 있더냐?"

알다시피 우리 지부엔 공학계가 자그마치 4명이나 된다. 아틸러라이저, 블레이드 라이저, 메디컬라이저, 아머드 나이트.

더불어 현재 회사 일을 하던 금수저인 아머드 나이트 '정상연'도 있어서 사내 보안의 중요성을 나에게 계속해서 언급했고, 그에 필요한 장치들을 설치하자고 나에게 건의했었다.

세연이는 1팀 사무실에 가서 기록을 확인한다.

"응, 재밍된 장비는 총 4개야. 비디오카메라와 디지털 카메라, 또 다른 재머 2개."

"개자식들, 역시 겉보기와 달리 특수 장비 같은 걸 잔뜩 가져왔네."

나는 예상 못했지만 H회사의 손자인 상연이 덕에 어쨌든 불이익은 피한 것 같다. 와, 세상 진짜 무섭네. 무서운 건 알고 있었지만 알고 보니 더 무섭다.

어쨌든 한시름 놨고, 이제 나도 휴식이다. 휴가다!

"아……."

"드디어 쉰다! 오! 예! 하하하하하!"

나는 그대로 내 방으로 돌진한다.

이 순간을 얼마나 기다려 왔는가? 후후후, 기다렸지? 안즈 짱, 시부야 짱, 우즈키 짱! 지금 테츠 오빠가 간다!

현재 시각은 오후 2시 30분. 약속 시간은 저녁때이니 연락 올 때까지 마음껏 할 수 있다.

"맞다! 크리X스 휴지통 안 꺼내 놨네."

"여기 있어, 아저씨."

"아, 고마워. 너 여기 어떻게 있냐?"

"그야, 전에 비밀번호 알려 줬으니까……."

안 돼. 안 된다고. 내가 하는 거 엄연히 18세 이하 금지 게임이라고!

아니, 그 이전에 뭐야? 내가 마치 쓸 걸 예상했다는 듯이 내 손에 뽑아 쓰기 쉬운 크리넥스 휴지통을 넘긴 이유는? 내가 마치 이 게임을 하면서 뭘 할지 알고 있다는 태도잖아.

"아니, 나 휴가니까……."

"걱정 마. 세연이는 아무것도 안 하고 뒤에서 보기만 할게. 그냥 구석에 있는 시체라고 생각해 줘."

너 이미 시체(?)잖냐? 에휴, 말을 말자.

근데 애는 왜 21세 사내자식이 혼자서 게임하는 모습을 감상하려는 걸까? 이해가 안 된다. 아니, 왜 남자가 혼자 게임하는 모습을 보겠다는 거지? 그것도 야한 게임을 하는 건데? 왜? 왜?

"본부에서 보고 받았어. 아저씨, 스트레스가 많이 쌓였다고. 그래서 엘로이스 씨도 아저씨의 취미 생활을 존중하라고 했어."

"그래서? 네가 거기 있는 거랑 무슨 상관이야?"

"그래서 아저씨의 취미를 존중하기 위해 관찰하겠습니다."

뭔데? 무슨 논리 구조가 그래? 내 취미 생활을 존중하면 제발 혼자 하게 해 줘! 에휴, 귀한 휴식 시간을 저 녀석과 실랑이한다고 낭비할 여유가 없다. 조금 수치 플레이 같지만, 사실 너무 하고 싶어서 한계였다.

[텟짱… 엣찌~]

"크허억! 녹는다. 아, 카나데 짱이랑 결혼하고 싶다."

"미현 언니 좋아한다면서요?"

"덕후의 애정 표현이라능!"

나도 못하는 거 알아! 단지 망상일 뿐이지. 아~ 카나데 짱도 좋지만 미현 누님도 좋지. 아, 진짜 미현 누님이랑 결혼

하고 싶다. 사귀고 싶고, 쉬는 날마다 손잡고 다니면서 연애하고 싶다. 헤헤헤.

"아저씨, 게임할 때는 진짜 바보 같아지네."

"좀 조용히 안 할 거면 나가 줄래? 취미 생활 존중한다며?"

그렇게 난 뒤에 있는 세연이를 반쯤 무시하면서 게임에 집중한다.

아, 간만에 하니까 치유된다. 역시 송충이는 솔잎을 먹어야 돼. 뇌속이 녹아내리는 기분이다. 구헤헤헤. 저녁에 회식 취소하고 싶을 정도지만, 내가 쏜다는 거니 어쩔 수 없이 나가야 한다. 쳇!

[꺄아! 바람이!]

"헤헤헤."

"무슨 바람이기에 팬티가 보일 정도로 치마가 뒤집히는 건지. 애초에 제대로 치마를 안 잡는 것부터가 보여 줄 의도가 있었군요."

"…그런 거냐?"

"보세요. 보통 저렇게 팬티를 보일 때 정말로 불가항력이었다면 부끄러워서 도망쳤을 텐데, 어설프게 감추면서 보라는 듯이 행동하는 건… 음, 보통 내공이 아니군요. 철저히 계산적인 행동입니다. 아마 오늘 아침 날씨와 바람이 불어오는 것까지 계산한 모양새군요."

미연시를 여성의 관점으로 그런 분석하지 말아 줄래? 왠지 귀엽게만 보이던 카나데 짱이 갑자기 남자 주인공을 노리는 반육식계로 보이기 시작했어.

하지만 뭐, 이건 이거 나름대로 재미있군. 그나저나 여자애를 옆에 두고 하는 미연시라니, 덕후 동료들이 들으면 거짓말이라고 욕하겠지. 하하.

서울 1번 구역 도심, 어느 건물 지하.

지도에도 없는 이곳 지하는 비밀리에 수사를 하는 특별수사 본부였다.

국립과학수사연구소, 검찰, 경찰, 군, 적합자 길드와 정부까지 구성된 이들이 수사하는 것은 바로 얼마 전 일어난 스캐빈저 길드 락킹 피스트가 단 하룻밤 만에 소멸된 사건이었다.

인원 규모 약 100명에 이르는 이 스캐빈저 길드는 나름 서울에서 무력적으로 유명했었고, 국회의원과도 커넥션이 닿아 있는 길드였다.

사망자 약 125명, 같은 날 일어난 국회의원 암살 사건까지 포함하면 약 150명에 달하는 사망자를 낸 이 흉악한 사건은 국회에서도 충격이었는지라 철저히 수사할 것을 명령했지만, 근 일주일에 가까운 수사 기간 동안 아무것도 얻어낸 것이 없었다.

"니들 일하는 거야, 마는 거야? 이게 말이 돼? 대한민국 서울 한가운데서! 사람이 150명! 그것도 일반인도 아니라 적합자와 국회의원이 죽었는데! 증거를 하나도 못 찾아내는 게 말이 되냔 말이야?"

수사팀장으로 보이는 사람이 책상을 두들기면서 분노한다.

대한민국의 수사기관과 군인까지 총동원이 되었는데 아직도 증거 하나 발견하지 못하고 있다. 건물을 열심히 파헤치고 살펴보고 있었지만 도통 수사에 진척이 없었다. 다들 각자 모아 온 자료를 통해서 보고는 하기 시작했지만…

"그게… 나오는 게 오로지 불에 탄 돌멩이와 시체들뿐이고, 특별히 범행에 사용된 물건이라든가 증거는 일체 보이지 않았습니다. 더불어 건물이 무너진 흔적에서 인화성 물질이 발견된 걸 봐서는 놈들은 증거를 인멸할 생각으로 불을 키우기 위해 폭약에 섞어서 폭파시킨 것 같습니다. 다분히 악의적인 증거 인멸 행동으로 보아선 철저히 계획을 세운 조직이라고 생각됩니다."

그 때문에 날고 긴다는 경찰, 검찰, 국과수가 모두 나서서 현장의 잔해를 치우며 증거를 찾으려 했지만 찾기가 쉽지 않았다. 인화성 물질을 넣은 폭약을 각 층마다 설치해서 모조리 불태워 버리고 그 자리에 불과 돌만 남게 해 버렸기 때문이다.

겨우 건져 낸 시체도 너무 타 버려서 시꺼먼 숯검정만 남아 있었고, 그나마 일부 이름이 새겨진 금속류 소지품을 감식해서 10여 명 정도의 신상을 파악하는 게 전부였다.

"거점도 마찬가지입니다. 놈들은 철저히 인명을 살해하고, 건물과 같이 폭파시키는 방법으로 증거까지 한꺼번에 인멸해 버렸습니다. 국과수 검사 결과는 지부에 있던 자들의 사망 원인은 냉병기를 이용한 검상, 의원님들도 딱히 약 30~50센티미터의 날붙이로 당했다는 거밖에 특정 못 지었습니다."

냉병기에 의한 살해. 더구나 날붙이도 일반인이 충분히 쓸 수 있는 길이었다.

몬스터가 나타나고, 적합자들이 생기면서 이런 무기류에 대한 소지법이 어느 정도 느슨해져서 집에 장검과 같은 칼 정도는 쉽게 소지할 수 있게 되었다. 그래서 날붙이라는 것만 가지고는 범인을 특정할 수 없었다.

"CCTV 조사팀입니다. 우선 락킹 피스트의 건물에 있던 CCTV와 블랙박스는 모두 불에 타서 없어진 상태, 락킹 피스트의 거점도 CCTV의 데이터를 길드 본부에 저장하기에 같이 날아간 것 같습니다. 그다음 의원님들 건물인데… 여기서도 놈들은 전자전 장비를 대동했는지 범행 시간 CCTV에만 노이즈가 찍혀 있었습니다."

결국 범인들이 이 스캐빈저 길드를 철저히 파괴시킬 작정이었다는 의도만 알 수 있었을 뿐이다. 그에 수사팀은 미쳐 버릴 지경이었다. 그나마 현장에서 주웠던 포탄을 조사해 봤지만…

"현장에서 발견된 포탄 데이터 분석입니다. 145밀리미터의 탄이며, 탄종은 고폭탄입니다. 주로 차량 파괴에 쓰였다고 합니다만, 알다시피 이런 탄은 세계에서 아무도 쓰지도 않고 생산하지도 않습니다. 더구나 포병 전문가에게 물은 결과 사거리는 현재 아무리 기술이 좋아도 30~40킬로미터 사이여서, 그 안에 포를 방열하거나 설치할 수 있는 자리만을 찾아서 흔적이 남아 있나 조사 중입니다."

"제길, 145밀리미터라고? 장난하냐? 그런 포탄이 어디 있어?"

사진을 보면서 혀를 차는 수사팀장. 하지만 진짜였다. 자료에는 정말로 145밀리미터의 탄환이었다. 아니, 도대체 어디서 이런 게 나온 것인가? 세계 어느 포병도 쓰지 않는 포탄을 만들어서 운용하다니? 정말 갑갑할 노릇이었다. 퍼즐 조각이라도 있어야 퍼즐을 맞추는데 말이다.

"주변인들에 대한 조사는……."

"그게, 원한 관계를 찾아보려 했으나… 약 14만 명이나 되는지라."

스캐빈저답게 원한을 사도 너무 많이 샀다.

국가에서는 공포정치로 시민들을 압박하기 위해서 거의 일부러 내버려 둔 셈이지만, 이런 수사를 할 때는 미쳐 버리는 일이었다.

수사팀장은 머리를 쥐어뜯으며 우선 탐색해야 할 숫자를 낮추기 위해서 걸러 내기를 시작한다.

"그럼 길드 마스터만을 집중하면?"

"그래도 1만 명 가까이 됩니다. 원한을 너무 많이 샀지요."

"등신아! 그럼 그 1만 명 중에서 중대형 길드나 스캐빈저에 있는 사람을 파면 되잖아! 아오! 씨! 너 진짜 답답하게 굴래? 이 바닥에서 한두 해 굴렀어?"

"죄, 죄송합니다."

일이 안 풀리니 짜증만 나서 괜히 애꿎은 부하에게 화풀이한다.

수백 명의 수사팀이 지금 이 지하에서 움직이고 있는데 증거는커녕 단서 하나도 풀리지가 않는 사실이 열 받는다. 그러면서도 사건의 심각성은 커서 정부에서는 어떻게든 이 범인을 잡아야 한다고 압박을 넣고 있었다.

"이런 제기랄, 자기네들이 잡으라고 해! 한국에서 내로라

하는 두뇌 다 모았는데 이걸 어떻게 알아? 하아~ 야, 적합자 전문가 분석 나왔냐?"

"예. 이러한 일을 하려면 최소한 본부를 처리하는 데 적합자 30명 정도? 물론 이것도 아이템을 빡빡하게 차고 있다는 가정하에서지만요. 안에 있는 락킹 피스트의 길드원들은 전부 대 적합자전에 능숙한 PVP의 전문가들입니다."

"후… 그러면 우선 한국 내에 적합자 30명 이상의 길드부터 찾아봐야겠군."

"아뇨. 그 30명은 오직 본부를 쳐들어갔을 때만이랍니다. 만약 의원님들 암살과 거점 파괴범까지 모두 합치면 족히 50명은 되어야 합니다."

"50명이라. 그만한 인원이 움직이고도 흔적이 안 남다니, 장난 아닌 놈들이네! 어지간한 특수부대 뺨치잖아? 그런 게 가능한 길드나 조직이 몇 개 없을 텐데?"

말이 50명이지, 이 정도의 사람들을 투입할 정도면 그 배이상의 인원을 두고 있는 규모라고 할 수 있다.

철저히 예정된 파괴 공작과 솜씨. 못해도 80명, 100명 규모의 길드나 스캐빈저, 아니면 외국까지 생각해야 하나?

"일단 의원님들 쪽으로 파 볼까요?"

"하아~ 그쪽밖에 방법이 없지. 셋 다 여당이면 혹시나 야당 쪽과 끈이 이어진 스캐빈저나 길드부터 알아봐. 우선 락킹 피스트가 없어지면 가장 이득을 보는 곳이 거기니까 말이지."

 단서가 없으면 결과로부터 유추한다. 락킹 피스트가 사라지면 이득을 보는 곳부터 파헤친다. 증거가 안 남아도 범죄를 저지른 놈들은 어딘가에 있고, 진실은 있다. 거기서부터 파헤치면 그만이다.

"어때? 리스트 뽑았어?"

"예. 뭐, 좀 더 숫자를 낮춰서 70명 이상 있는 한국 길드 리스트입니다."

"어디 보자."

 70명 이상이 가입되어 있는 한국 적합자 길드는 39개. 이만하면 현실적으로 찾아볼 만한 수준이었다.

 즉시 인원을 차출해서 알아보게 하는 수사팀장이었다. 그리고 당연한 이야기지만 20명도 안 되는 드래고닉 레기온 한국 지부는 그 리스트에 존재하지 않았다.

 수사팀장은 계속해서 인원을 불러서 추가적인 명령을 한다.

"아, 그리고 일본, 중국, 러시아 등등 외국의 적합자가 한국에 들어온 거 있나 봐봐. 거기엔 고레벨 적합자들도 있으니까 혹시 몰라."

"에이, 외국 쪽은 무리죠. 합동 레이드 같은 게 아니고서야, 3명 이상은 무조건 한국 길드원과 국가정보원 사람을 대동해서 움직여야 하는데 말입니다. 더구나 최근 기록을 보면 한국에 왔던 건 드래고닉 레기온 길드밖에 없네요. 그 레이트 바실리스크를 잡으러 왔다가 쓰리 스타즈 얼라이언스에게 사기 맞은 사건 말입니다."

"그것 때문에 나라가 난리지. 젠장! 거기에 웬 멍청이가 있어가지고!"

이미 해결된 사건을 떠올리는 수사팀장이었다.

드래고닉 레기온 관련 소송. 레이드 던전에 대한 정보를 비공개하고 닫아서 자신들의 아이템 및 재산을 가로채려고 했던 대형 사건.

그래도 300명이 넘는 대규모 한국의 길드였기에 해체나 와해시킬 수 없어서 어떻게든 국가에서 도와줘서 엄청난 배상금과 한국에 지부 설립을 가능하게 하는 조건으로 해결했던 게 기억난다.

"드래고닉 레기온이라……. 거기 한국 지부 생겼다고 하지 않았나?"

"에이, 팀장님도. 거기 고작 19명뿐이에요. 19명 가지고 무슨 짓을 하겠어요. 던전 다니기도 바쁘다던데……. 게다가 거기 지부장인 강철은 그럴 머리가 있는 사람도 아니란 말이죠. 고교 중퇴에 제대로 된 교육도 못 받고 탱커질하다가 우연히 눈에 띄어서 성공한 벼락출세 케이스라 그런 건 꿈도 못 꿔요."

"나도 알아, 새꺄. 하도 답답해서 생각만 해 본 거야. 그렇겠지. 고작 19명 가지고 뭘 하겠어? 일단 리스트 만든 길드부터 하나씩 조사하러 가 보자고, 젠장! 하아~ 또 보고하면서 욕먹을 생각에 눈앞이 깜깜하다. 젠장! 담배나 피워야지! 쳇!"

칙!

불평해 대면서 품에서 담배를 꺼내 물고 불을 붙이는 수사팀장. 진짜 사건 한 번 잘못 맡아서 개고생하게 생겼다고 자조한다.

그리고 그는 다음 서류를 뒤적거리면서 어떻게든 윗대가리들을 납득시킬 설명을 하기 위해서 머리를 쥐어짜낸다.

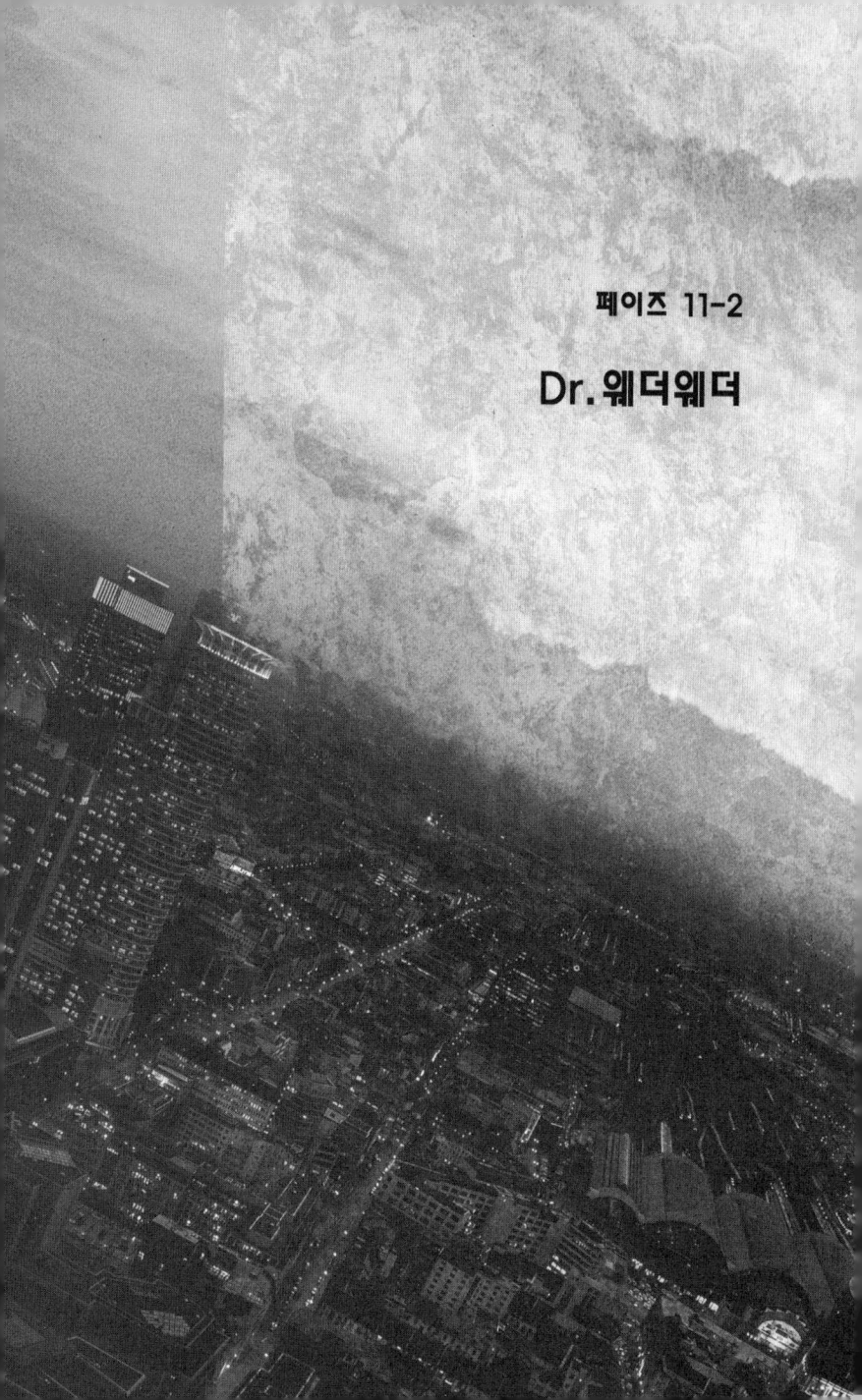

페이즈 11-2

Dr. 웨더웨더

"크큭, 고생 중이신가 보군요?"

"크! 당신이 왜 여기에?"

"그야, 무능한 당신들이 일주일째 성과도 못 내고 있으니 어쩔 수 없잖습니까? 위에서는 결국 저희보고 나서랍니다. 카카카카! 어디어디~"

수사팀을 마음껏 비웃으며 나타난 한 남성.

30대 초반, 안경을 낀 날카로운 인상으로 의사 가운 같은 걸 걸치고 있지만 색깔이 칠흑 같아서 불길해 보이는 모습이었다.

눈빛엔 광기 어린 호기심과 함께 때로는 자유분방한 어린 아이를 연상시키는 천진함도 묻어 있었다.

그는 멋대로 수사팀의 자료를 뒤적거리며 하나씩 살펴본다.

"이런~ 현장이 대부분 불에 타서 없어졌군요. 흠흠~ 사망자는 약 150명, 그날은 락킹 피스트 길드 마스터의 딸 생일. 흠~ 거기에 죽은 여당 국회의원 한 명은 재수 없게 말려들었군요."

"저 남자, 누굽니까?"

"흠, 원래는 기밀이지만 국정원에 별도로 마련된 적합자 대응 소속 사람이야. 이름은 불명이고, 코드네임만 알려져 있지. 웨더웨더, 아마 공학계 전공이라고 했나? 클래스가 유전공학 계열 레어 클래스. 키메라 메이커(Chimera Maker). 생물합성을 통해서 전용 몬스터인 '슬레이브'를 제작하고 개조해서 움직이는 클래스지. 어쨌든 기분 나쁜 놈이야."

코드네임 웨더웨더, 나이 34세, 클래스 키메라 메이커, 레벨 55, 클래스 사용 장비는 천 옷, 주력 능력치는 마력&지능으로 마법사 계열에 가까운 공학계 적합자.

일반적인 기계, 메카닉 계열 공학계는 재료를 수집해서 강화하지만, 그는 반대로 생물의 소재를 이용해서 생물을 강화시키는 적합자이다.

특성의 분포는 과학 장비 제조, 키메라 소환, 키메라 강화, 육체 강화, 유전 공학 연구 등의 부류 스킬을 익힐 수 있는 클래스였다.

수사팀장과 직원은 그의 모습을 보면서 조용히 쑥덕거린다.

"저런 게 잘도 정부에서 일하는군요."

"반대로 정부의 비호가 없었으면 도덕, 종교적인 문제로 잔뜩 걸려서 진작 체포되었을 거야. 다만 그가 아니었으면 대재앙에서 수십만 명은 더 죽었을 테지."

아이러니컬하게도 키메라 메이커라는 클래스는 도덕적, 인륜적인 금기성을 가진 동시에 너무도 유용했다. 몬스터의 시체 분석과 데이터화, 해부도의 작성, 각종 약점, 자원화, 문명화에 따른 소재의 적합성의 데이터베이스가 이미 스킬로 제공되었기 때문이다.

"하하! 과찬이십니다. 그저 운 좋게 제 성격에 딱 맞는 클래스를 얻은 덕이지요. 흠~ 이거 범인들이 누군지는 몰라도 참 주도면밀하군요. 철저히 계획하고, 철저히 처리. 우선 스캐빈저에 대해서 아주 잘 아는 인물이겠군요."

"그건 당연한 이야기 아닌가? 스캐빈저를 잘 알아야 이런 작전을 짜지. 그럼 모르는 놈이 하겠나?"

쿵! 쿵!

가뜩이나 수사도 안 풀리는데 어이없는 소리를 하는 웨더웨더에게 책상을 치면서 화를 터뜨리는 수사팀장이었다.

하지만 그는 상대의 분노에 전혀 동요도 하지 않은 채 자료를 보면서 박장대소를 터뜨린다.

"하하! 너무 화내지 마십시오. 좀 더 감성적으로 사건을 읽어 보심이 어떻습니까? 이 흔적에서 느껴지는 감성 말입니다."

"…수사에 무슨 감성 같은 소리를?"

스티븐 잡스도 아니고, 무슨 놈의 수사를 감성으로 해결한다는 건가? 물론 범행 동기 같은 걸 따질 때는 생각해 봄직했지만, 수사 과정에서는 전혀 쓸모없는 정보였다.

웨더웨더는 다시 한 번 자료를 보면서 이야기한다.

"건물 각층마다 폭약을 설치해서 폭파, 인화성 물질까지 섞어서 모든 걸 불태우고, 시체마저 알아볼 수 없게 처리한다. 거기에 관련된 국회의원까지 별도로 암살하고, 거점마저 모두 파괴. 흠~ 이건 단순히 개인적인 증오를 넘어선 느낌이군요. 아예 '스캐빈저'라는 존재 자체를 증오하는 레벨입니다만?"

"스캐빈저를 좋아하는 녀석도 있나? 어이없는 소리 할 거면 나가!"

"맞아. 방해할 거면 꺼져!"

"시끄럽게시리!"

제멋대로 떠드는 소리에 하나둘 반발의 목소리가 나오고, 안의 분위기는 엉망진창이 된다.

그들도 대재앙 이전부터 오랫동안 일해 오던 엘리트들

이며 베테랑이다. 그런 점을 생각 안 해 봤을 리가 없다. 다만 그 범위가 너무 넓어서 수사에 가닥이 안 잡히는 것뿐이었다.

수사팀장은 분위기를 해치는 그를 더 이상 놔둘 수 없어서 자리에서 일어나 그에게 다가가 말한다.

"이보쇼, 우리도 바보는 아니야. 우리는 뭐, 등신들이라서 이런 지하에 일주일이나 짱 박혀서 놀고만 있는 거라고 생각해? 이미 원한 관계에 대한 기준을 잡고 조사할 인원도 배분했으니까 참견 끄시지. 댁이 무슨 셜록 홈즈라도 되는 줄 알아?"

"에이, 이렇게 감성적인 홈즈가 어디 있습니까? 그럼 이 145밀리미터 고폭탄이 적합자의 손에 만들어진 것도 알고 계시겠군요."

"…뭐?"

자신의 지적에 깜짝 놀라 수사팀장이 반문하자, 웨더웨더는 피식 웃으면서 마치 '이런 것도 몰랐어?'라는 듯한 감정을 담은 어조로 비아냥거린다.

"조금만 생각해도 답이 나오지 않습니까? 포탄과 포를 별도로 생산해서 스캐빈저를 타격하는 나라와 군대가 있을 리가 없잖습니까? 그건 어떤 미친 나라 군대입니까?"

"포를 사용하는 적합자라고? 그런 게 있단 말인가?"

"뭐, 없으라는 법은 없지요. 크큭, 저 보십시오. 그 복잡한

DNA 구조와 각종 생체 조직의 거부반응 없이 생명체를 멋대로 주무르고 조합하는, 현대유전공학의 패러다임 따위 무시하는 능력을 가진 키메라 메이커도 존재하는 마당에 화포 기술쯤이야, 구식 레벨이죠."

웨더웨더의 말에 무언가 갈피가 잡히는 수사팀장이었다.

존재하지 않았을 포탄, 그렇다면 당연히 그 상대도 존재하지 않았을 적합자로 대입해 보면 의문이 쉽게 풀렸다.

물론 편의적으로 만들어 낸 상상일 수도 있었지만, 그렇게 만들어 내지 않으면 말이 안 되는 존재였다. 더구나 증거물도 이렇게 현실에 존재하지 않는가? 분했지만 지금까지 떠올리지 못했던 사실에서 해답을 찾아낸 듯했다.

"크크, 이제 시대는 바뀌었습니다. 생각을 유연하게, 대재앙 이후 3년간 세상은 바뀐 지가 오래인데 왜 당신들은 예전 방식으로 수사합니까?"

"어쨌든 그럼 공학계인가? 크윽! 길드에 있는 공학계들을 전부 뒤져야 하나? 아니, 기업까지 알아봐야 하나? 암만 그걸 알아도 너무 범위가 넓어!"

하지만 갈피를 잡아도 일이 쉽진 않았다. 공학계 적합자들은 기술의 제공으로 인해 대부분 기업에 속해 있었지만, 던전에서 얻는 아이템을 팔기 쉽게 소재로 분해하기 위해서 각종 길드에 적어도 2~3명, 대형 길드 같은 경우는 더 많은 수가 존재하기도 했다.

더구나 수사를 더 힘들게 만드는 것은 스캐빈저로 인한 적합자들의 프라이버시. 즉, 클래스를 비공개로 할 수 있다는 점이었다. 그것도 적합자 스스로 말이다.

"물론 실현 가능성이 있는 인력과 능력을 지닌 길드만 살핀다고 해도 망할 클래스 보안 때문에 증거를 잡기가 힘들어. 제길!"

"흠~ 거기서 걸리는군요. 그렇다고 멋대로 다 까 볼 수도 없으니 갑갑할 노릇이군요."

"그 망할 크로니클만 아니었어도!"

적합자 기관 크로니클. 세계의 정부들이 가장 싫어하는 기관. 이들이 아니었다면 적합자들은 대부분 정부에 소속되어서 부려 먹기도 쉽고, 관리하기도 쉬웠으리라.

반항하는 자는 모두 정부의 적으로 간주하고 처리하면 그만이었을 텐데…….

대재앙 이후, 적합자들을 관리하려는 정부의 행동보다 훨씬 빠르게 크로니클이 나타나서 적합자들을 보호한다는 명목으로 모두 그들을 속하게 만들고, 헌터라는 기관까지 만들었다.

"크로니클이라~ 정부 사람인 당신은 싫어할 만하지만 그들이 아니었으면 난 아마 지금보다 더 노예 같은 생활을 했겠지요. 크크큭……."

"닥쳐! 그럼 네놈들 같은 '괴물'들을 내버려 둘 수 있겠냐?"

현재 적합자들이 자주성을 가지고 스캐빈저든 나라에 충성을 하든 선택을 할 수 있던 것도 크로니클의 덕분.

각 클래스에 따른 특별한 힘과 능력을 지닌 적합자들을 일반인으로 구성된 정부가 두려워하지 않을 수가 없었다. 크로니클이 나서지 않았으면 영화에서 보던 일이 진작 현실에서 이루어졌으리라.

물론 정부로서는 열 받는 일이었다. 통제가 제대로 안 되고, 영역이 분리가 되어 버리니 이런 수사를 하는 것부터가 난리다.

수사팀장은 참을 수 없는지 일어나 웨더웨더의 멱살을 잡으며 분노를 터뜨린다.

"미친 새끼들! 이 나라가 어떤 나라인데? 대한민국이야. 민주국가라고! 그런데 그런 나라에서 국민들이 손으로 뽑은 의원이 하나도 아니고, 셋이나 암살로 죽었어. 그게 말이 돼? 이 사단이 났으니 당연히 위에서는 우리보고 해결하려고 난리지. 하지만 우린 결국 그 망할 적합자 새끼들이라는 벽에 막히지. 하아~ 이번 건도 그럼 결국 시말서로 산을 메우겠군. 엠병!"

"에잉~ 포기가 너무 빠른 거 아니십니까? 기껏 국정원 소속 적합자들을 데려왔는데……."

"뭐?"

"이이제이(以夷制夷). 적합자는 적합자가 잡아야 하는

법이지요. 크크크, 레벨도 적절해져서 이제는 '적합자'로 실험을 해 보려는데 소재는 직접 구하려던 차에 마침 잘되었군요. 어쨌든 국가 반역자의 시체라면 거리낌 없이 써도 좋을 테니 말이죠. 국회의원 분들을 위협하는 건 대한민국 민주주의의 정체성을 위협한거나 마찬가지라고 생각할 수 있잖습니까?"

 안경을 올리면서 내뱉는 웨더웨더의 말에 오싹함을 느끼는 이곳 수사팀 전원이었다.

 키메라 메이커. 생물과 소재의 조합을 통해서 더욱 강한 키메라를 만드는 것이 목표인 레어 클래스.

 몬스터의 소재와 재료만으로는 한계가 있기에 그는 이번엔 적합자의 소재를 얻기 위해 온 것이었다.

 말 그대로 메드 사이언티스트와 같은 그의 모습에 다들 전율한다.

 더불어 당연한 이야기겠지만 민간에서는 길드, 크로니클에서는 헌터, 당연히 군대도, 경찰도 있는 마당에 정부라고 적합자팀이 없을 리가 없었다.

 그들의 이름은 바로 바스타드(Bastard)였다.

 비공식적으로 일하는 정부 소속의 적합자들로, 각기 목적이나 이해관계로 인해서 정부쪽에 붙어서 일하는 이들. 개중에는 흉악한 전과로 인해 잡혀 들어간 스캐빈저 출신들도 존재했다.

"이번 일에 할당된 저희 적합자 인원은 총 15명. 크크큭, 아무리 완벽하게 범죄를 저질렀다고는 해도 적합자가 움직였으면 무언가 단서가 남아 있을 겁니다. 그럼, 여기 정식으로 수사에 참여해도 된다는 서류를 드릴 테니 사인해서 국정원 쪽에 넘겨주시지요. 아무래도 당신들 가지곤 안 될 것 같아서 말이죠. 하하하!"

서울 5번 구역 식당 거리, 저녁 8시경.

〈소갈비 전문점-마케도니아〉

치우 형님의 차를 타고 도착한 고깃집의 상호를 보자마자 난 뿜을 뻔했다.

뭔데? 뭐냐고? 저 간판 센스는 뭐야? 우마차를 탄 남자가 채찍질하는 그림이 박힌 저 디자인은 뭔데? 애초에 소갈비랑 마케도니아가 무슨 상관인가?

"에이, 보기엔 이래도 맛은 보장할게! 주인장도 외국인이지만 맛은 기가 막히다고!"

혹시 그분 성함이 이스칸달은 아닌지? 불안했다. 왠지 세계지도가 그려진 셔츠를 입고, 'ALALALALAL' 하고 웃고 있을 것 같았다.

내가 품는 불안과 다르게 치우 형님은 간판을 바라보면서 바위왕 형님께 묻고 있었다.

"여기가 바위왕 형님이 추천하는 뎁니까?"

"흐미, 안에 사람도 많은 걸 보니 맛있는 게 맞나 보네. 쇠돌아, 어서 들어가자."

"이제 그만 슬슬 이름으로 부르죠. 형님들?"

"에이 씨! 일하다가 입에 붙은 걸 어떡하냐? 그냥 편한 대로 불러! 넌 쇠돌이나 강철이나 똑같은 쇳덩이면서 뭘 그리 따지냐?"

참나, 다들 노가다 같은 탱커 짓을 하다 보니 입에 붙은 것도 다 코드네임이다. 쇠돌이랑 강철은 다르다구요!

탱커들끼리 모이는 이날, 난 당연히 드래고닉 레기온 제복이 아닌 평상복을 입고서 나갔다.

모인 사람은 나까지 포함해서 총 4명. 전부 다 탱커 적합자로, 넷의 공통점이 더 있다면 대재앙 시절부터 한국에서 적합자 일을 해 왔던 사람이라는 점이다.

Lv.42 정령술사 : 바위왕(추영훈)
Lv.47 검투사 : 치우(황천우)
Lv.41 실드파이터 : 방패는사랑이지(이완열)
Lv.45 저거노트 : 쇠돌이(강철)

전부 다 40레벨이 넘는 탱커계의 베테랑들!

대재앙의 위기, 정부의 탄압, 스캐빈저의 위협이 도사리는 한국의 적합자 세상과 던전을 모두 거쳐 온 역전의 용사들이었다.

나이는 바위왕 형님이 가장 많은 40대, 치우 형님과 방패는사랑이지 형님이 20대 중반, 내가 혼자서 20대 초반으로 늘 막내였다.

우리는 바위왕 형님이 안내한 고깃집으로… 아차! 나도 코드네임으로 불러 버렸군.

"어서 오시게나! 하하하하! 몇 명인가?"

"어이쿠! 사장님, 4명입니다."

"저쪽 안에 들어가시게! 하하하!"

2미터도 넘는 근육질 거구의 중년 남성이 우리를 안내해 준다. 가게는 전반적으로 떠들썩한 게 장사가 잘되는 모양이었다. 음, 맛에 대한 걱정은 없겠다 싶었다. 풍경도 평범한 한국의 고깃집 풍경 그대로였다.

"위하여~!"

"오오오!"

"하하하하!"

치이이익!

떠들썩한 건배 소리, 원샷하는 사원을 보며 감탄하는 소리. 기울어지는 소주잔과 맥주잔, 구워지는 고기와 연기!

이거지! 이게 진짜 한국이지. 흠! 기와집이나 한복을 가지고 한국적이니 나불거리는 거보다 이렇게 모여서! 앉아서! 고기와 술을 주문하는 게 제일이다.

"여기요! 이모! 소주 5병이랑 소고기 10인분 주소!"

"어느 부위로 드릴까요?"

"아, 제일 비싸고 맛난 데로! 퍼뜩!"

내가 쏜다지만 너무 통 크게 주문하는군. 바위왕 형님, 누가 보면 형님이 사는 줄 알겠습니다? 카드 긁는 건 내 몫인데 말이지. 그래, 뭐 어때? 맛있게 먹으면 그만이지.

잠시 뒤 김치와 파무침 등 밑반찬이 나오고, 술이 먼저 나오자 술잔부터 돌린다. 역시 고기 먹기 전에 술부터 가는 건가?

'음, 나 소주엔 약한 편인데……'

"자, 그러면 다들 살아서 만난 기념으로 한 잔씩 합시다!"

"허허! 그래야지, 정말 하루가 살얼음판 같은 세상인데 용케들 살아 있네."

"더구나 망한 탱커들 중에서 이놈처럼 성공한 케이스도 나왔잖습니까? 하하하!"

마시지도 않았는데 벌써 분위기가 업되었구만. 하긴 탱커로서 살아남는 일부터가 힘든 일이었으니 어쩔 수 없다.

그나마 내가 출세한 덕에 탱커 연합이 생기고, 다들 뭉치게 되어서 다행이라고 해야 하나? 어쨌든 나도 이 형님들이 살아 있는 게 정말 다행이라고 생각되긴 한다.

"에이, 지부장 된 거야 그냥 운이 좋았던 거죠. 눈에 들어서 그래 된 거라니까요."

"운이 좋긴, 짜샤. 그것도 능력이지. 자, 한 잔 받아라. 진짜 네 덕에 우리도 싸울 맛 난다."

"아직 고기도 안 나왔는데 좀 천천히 주세요. 이러다 던전서 죽는 게 아니라 술 때문에 죽겠네~"

"젊은 게 엄살은! 내가 니 나이 때는 마! 소주 한 짝 마시고도 거뜬했어!"

탁!

어우! 힘들어. 소주잔을 내려놓으면서 입을 달래기 위해 고추에 된장을 묻혀서 한입 베어 문다. 젠장, 고기 먹기도 전에 벌써 소주 5병 다 비웠다. 물론 내가 먹은 건 그중에 1병 정도?

탱커 일이라는 게 워낙에 스트레스가 심한 데다가 이 형님들은 나처럼 게임을 하지 않기에 술로 푸는 일이 많아서인지 음주량이 장난 아니었다.

"크으으으!"

"야, 괜찮냐? 쇠돌아?"

"요 근래에 마실 틈이 없어 가지고, 오랜만에 먹어서 그런지 잘 안 받네요."

"그만큼 바쁘냐? 에휴, 너도 고생이다. 아, 고기 왔네. 꿉자! 와! 때깔 봐라. 역시 비싼 건 뭔가 다르구만!"

종업원이 들고 온 고기는 진짜로 빛깔부터가 달랐다. 뭔가 더 진하다고 해야 하나? 아악! 뭐라고 해야 하지? 빈곤한 내 지식으로는 이 고기의 아름다움을 설명하기가 힘들었다.

하지만 살짝 구워진 것을 들고서 한입 넣었을 때 느껴지는 감정은 확실히 달랐다.

"마시쪙!"

"이게 무슨 살이랫제? 안창살이랬나?"

"역시 비싼 게 맛도 좋네. 아이고, 우리 쇠돌이 어떡하냐? 지갑 걱정 좀 해줘야 하는거 아녀?"

"에이, 제 몸값이 얼만데요. 그냥 맘껏 드세요."

이럴 때 아니면 언제 쏘겠나? 또, 예전 대재앙 때 서로 돕고 조언해 가면서 살았던 인연인데 이럴 때 보답해야 하는 법이지.

운 없으면 당장 내일이라도 죽을 수 있는 게 탱커의 삶이다. 죽고 나선 이렇게 대접도 못할 테니까, 아깝게 생각하지 말고 오늘은 먹고 즐겨야지.

"근데 쇠돌아, 너 오늘 국정원 직원 만났다면서? 뭔 이야기했냐?"

"그거요? 그 개새끼, 저보고 탱커들 배신하라고 하잖습니까? 아, 진짜 때려죽이고 싶었던 거 겨우 참았어요. 어휴!"

Dr.웨더웨더 • 65

"에휴, 역시 그렇구만. 이게 정부야? 양아치야? 젠장할!"
"그렇게 우리 대접해 주기가 싫은 건가? 개새끼들! 재생 치유비가 그렇게 아까워? 양아치 같은 놈들!"

즐기기만 하는 건 무리인 것 같다. 술이 들어가니 다들 말이 험해지기 시작했다. 물론 나 역시도. 원래부터 입 하나는 더러운 탱커들이라서 그런지 욕의 수위가 점점 과격해졌다.

"대통령 그 XX가! 맨날! 국민의 화합이니! 협력이니 개소리해 놓고는! XXX, XXX 같은 게! 우린 국민 아니여?"
"낄낄, 진짜 이젠 죽기 아니면 까무러치기야. 망할 새끼들, 파업 철회 죽어도 안 할 거야!"
"형님들, 정부 놈들 저한테만 오는 게 아닌 것 같으니 단속 잘하세요. XXX같은 놈들, 진짜……."
"이모! 여기 소주 5병 더! 그리고 안창살 5인분 더요!"

울분이 터지니 말이 많아지고, 자연히 술과 고기는 절로 들어간다. 어우, 나도 슬슬 어지러워지면서 정신을 못 가누겠네. 너무 과음했나? 혹시 모르니 세연이에게 문자 보내 놔야지.

난 폰을 꺼내서 문자 창을 열고, 세연이 번호를 넣기 시작했다.

〈To. 울희♡마누라

나 술 많이 취한 거 가트니까 너무 느즈면 전화홰 보고 데
리르 와저, 여기 서울 5번 구역에 있는…….〉

"어? 니 결혼 은제 했냐?"
"에? 에이, 아직 안 해써요."
 뭔가 저장된 이름 부분이 묘하긴 했지만 술에 취한 나는 그런 걸 신경 쓰지 못했다.
 정말이지~ 얘는 언제 내 휴대폰에 손대는 거야? 거의 맨날 들고 다니는데 말이지. 아, 아까 게임할 때인가? 어? 패턴으로 잠금 걸었는데 그건 어떻게 푼 거지? 아~ 몰라.
"자, 쇠돌이, 한 잔 더!"
"예이!"
 뭐, 어쨌든 연락은 해 두었으니 이걸로 걱정도 없다. 이제부터는 먹고 마시기만 하면 충분하다. 예이!

"아, 족 같네. 이 새끼들이 진짜!"
"뭐야?"
"뭐여?"
 술자리에선 사소한 일로 시비가 오가는 경우도 있다. 아무리 구성원들의 인심이 좋아도 술이 들어가면 사람은 자

기 제어 능력을 상실하곤 하니까. 알콜의 마법인 것 같기도.

어쨌든 또, 시비라는 것은 우리 일행끼리도 있을 수 있지만 생판 모르는 놈들이 갑자기 미쳐서 남의 테이블에 시비 거는 경우도 없지 않다.

"이 씨부렁 탱커 자식들아! 너희 때문에 내가 던전에서 방패 들고 탱해야 되잖아. 파업은 왜 해 가지고! 망할 놈들! 탱 기술도 없는데. 시벌!"

"아이고, 자네, 너무 취했어. 진정하고 가서 이제 그만 가세나."

"뭐래? 씨벌 놈, 술집 왔으면 술이나 처먹어! 우리가 못해 먹겠다는데 뭔 상관이야?"

"에휴, 형님들, 생 까고 그냥 고기나 먹죠. 이거 다 비싼 고기라구요."

웬 놈이 술이 떡이 된 채 우리를 향해 삿대질하면서 욕하고 난리다. 딱 들어 보니, 탱커들이 전면 파업하니까 근딜러 중에서 어쩔 수 없이 방패 들고 억지로 탱하던 놈인 듯했다. 해 보니까 아주 뭐 같은 걸 느꼈겠지.

일행이 말리려고 나섰지만 놈은 여전히 고래고래 소리치면서 우리에게 분을 터뜨린다.

"에이 쌍! 니들 때문에! 니들 때문에 손가락 날아가서 안 써도 될 50만 원이 날아갔잖아. 개 같은 놈들! 내 도온! 내 도온!"

"미친놈, 지가 탱 못한 거면서 왜 우리한테 지랄이야."

"하아~ 진짜 세상 참 엿 같네요. 그렇게 엿 같으니 안 한 거지. 병신."

"손가락만 잘린 정도면 감사해야 할 판이지. 안 그러냐?"

"팔다리 몽땅 안 날아가 봤으면 탱커 명함도 못 내밀죠."

마치 빵 셔틀하던 애가 전학가고 나니 그 바로 위에 있던 녀석이 빵 셔틀이 된 격이다.

하지만 개나 소나 할 수 있는 빵 셔틀과는 다르게 탱커 일은 위험하고, 전문적이었다.

"손가락 잘린 정도면 레벨 좀 되는 놈 같은데요?"

"던전이랑 레벨 차가 큰 거지. 동레벨이었으면 방패만 든다고 탱킹이 되겠냐?"

"뭐, 그렇죠."

몬스터에 따른 공격 방법을 알아야 하고, 상태 이상과 신체 손실을 피해야 하는 건 기본. 마법과 디버프, 그리고 브레스와 같은 광역 공격을 받아 내는 테크닉까지! 노가다지만 전문직이라고! 어설프게 탱하거나 아니면 안 하던 녀석이 갑자기 방패만 든다고 쉽게 할 수 있는 게 아니지.

"아, 저놈 때문에 분위기 다운됐네. 쓰벌!"

"아니, 탱커 개 같은 거 알면 개선하려고 주둥이라도 놀리던가! 아오 썅!"

"됐으니, 고기 더 안 먹습니까? 냉면 갈까요? 된장찌개

시킬까요?"

"나 둘 다!"

"나도 둘 다! 형님도 둘 다래. 다 물냉."

…참 많이도 드시는군. 대략 세어 보니 소주병만 약 25병에 고기도 약 30인분 가까이 먹었네. 그래도 막상 시키면 다 들어가겠지만, 누가 보면 며칠은 굶은 줄 알겠다.

어쨌든 주문을 체크한 나는 찌개 4인분과 냉면 4인분을 모조리 시킨다.

'어우, 근데 술을 너무 많이 먹었나, 나도 정신 차리기 힘드네.'

휘청~ 휘청~

주문하면서도 몸을 제대로 못 가눈다. 끄응, 너무 먹었어. 아, 머리도 살살 아파 오네.

정말 다행인 것은 내 먹성 덕에 그래도 구토기는 안 올라와서 버틸 만은 했다는 거다. 고기도 좋은 고기라서 많이 느끼하지 않았던 것도 도움된 느낌이군. 어라? 문자왔네.

〈From. 올희♡마누라

나중에 필요하면 바로 전화해. 데리러 갈게. 아저씨, 나 어차피 안 자니까 아니면 지금 바로 갈까?♡ 오랜만에 아저씨와 밤을 보내고 싶어♡〉

우선 저 거슬리는 마누라 호칭부터 바꿔야지. 그나저나 오늘따라 적극적이군. 좋아. 이렇게 되면 나도 기분 나쁜 호칭으로 바꿔 주지. 쿠흐흐! 나중에 보면 깜짝 놀라도록 말이지. 하하하!

〈To. 부활소녀 리리컬☆세연 짱
그럼 연락할 때 와 줘, 여보~〉

 하하하하! 아! 내가 했지만 닭살 돋아. 세연이가 보통 소녀였다면 반응이 볼만했겠지만 그 녀석, 항상 무표정이니 말이야.
 어쨌든 밥과 냉면 주문을 끝내고 테이블로 돌아가자 난리가 벌어지고 있었다.
 "에이 썅! 깃발 꽂아!"
 "아, 개새끼들! 끝까지 들어 주니까! 기어오르냐?"
 "뒤지고 싶냐? 남의 머리에 술이나 처부어?"
 결국 아까 시비 걸던 딜러들이 우리 형님 중 한 명의 머리에 술을 부었나 보다. 열심히 물수건으로 닦는 걸 보니 바위왕 형님이 당했구만. 가장 연장자가 당했으니 다들 일어서서 마주 보면서 난리다. 보자, 숫자는 나 포함해도 4 대 5인가? 이거 딱 봐도 인원수가 불리한데?
 '더구나 물러서 있는 저 포지션. 한 놈은 힐러군.'

습관적으로 나오는 위치 선정을 볼 때 원거리 딜러 혹은 힐러. 하지만 눈매에 살기가 적다. 즉, 후방에서 서포트와 지원을 전문으로 하던 녀석. 그러면 자동으로 힐러뿐이다.

'4탱커 vs 4딜+1힐이면 100퍼센트 지는 각이네. 헌터 불러 둘까나?'

"이 새끼들이? 나와! 나와!"

"아, 좀 그만해라~"

그래도 저쪽은 전부 싸울 기색은 아니었다. 난리 치는 한 명을 2명이 말리면서 어떻게든 수습하려 하지만, 우리 쪽 3명은 전부 분노 상태였다. 전부 다 만취해서인지 아주 열받은 모습이었는데, 이대로 사고라도 치면 곤란하다. 나도 말려야겠군.

"형님들, 고만하고 2차나 가죠. 노래방 갈까요? 새끈한 쭉빵 누님들 불러 드릴 테니 저런 시시한 놈들은 버리고 갑시다."

"저딴 걸 두고 가야 하냐?"

"나와! 새꺄, 깃발 꽂자! 진짜! 누구 하나 뒤지든 살든 하자고!"

"죽여 버릴 테다!"

이런 제길, 다들 너무 취해서 말이 안 먹히는군.

상대 쪽 말리는 사람들도 난감하다는 듯 나와 시선을 마주쳤지만, 도저히 해결법이 안 나온다. 저쪽은 그래도 딜러들이라서 싸울 만했지만 이쪽은 전부 다 탱커라서 싸웠다 간 피떡 될 때까지 맞고, 걸레짝 될 게 뻔한데……. 아오! 이렇게 된 이상 할 수 있는 건 단 하나다.

"일단 이모님, 계산 먼저 할게요. 여기 카드요. 그러니까……."

"98만 원이네요. 아, 마지막에 밥이랑 냉면 값은 뺐어요."

"나와! 자식들아!"

"탱커가 우습냐? 씨발!"

"개새끼들!"

금액이 장난 아니군. 자자, 어쨌든 사건 터지기 전에 돈 문제도 해결했겠다, 그럼 이제 마음 놓고 처맞을 수 있겠군.

물론 나만 보면 충분히 싸울 수는 있다. 얼마 전 세르베루아 님에게 얻은 공격 스킬들로 나름 전투 능력을 지니고 있으니 말이다.

'하지만 전투를 하게 되면 괜히 소란스러워지고, 더구나 서로 상처가 커지면 나는 몰라도 형님들의 안위가 문제다.'

주먹 싸움 안에서 끝내는 게 제일! 어차피 상대도 취한 놈 외에는 그렇게 싸움을 내켜 하는 게 아니니까.

그러니 결론!

"이 씨발! 허접한 탱커 새끼들이!"

"설치긴 뭘 설쳐!"

"하! 깃발은 얼어 죽을, 주먹도 제대로 못 쓰는 것들이!"

Dr.웨더웨더 • 73

"흥!"

픽! 픽! 쾍!

소주까지 잔뜩 먹은 우리 일행이다. 제대로 싸울 수 있을 리가 없지. 더구나 적합자 전이긴 해도 무기를 들고 상해를 입히면 헌터에게 신고하면 그만이다.

…결론은 뭐냐면?

"아야야~!"

"형님들, 괜찮습니까?"

"아, 새끼들, 자비 없이 패네. 개새끼들, 파업 절대 안 푼다."

"근데 이래야 정상이라는 느낌이네. 아, 안 그러냐? 쇠돌아?"

우리 탱커 넷 일행은 한 시간 동안 떡이 되게 맞은 다음 골목 한구석에 널브러진 상태였다.

애초에 못 이길 싸움이었다.

딜러와 탱커는 근력과 민첩 스탯부터가 차원이 다르다.

나는 현재 방패를 낀 상태, 바위왕 형님은 정령사 클래스라서 근력, 민첩이 높지 않다. 방패는사랑입니다 형님은 실드 파이터로, 근력과 민첩이 평범 그 자체. 그나마 검투사인 치우 형님이 좀 싸움이 됐지만, 잉여인 아군들을 데리고 싸우는 데에는 한계가 있었다.

"맞는 게 기분 좋을 리 없잖습니까! 형님들 진짜! 이렇게 맞는 거까지 재현할 필요가 있었냐구요! 제가 룸살롱이든 어디든 모시는 게 낫지. 아파라!"

"드르렁… 쿨……."

"드르렁~!"

"형님들, 잡니까? 벌써?"

언제나 이런 꼴이다.

탱커들끼리 술만 먹었다 하면 이렇게 딜러들과 시비가 붙다가 맞는 게 일상이지. 안 맞았던 적이 더 적었지? 맛집은 딱히 우리만 오는 게 아니니까. 하아~ 온몸이 쑤시는군. 거기에 술기운도 도는지라 움직이기도 귀찮다. 졸리기도 하고, 피곤하기도 하고.

더 짜증 나는 건 옆에 같이 엎어지고, 골목에 기댄 형님들은 이미 일상이라는 듯 절찬 노숙 중이라는 거다. 하도 익숙해서 그런지 주변 사람들의 시선 따위는 진작 신경 꺼 버린 지 오래다. 일단 통행에는 폐가 되지 않으니 상관없다.

"드르렁… 쿨."

"쿠울~!"

"크아아앙!"

'에휴, 모르겠다. 나만 의리 없이 갈 순 없으니 이대로 잘까? 여름철이라 그렇게 춥지도 않고, 내일 일도 없고.'

한두 번 해 본 노숙도 아니고, 오늘은 이대로 자는 게 좋을 것 같았다. 가뜩이나 팍팍한 탱커들끼리 의리를 지켜야지! 암! 으리! 의리지.

 그래도 웃기는구만~ 연봉 40억짜리 인간이 길바닥에서 쓰레기처럼 뒹굴며 자는 처지라니. 어떤 의미로는 완전 개그군.

 '음, 최근 락킹 피스트 문제 때문에 스캐빈저 놈들도 조용하고, 더구나 4명이나 뭉쳐 있으면 건들기도 힘들 거다. 또, 여차할 경우엔……'

 4명 전부 이 잔혹한 한국의 적합자 사회에서 살아남은 베테랑들! 넷 다 이런 데서 자도 자기 살 방법은 마련해 놓고 있었다. 던전에서 야영을 하루 이틀 하던 게 아니었으니 말이다.

 나만 해도 '〈패시브-야생동화〉 설명 : 이거 하나면 당신도 정글의 법칙에 캐스팅 된다.'가 있어서 밤에는 자동으로 은신이 된다.

 바위왕 형님은 정령사라서 대지의 정령을 경비로 깔아 놓고 주무시고, 치우 형님은 〈패시브-검투사의 육감〉이라는 패스킬 덕에 누군가 자신을 타깃으로 잡거나 발견하면 자동으로 의식을 차리게 해 준다. 방패는사랑입니다 형님은 아주 심플하게 방패를 찬 채 크리스털을 끼워 놓고 누군가가 만약 빼면 자동으로 사용되게 세팅해 둔다.

 "그러니, 야외에서 자고 가겠습니다."

 (아저씨, 혹시 바보? 멀쩡한 집과 마누라를 두고서 노숙?)

마누라는 아니지 않냐? 뭐, 지금은 나도 술기운과 떡이 된 몸 상태라 의식을 유지하는 게 한계라서 거기까지 지적을 하지는 못한다.

"남자란 원래 이런 바보 같은 생물이야. 의리를 위해서 땅바닥에서 자는 정도는 가능한 법이지. 하아암~"

(알았어. 내일 갈 테니까 위치 알려 줘.)

딱 들어도 납득하지 못하는 느낌이었지만 그래도 난 친절히 위치를 알려 준다. 그러고 보니 이렇게 대화를 나누고 챙겨 주는 게, 세연이가 진짜 마누라 같군. 이대로 세연이와 알콩달콩 사는 것도 좋으려나?

'큭! 정신 차려라, 강철! 제길, 무섭군. 세연이 녀석! 나도 모르는 사이에 조신한 내조로 내 마음과 삶 속에 파고들고 있어?'

이러다가 세연이랑 혼인신고서 올리는 거 아닌가 몰라? 진짜 무섭군. 내조의 힘인가? 이것저것 편하게 다 해 주니까 내가 글러먹어지고 있군! 하아~ 몰라. 일단 그건 나중에 생각하자. 눈도 무겁고, 몸도 무겁다. 자야지. 쿨······.

5번 구역 근처.

강철 일행이 고깃집에서의 시비로 인해 떡이 되도록 맞아

지쳐 쓰러져서 자고 있을 무렵, 정부 소속의 적합자 바스타드의 사람들이 움직이고 있었다.

그중 시커먼 의사 가운이 인상적인 적합자팀의 대장 웨더웨더는 뒤에 사람 5명 정도를 이끌고 그곳을 지나가면서 휴대폰으로 통화 중이었다.

"흠~ 성운 씨, 좀 진정하고 말씀하시죠. 그렇게 왁왁 짖어대면 듣기 힘들지 않습니까?"

(그러니까! 그 망할 탱커가! 드래고닉 레기온이! 크윽! 나를! 나를 모멸하고! 우리 장비까지 완전 먹통으로 만들어서! 크아아악!)

"아, 그 영국 길드 말입니까? 그래서 제가 구상안 낼 때 말했잖습니까? 그 지부장 강철이라는 인간. 대재앙을 넘어온 탱커답게 정부 사람 싫어할 거라고 말입니다."

(어차피 안 될 거 알고 사진이라도 만들러 간 건데! 크으윽! 분해 죽겠습니다!)

'하아~ 쓸데없는 이야기만 하는군. 귀찮으니 빨리 끊어버려야겠지만……'

일단은 이성운 쪽이 자신들의 담당이었다. 그에게 밉보였다간 여러 가지로 귀찮아지니 참고 대화하는 웨더웨더였지만, 기껏 전화해서 한다는 말이 징징거리는 것이니 불쾌하기 짝이 없었다.

"그래서, 어쩔 겁니까? 저희야 오더만 준다면 바로 행동하겠습니다."

 (우선은 탱커들의 파업을 끝내기 위해서 다른 방안을 생각 중입니다.)

 "쯧, 귀찮게시리. 늘 하던 방식대로 하면 되는 걸. 경찰이든 군대든 동원해서 급습해서 털어 버리면 그만이잖습니까?"

 (이제는 무력으로 눌러 봐야 소용없습니다. 그 망할 자식들이 일해 주지 않으면! 던전에 각 도시들이 눌려서 난리 난다구요. 지금도! 던전이 닫히는 숫자보다 생기는 숫자가 많아서 난리 아닙니까. 더 위험한 건 레이드급 던전들이 열리고, 그곳의 부하급 몬스터들도 늘어나서! 난리입니다. 한시라도 빨리 탱커들을 복귀시켜야 합니다.)

 "그러면 그냥 탱커들 요구 들어주라고 하시지요. 사실 근 3년간 너무 빨아먹어도 빨아먹었잖습니까? 어이쿠, 뭡니까? 저건?"

 드르렁~ 쿨~

 길거리에 뻗어서 자고 있는 3명의 인영. 골목 구석에 쓰레기처럼 너부러져서 자는 모습이었다. 주변에 일반인들도 피해 가는, 누가 봐도 다가가기 싫은 인간쓰레기 더미.

 하나, 일행 중 한 명이 그들을 잠시 바라보더니 웨더웨더에게 말을 건다.

 "어떻게 하겠습니까? 박사님. 잡아갈까요? 일단은 적합자로 보이는데 소재로 쓰시는 건?"

"에이, 저런 쓰레기들을 제 키메라들과 합성하라는 말입니까? 저에게도 미학이라는 게 있습니다만?"

드르렁~ 쿨! 드르렁! 그헤헤.

술에 취해서 골목 벽에 기대어 자는 쓰레기 같은 인간들. 적합자 중에 저런 인생 패배자 같은 모습인 건 오로지 탱커뿐이리라.

공학계 레어 클래스라는 특별한 능력을 지닌 웨더웨더로서는 암만 적합자의 소재가 귀해도 저런 쓰레기들은 주워서 쓰고 싶지는 않았다.

"확실히 이런 데서 쓰레기처럼 구르면서 잠자는 놈들, 어차피 제대로 된 능력도 없는 사회의 쓰레기들이겠죠."

(여보세요? 여보세요? 웨더웨더 씨? 웨더웨더 씨? 들리십니까? 그 망할 강철이라는 녀석을! 납치해 주십시오. 남산타워 지하에 묻어 두었던 국정원 비밀방을 써서라도!)

"흠~ 지금 이쪽도 바쁩니다만? 그 망할 락킹 피스트 붕괴 플러스 암살 사건 뒤치다꺼리하라고 보내 놓고는 또, 갑자기 납치 임무입니까?"

(크으으윽! 아오!)

'뭐, 하지만 그 강철이라는 놈은 흥미가 도는군요.'

드래고닉 레기온과 단 한 번 레이드를 뛰었을 뿐인데 마스터 지크프리트가 직접 등용한 탱커 인재. 3대 길드원으로부터 얻은 정보에 의하면 45레벨에 55레벨의 그레이트 바실리스크를 탱킹했다고 전해진다. 언제 한 번 만나서 자신의 생물 감정 스킬로 자세히 알아보고 싶은 자였다.

'영웅 아이템 세팅이라고는 해도 10레벨 넘게 차이 나는 몬스터, 그것도 레이드급 몬스터를 혼자서 50분을 탱킹할 역량. 아마도 현 세대 최강의 탱커인 것 같은데 뭐, 그 정도 명품은 되어야 합성할 가치가 있지요. 크흐흐! 소문에 의하면 레어 클래스라는 이야기도 있던데, 스캐빈저 사건도 포함해서 기대할 만한 사건이 많아서 좋군요.'

이번 사건을 맡은 이유도 같다. 불가능에 가까우며, 누가 봐도 미친 짓을 실행한 능력을 가진 적합자를 찾기 위해서였다. 웨더웨더는 그냥 적합자를 소재로 하기보다는 더 좋고, 특별한 명품을 원했기 때문이다.

그리고 이날은 저거노트와 그를 노리는 키메라 메이커가 처음으로 조우한 날이었다. 당사자들은 서로의 존재를 인식하지 못했지만 말이다.

다음 날 오전 6시.

끄아, 머리가 깨질 듯이 아프다. 이래서 과음하면 안 되나? 아, 목말라 죽겠다. 숙취는 적합자라도 어쩔 수 없는 문제인가?

 다행히 계절이 계절이라서 춥진 않았던 것 같다. 불만이라면 저 망할 아침 태양 좀 어떻게 해 줬으면 좋겠다는 것 뿐.

 '아오, 빨리 편의점이라도 가서 뭐라도 마셔야지. 죽을 맛이네.'

 지끈거리는 머리를 부여잡고, 몸을 억지로 가누면서 일어선 나는 주변부터 살핀다. 끄응~

 "드르렁, 퓨~"

 "쿠울~"

 "쿠르르릉~"

 '그렇게 과음했으니 아직도 자는 거겠지. 이런, 벌써 6시 반인가? 출근시간대라 사람 많아지기 전에 깨워야겠네. 크윽!'

 간신히 의식은 찾았지만 아직도 비몽사몽한 상태에다 두통 때문에 죽을 맛이다. 거울을 보면 좀비가 따로 없겠군. 아, 목말라. 죽을 것 같다. 일단 뭐부터 마시고 와서 이 형님들 깨우고 싶어.

 "여기, 물 있습니다."

 "그어… 어? 아, 고마워. 꿀꺽, 꿀꺽. 카하아! 진짜 살 것 같네. 어, 어라?"

 수분이 공급되고, 청량감과 함께 뇌의 활동이 활성화되

자 자연스럽게 드는 의문. 지금 나 건물 사이 골목에서 노숙했는데, 이거 누가 준 거지? 난 처음에 물이 온 쪽으로 고개를 돌린다.

검은색의 긴치마, 새하얀 앞치마에 아침 햇살에 반짝이는 백금발, 그리고 드러나는 천사 같은 아름다운 외모. 에엑?
"에, 엘로이스 씨?"
"안녕히 주무셨습니까? 주인님."
"아, 예. 그러니까 이게 어떻게 된거냐면요."

내 옆엔 아주 무서운 눈빛으로 날 노려보는 엘로이스 씨가 있었다. 자세히 보니 그녀의 뒤에는 세연이도 있었는데, 그녀는 포기하라는 듯한 얼굴로 날 바라보고 있었다.

엘로이스 씨는 더없이 엄한 어조로 나에게 말하기 시작한다.

"전 비행기로 어제 귀국했습니다만, 이게 어떻게 된 일입니까? 당신은 엄연히 한 길드 지부의 인원을 책임지는 지부장입니다. 그런 사람이 시정잡배들도 안 할 음주가무 뒤 노숙이라니 말이 됩니까? 더구나 엄연히 데리러 올 사람도 있었으면서 말입니다. 조금은 자신의 몸과 그 어깨에 얹힌 책임의 무게를 깨달으실 때도 되었지 않습니까? 사람들이 보면 뭐라고 생각하겠습니까?"

"저, 저기, 엘로이스 씨, 진정해. 나 이런 일 한두 번 있던 것도 아니고, 익숙하니까 괜찮아. 거기다 봐, 형님들을 두고 갈 순 없는 노릇이잖아."

"그걸 지금 변명이라고 하고 계신 겁니까? 주인님이 잘못되면 주인님 하나가 아니라 한국 지부는 그대로 사업을 접고 철수해야 하는 판입니다만?"

"…히익!"

그러고 보니 맞네. 엄연히 드래고닉 레기온 한국 지부는 영어에 무식한 나 '강철'의 무난한 레벨 업을 위해서 만든 곳이다.

물론 부가적으로 얻은 인재들도 유용했지만, 지크프리트 씨는 오로지 '나'만 보고 투자할 가치가 있다고 생각한 거다.

"하아~! 어쨌든 남은 건 돌아가서 이야기하도록 하겠습니다."

'엑? 이게 끝이 아니라는 건가?'

"다른 분들도 깨워 주십시오. 차를 가지고 왔으니 모두 모셔다 드리겠습니다."

이거 완전 난리 났네. 끄응~ 난 형님들을 깨우면서 화난 엘로이스 씨가 얼마나 날 들들 볶을지 걱정한다. 어느새 세연이가 옆에 다가온다.

"아저씨, 괜찮아? 자, 이거."

X디션이라는 유명한 숙취 해소 음료를 나에게 넘겨주는 세연이였다. 하~! 세연이 진짜 천사! 이 아저씨, 감동이 차

오르는구나.

 소주를 그렇게 마셔 댔는데 고작 물 한 모금으로 갈증이 완전히 풀릴 리 없던 나는 즉각 받아서 병뚜껑을 따고 원샷한다. 크으! 살 것 같아!

"일단은 엘로이스 님이 한국 오고 나서 바깥 숙소에서 머물 거라고 둘러댔는데 결국 이 근처에 와서 들켜 버렸어. 미안해, 아저씨."

"네가 미안할 게 뭐가 있냐? 다 내 탓이지. 까짓것 혼나면 그만이지. 하하하."

"어젠 즐거웠어?"

"어! 엄청 즐거웠지! 아쉬운 건 2차로 노래방을 가지 못했다는 게 아쉽군."

 한국 전통의 회식 코스인데 말이지. 술과 고기를 먹고, 노래방에서 고성방가! 그다음 이어서 다시 술! 먹고, 다른 형님들은 여자 하나씩 끼고 가서 잘 때, 난 혼자 비틀거리면서 방에 들어와 비몽사몽 정신으로 미연시 게임을 하다가 컴퓨터 앞에서 잠다는 정석 코스를 모두 제패 못한 게 아쉬웠다.

"아저씨, 진짜 아저씨 같아. 21살 맞아? 그보다 다른 저 바보 아저씨들이 여자랑 갈 때 혼자 컴퓨터 속 가상의 여자를 찾는 게 희한하네."

"시, 시끄러워! 내 동정은 미현 누님에게 줄 거라고 맹세

했어!"

"받을 사람은 생각도 안 하는 게 문제 아니야?"

"시, 시끄러! 그런 얼굴로 보지 마!"

여자는 좋아하는 남자에게 처녀를 준다는 것처럼! 남자도 좋아하는 여성에게 동정을 주려고 마음먹을 수도 있는 거 아니야? 생각해 보니 미친 것 같군. 술이 덜 깬 것 같다. 끄아아아! 내가 무슨 소리를 하는 거야?

"하아~ 아저씨 바보. 빨리 깨워서 가기나 해요."

"제길, 어쩔 수 없지. 헤이, 형님! 치우 햄! 바위 형! 일어나요! 차 불렀으니까, 차에서 뻗어요."

"끄으… 아, 뭐야? 더 자자. 좀~"

"드르렁~"

"어? 아, 벌써 아침이냐? 흐아아암~ 그럼 해장국 먹으러 가야지. 해장국 먹으러 가자~"

빵빵!

아마 저는 그럴 상황이 못 될 것 같습니다.

어디서 구한 건지 모를 중형차의 클랙슨을 울리며 나를 노려보는 엘로이스의 시선에 난 재빠르게 형님들을 모셔서 차에 집어넣는다. 이거 참~ 힘들다. 그러고는 엘로이스 씨에게 가까운 해장국 집을 대충 찾아서 가 달라고 했다.

3분여 동안 차를 몰고 가자 해장국집 앞에 도착했고, 세 형님들을 내려준다.

"그럼, 형님들, 나중에 봬요~"

"어~! 쇠돌이 넌 안 먹나?"

현재 무표정으로 절 노려보는 엘로이스 씨와 개인 면담이 있을 예정입니다. 히익! 무셔!

"어제 참 잘 먹었다. 잘 가고~!"

"캬, 미소녀 비서에 메이드까지~ 성공한 놈은 뭐가 달라도 다르네! 하하하! 다음에 또 보자~"

그렇게 형님들과 인사를 마친 나는 드디어 재판장에 오른 죄수가 된 느낌이라고 해야 하나? 그런 기분으로 차에 몸을 실었다. 음, 아직까지 말이 없네, 엘로이스 씨. 운전 중이라서 집중해야 그런가?

"주인님."

"아, 넵?"

"오늘 건은 도저히 그냥 넘어갈 수 없습니다. 제가 비운 사이에 그런 방탕하고, 저열한 행동뿐이라니! 이건 분명히 교정해야 할 부분입니다. 더구나! 걱정하는 사람들은 생각도 안 하는 겁니까?"

어, 어지간히 화가 났나 보다.

하긴 상식적으로 봤을 때, 나는 드래고닉 레기온의 지부장이지. 비록 인원은 19명뿐이지만 한 조직의 팀장이 술에 떡이 돼서 노숙한 모습, 더구나 드래고닉 레기온 하면 '기사단!'이라는 모범적인 이미지가 있으니까 엘로이스 씨가 납득하기 어려워하는 건 이해 못할 부분은 아니다.

"너무 그러지 말았으면 합니다, 엘로이스 님. 아저씨, 금방 휴가 받아서 탱커들끼리 어울린 거잖아. 그동안 열심히 했는데 그 정도는 봐줄 수도 있는 거 아냐?"

"저런 어울림은 있어선 안 되는 일입니다. 휴우~ 주인님의 교우 관계를 너무 우습게 생각했군요."

"저기, 내가 다 잘못했으니까. 다음부턴 안 그럴 테니 싸우지 마."

세연이랑 엘로이스 씨는 진짜로 상성이 안 좋구만! 아니, 잘못은 내가 했는데 왜 둘이 싸우는 거야? 제발 좀~ 차라리 나를 혼내고, 나한테 뭐라고 해라.

"안 그래도 그럴 예정입니다, 주인님. 가면 가혹한 처벌이 있을 테니 각오하십시오."

"너무 불합리해. 스트레스가 심하다고 해 놓고는 아저씨의 스트레스 해소 방법을 망칠 생각이야?"

"전 엄연히 영국 본사에서 나온 사람입니다. 만약 이대로 제재하지 않고 끝내면 주인님의 신변에 더 큰일이 생길 것이기에 어쩔 수 없습니다. 저도 내키지 않는 게 사실입니다."

하아~! 왠지 갑자기 어깨가 무거워진 느낌이 드네. 말 그대로 노블레스 오블리주인가? 다른 한국 회사였으면 높으신 분이 별장에서 여고생들 데리고 생수 파티를 하건 뭘 하건 상관 안 했을 텐데.

결국 내가 제대로 안 하면 엘로이스 씨도 그렇고, 길드의 다른 사람들이 곤란하다는 이야기였다.

'그러고 보면, 엘로이스 씨는 우리 엄마 같네.'

대재앙 이후 이런 나의 이런 행동을 안 된다고 제지해 준 사람은 아무도 없었다. 미래나 현마는 동갑내기 친구인 데다 각자 바쁘니까 사생활 침해도 전혀 안 하고, 세연이는 기본적으로 내가 하는 행동을 모두 긍정해 줬으니까 말이다.

'어휴, 철아, 넌 정말 게임이 하고 싶어서 하는 거니?'
'철아, 계속 고민하렴. 네가 어떤 사람이 될 수 있는지 쭉 고민하렴.'
'철아! 오지 마! 꺄아아!'

하도 세상을 거칠게 살아서 그런지 기억도 희미하게 남은 엄마의 목소리였다.

엘로이스 씨의 꾸중을 듣다가 엄마가 생각날 줄이야. 아마 들으면 기분 나빠하겠지? 하지만 그녀는 아무리 봐도 엄마 생각이 날 수 밖에 없는 여성이었다.

'한없이 헌신적이지, 맡은바 임무는 다하고, 내 의사는 존중해 주면서도 꾸중이 필요할 땐 확실히 해 주니 말이야. 누가 봐도 엄마네.'

"아저씨, 무슨 생각하기에 기분 나쁘게 웃고 있어?"

"웃을 때가 아닙니다, 주인님."

이런, 더 화나게 해 버렸나? 그래도 기쁘다. 그동안 삶에 치여서 잊고 있었던 엄마 생각도 났으니까. 그래, 기왕 이렇게 되었으니 기쁘게 엘로이스 씨의 벌을 받고서 그녀에게 효도(?)하도록 해야겠다.

그리 생각하던 난 서서히 나의 집이자 길드 지부 건물이 눈에 들어온 것을 확인하고 묻는다.

"으쌰, 그럼 나 어떻게 하고 있을까?"

"우선 술 냄새가 지독하니 방에 돌아가셔서 씻고 옷을 갈아입고 계십시오."

"아, 알았어."

엘로이스 씨 눈빛, 겁나게 무서워! 음, 확실히 많이 마시긴 마셨지. 아직도 약간 어지럽다고 해야 하나? 기분이 썩 좋지는 않다.

어쨌든 지당하신 엘로이스 씨의 말을 듣고 나는 내 방으로 올라간다.

"아저씨, 움직이는 게 이상한데, 씻겨 줘?"

"필요 없네요!"

"히잉."

아쉬운 소리 내지 마. 무슨 업소도 아니고! 흥!

난 세연이 모르게 후다닥 올라가서 우선 샤워부터 시작

한다. 따스한 물이 몸에 스며드니 기분이 좋았다. 그러고는 잘 때 입는 편한 옷으로 갈아입고, 침대에 다이브! 하고 싶었지만…

"맞다. 정신 차려야지. 엘로이스 씨에게 벌 받아야 하니까."

그나저나 무슨 벌을 주려나? 엘로이스 씨, 나보다 훨씬 고레벨이고 무서운 성격이니까 가차 없겠지. 그리고 어딘가 규율적이고 말이야.

난 마치 벌 받는 걸 기다리는 어린아이처럼 걱정에 잠겨 있었다. 그렇게 약 30여 분이 지나서야 방문에서 노크 소리가 들린다.

"들어가겠습니다."

"어, 응. 들어와."

"실례합니다."

달칵… 드르륵!

문이 열리자, 비행기나 열차에서나 볼 듯한 카트가 먼저 밀고 들어온다. 거기엔 온갖 술과 김이 모락모락 나는 각종 요리가 준비되어 있었다. 엥?

그다음 등장한 것은 충격적인 옷차림을 한 엘로이스 씨와 세연이였다.

둘 다 왜 수영복을 입고 있는 건데? 지금 여름이긴 한데, 내 방은 수영장이 아니란 말이야? 왜? 왜에?

엘로이스 씨는 과감한 검정색 비키니 차림. 백인다운 하얀 피부와 완전히 대비돼서 엄청 섹시한 모습이었다. 세상에, 메이드 복에 가려져 있었지만 원래 서양적인 볼륨이 압도적이어서 노출이 많아지니 천사에서 여왕님으로 속성이 변한 듯한 느낌이다.

에로함과 성스러운 위엄이 조화롭게 어우러진지라, 아까 전까지 '엄마'에 대비하던 내 자신이 부끄러울 정도였다. 저렇게 예쁘고 섹시한 엄마가 어디 있어?

"아저씨 변태. 세연이는 어때?"

"헉!"

세연이는 반대로 검정색 몸체에 새하얀 프릴이 달린 귀여운 원피스 타입의 수영복을 입고 있었다.

원래 날씬하고 밸런스 좋은 몸매를 가진 세연이였기에, 청초한 인상과 어우러져 뿅가죽네! 게다가 저 검정에 달린 하얀 프릴이 전에 입었던 메이드복을 연상시켜서 엄청 예쁘고 귀여웠다.

근데? 두 분이서 왜 수영복차림으로 내 방에?

"벌주러 온 겁니다. 세연 양, 자리를……."

"응."

척척.

그녀들의 미모에 넋 나가 있는 사이, 세연이는 능숙하게 카트에서 작은 탁자를 꺼내 세팅하기 시작했고, 정신 차리니 내 방에는 작은 술상이 마련되었다.

탁자 위 철판에서는 생선 같은 요리가 죽이는 향기를 내뿜고 있었다. 붉은 양념이 발라진 자태, 마늘과 파로 장식된 것이 식욕을 자극했다. 아침때가 돼서 배가 고프긴 했는데 이, 이게 어떻게 된 일이지? 나 벌 받는 거 아닌가?

"저기, 있잖아. 엘로이스 씨, 이건 혹시 최후의 만찬 그런 거야?"

"술은 뭐로 하시겠습니까?"

"어? 그럼 맥주로……."

"알겠습니다."

왠지 그냥 무시하고 넘어간 것 같은데, 눈 둘 곳을 모른 채 나는 엘로이스 씨에게 맥주를 달라고 한다. 뭔데? 그러니까 무슨 의도야? 갑자기 아침부터 이게 웬 술판이지?

어리둥절해하면서 술잔을 받는데, 두 사람은 내 양옆에서 서로 술잔을 기울인다. 수영복 차림의 미녀와 미소녀 사이에서 아침 식사라~ 이건 벌이라기보단 오히려 행복한 일 아닌가?

'음~ 어떻게 된 거지?'

"식사도 하십시오."

"어, 응. 근데 있잖아. 이게 그 벌이야?"

"세연 양도 한 잔 어떻습니까?"

답답한 건 질색이었기에 다시 한 번 엘로이스 씨에게 직구로 묻지만 무시당한다. 젠장! 으아아! 수영복 사이로 드러나는 가슴골이! 남자라면 본능적으로 가지고 있을 리비도가 끓어오르는군.

도대체 무슨 생각을 하는 건지 알 수가 없네. 물론 개인적으로 눈도 호강하고, 밥도 먹으니까 좋은 게 좋은 거지만, 목적을 알 수 없으니 불안감이 생긴다.

"세연아, 넌 일이 왜 이렇게 된 건지 아니?"

"세연이는 아무것도 몰라."

너도 모른 체하기냐?

"뭐야, 그게~ 하하하. 근데 양념에 구운 이거, 장어인가? 마늘과 밸런스가 은근히 맞는데. 어?"

장어? 마늘? 안주로도 맛있고, 적절했으나 난 무언가 기묘함을 느낀다. 이 라인업들, 왠지 익숙하다. 혹시 몰라서 난 일어나서 카트에 남은 요리들의 메뉴를 살펴본다. 소스로 마무리한 생간 무침과 아스파라거스 구이, 더덕 무침. 그제야 난 정신이 번뜩 들었다. 이거, 죄다 정력에 좋은 스태미나 식품이잖아?

"주인니임~? 식사할 때 멋대로 일어나시는 건 좋지 않습니다."

"맞아. 지금 아저씨는 '벌' 받는 중이니까 말이야. 화장실은 방 안에 있으니 도망도 못 가겠네."

서, 설마? 아니, 무슨 이런 벌이 다 있어? 지금 내 이성의 한계를 실험하려는 건가? 아니다. 이건 벌이다.

그러고 보니 두 사람 다 내가 따로 좋아하는 사람이 있다는 거 알고 있는데도 노골적인 섹시 어필, 거기에 각종 정력에 좋은 음식, 마지막으로 넉넉히 준비된 술.

'이건 설마?'

"빨리 와서 잔 받아, 아저씨."

"휴우~ 그렇죠. 주인님 멋대로라서 저희가 주는 술 따윈 받기 싫으시다는 거군요."

수영복 차림에 맥주병을 잡고서 물기 어린 촉촉한 눈빛으로 날 바라보는 엘로이스 씨. 심장이 급격히 두근거리기 시작한다. 솔직히 남자의 본능을 꽉꽉 자극하는지라 심장에 안 좋아. 동서고금, 미인을 침울하게 하는 남자가 얼마나 큰 죄책감에 시달리는지 알 수 있는 부분이다.

'주지육림인가?'

"에휴~ 엘로이스 님, 아저씨는 바보니까 냅두고 우리끼리 먹어요."

먼저 멋모르고 먹은 맥주 덕에 취기가 돌기 시작해서인지 이 방 안의 공기가 달게 느껴진다. 더구나 눈앞은 살색의 향연. 내 분신(?)은 저도 모르게 반응하기 시작했다. 당연하잖아! 두 사람 다 여성으로서도 매력 넘치니까 말이야.

내 남은 이성의 편린만이 필사적으로 저항했고, 드디어 벌의 정체를 파악한 나는 그대로 땅에 머리를 숙이면서 패배 선언을 한다.

"죄송했습니다! 다시는 안 그러겠습니다!"

"무슨 말씀인지 모르겠습니다만? 주인님."

"그러게요. 아저씨는 미소녀 둘과 함께 수영복 차림으로 식사하는 게 그렇게 잘못된 거라고 생각하나요?"

분명 내가 하는 짓을 다른 사람들이 보면 '병신, 쪼다, 고자 새끼'로밖에 보이지 않을 거다. 거의 속옷이나 다름없는 수영복 차림으로 가지는 술자리에 딱 봐도 그걸(?) 목적으로 하는 음식 라인업, 대놓고 남자들이 실수하는 상황을 그대로 연출하려는 것이다. 눈을 뜨니 침대 위에서 알몸의 여성들과 깨어나는 그 상황 말이다. 그러면 결국 나는 빼도 박도 못하고, 인생 종치는 거겠지.

'미현 누님에게 고백도 못하고 그러는 건 싫어. 일단 도망을 쳐야 하나?'

"세연 양, 의외로 술이 세네요."

"안 취하는 거지만요."

끄아아! 두 사람은 내 말은 들은 체도 안 하고, 계속 술잔을 기울인다. 세연이는 데스나이트라서 취하지 않는다 쳐도 엘로이스 씨는 저렇게 마구 들이켜면 분명 취할 텐데!

끄아아! 도망갈 수 없는 덫에 빠진 심정이 된 나는 필사적으로 설득해야 한다고 생각한다. 안 그러면 당장 오늘 오후에 일어나자마자 동사무소로 향해서 혼인 신고서에 사인해야 할지도 모른다.

"저기, 있잖아, 엘로이스 씨, 저, 정말 미안해. 다시는 술 먹고 외박 안 할게. 여차하면 이야기도 할 거고……."

"……."

날 노려보는 것으로 대답을 대신하는 엘로이스 씨였다. 끄아아! 왜지? 모자라나? 내가 잘못한 건 그거뿐인데? 혹시 더 있나?

"아, 알았어. 또, 앞으로는 제대로 지부장 노릇 할 테니까 제발 봐주세요. 저기, 세연아, 너도 좀 도와줘. 이런 식으로 사람 마음 가지고 노는 건 안 좋은 일이잖아."

최대한 위로하려고 노력하면서 세연이에게 말을 걸어서 도움을 요청하지만…

"아저씨는 맨날 멋대로 가지고 놀아 놓고는. 흥."

너까지 날 버리기냐? 나 이런 상황 너무 싫은데 말이지. 하아~ 나보고 어쩌라는 건지.

답답함에 갈증이 오른 나는 결국 술자리에 복귀해서 맥주를 들이켠다. 시원한 청량감에 조금은 갈증이 가시고, 취기가 더 오른다. 난 좀 더 적극적으로 사죄를 하기 시작한다.

"하아~ 있잖아. 길바닥에서 자고 그런 거 정말 미안하다니까~ 앞으로 잘할게. 제발 화 풀어 줘, 응?"

이거 마치 부인에게 사과하는 남편 같은 느낌이군. 아냐 아냐! 그래도 혼인한 건 아니고, 내가 잘못한 게 맞으니까!

이상한 착각은 하지 말자.

그렇게 최선을 다해서 사과를 하는데, 갑자기 엘로이스 씨가 술잔을 내리더니 내 머리를 잡고 가까이 당긴다.

"……."

"…저기?"

"흠~"

세연아, 감상하고 있지 말아 줄래? 저 애는 나 좋다고 해 놓고 다른 여자한테 붙은 모양새를 그냥 두고 보냐? 아니면 단순히 내가 당황해하는 모습이 보고 싶은 것일지도 모른다.

꿀꺽~ 자세히 보니 더 예쁘네, 엘로이스 씨. 입술도 도톰하고 눈동자도 투명한 게 빨려 들어갈 것 같았다.

"이제 멋대로 하는 사람의 기분을 좀 아시겠습니까?"

"아, 예. 추, 충분히 알 것 같습니다!"

너무 가까운 거리라서, 엘로이스 씨가 말할 때마다 달콤한 향기가 느껴졌다. 게다가 손과 팔로 전해지는 따스한 체온. 평소의 모습과 완전 다른 행동에 갭이 느껴져서 더욱 매력적이었다. 근데 세연아? 이거 분위기 위험한데? 너 안 말리니?

"아저씨, 나는 상관없지만 엘로이스 님은 이게 필요할 거야."

'이, 이건?'

툭.

그리고 내 옆에 놓아지는 비너스 마크가 달린 아주 작은 상자. 이, 이거 진심이냐? 이거? 이거 진심이냐고? 나 오늘 여기서 잡아먹히는 거야?

상자를 내려놓은 세연이는 내 등 쪽에 달라붙기 시작한다. 야? 이대론 꼼짝도 못한다. 끄아아아! 얘는 살아 있는 몸도 아닌데 왜 이렇게 매끈하고 감촉이 좋은 거야?

취기로 오른 열기를 식혀 주는 세연의 여체가 기분 좋게 느껴지는 나였다.

'나 이대로 골? 첫 경험이 3P? 아, 안 돼. 난 마음에 둔 사람이 있는데… 하, 하지만 이건 벌이라고 생각하면? 그, 그래도 안 돼! 누가… 누가 좀 도와……!'

찰칵.

잡아먹히기 직전의 상황에서 하느님이 내 간절한 기도를 들으신 걸까?

내 방문이 열리더니 구원자라도 되는 양 누군가가 나타난다. 양손에 가득한 쇼핑백 봉투를 지닌 나의 구세주!

"어라? 문이 열려 있네. 뭐지? 이 빛의 방어막 같은 건? 사장님, 계세요? 진서입니다. 일본에서 지금 난리가 나서 예정보다 일찍 돌아왔는데, 그래도 선물은 확실하게… 헉?"

"지, 진서 형니임?"

일본에 갔던 진서 형님이 돌아왔구나! 무슨 사정인지 모르지만 나이스! 다음에 연봉 협상 때 꼭! 연봉 올려 드릴게요! 진서 형님, 완전 사랑해요!

"아, 사장님… 죄, 죄송했습니다! 즐겁게 즐기시길!"

수영복 차림을 한 엘로이스 씨와 세연이에게 샌드위치를 당하고 있던 분위기를 파악한 진서 형님은 사과하고 물러났으나, 어쨌든 형님 덕에 일단 분위기는 급격히 식어 버린다.

"휴우~ 흥이 깨졌네요."

"그러게. 아까웠어."

"뭐, 그래도 이 정도면 주인님도 알아들으셨을 테니 오늘은 여기까지만~ 다음에 또 그러시면 이 정도에서 끝내지 않겠습니다."

예, 잘 알겠습니다. 절대로 두 번 다시 술 먹고 노숙하거나 난리치지 않겠습니다. 차라리 지부에서 술 먹고 자든가 해야지. 엉엉. 그나저나 너무 무서워쩌. 엘로이스 씨, 화나면 저렇게 무섭구나. 절대 화나게 하지 말아야지.

난생처음 여자가 무섭다고 느낀 하루였다.

페이즈 11-3

신입 사원 환영회

다음 주 월요일, 오전 9시.

그렇게 스캐빈저의 상대를 하고 난 뒤 휴가가 끝나고, 드디어 월요일이 왔다.

남은 기간 청문회 준비를 하느라 바빴지만, 그래도 본국에서 '스트레스가 심하니 적당히 굴리세요.'라는 진단서가 나오자 오전이나 오후 중 반나절만 일하는 여유로운 기간이었다. 엘로이스 씨라던가 세연이가 무서웠던 거 빼고 말이지.

'내가 빡쳐서라도 미현 누님에게 고백해야겠군. 일단 그 전에 일이나 해야지~'

난 먼저 사무실에 출근해서 크로니클의 홈페이지를 보면

서 던전 매물량을 확인했다.

서울에만 열려 있는 던전의 개수가 현재 82개나 되고, 레이드급 던전도 2개나 된다. 전국 단위로 살피면 열린 던전의 개수는 약 200개. 레이드급은 4개나 열려 있는데 탱커가 없어서 난리였다.

'역시 탱커들이 전면 파업하니까 전국에 난리가 났구만~'

내 메일로도 크로니클은 물론 대통령 이름을 단 격려문이 와 있었다. 하루라도 빨리 탱커들을 위로하고 상황을 수습해서 던전을 닫고, 오벨리스크들을 깨서 국가 안보에 기여하라는 소리였다.

난 보면서 이게 무슨 개소리인가 싶었다. 그냥 재생 치유비와 수입만 보장되면 열심히 안 할 탱커 아무도 없다.

"하아~ 내일모레 청문회가 걱정이군."

청문회는 총 3일간 치러지는데, 내가 가는 날짜는 바로 수요일. 보건복지부 장관과 적합자관리부장관이 출석하는 때에 나가면 된다. 가서 진술하는 것까진 문제가 안 되지만 괜히 적을 늘릴지도 모른다는 게 두려웠다.

그렇게 고민 중인데 내 사무실의 문이 열리는 소리가 들리더니, 세연이가 누군가를 데리고 들어오고 있었다.

"아저씨, 전부 다 출근했어. 그리고 미래 언니 데려왔어."

"철아, 아, 안녕?"

"흠~"

검녹색과 금색이 조화롭게 아우러진 드래고닉 레기온의 제복을 입은 미래의 모습은 뭔가 군대의 여장교 같은 느낌이었다. 같은 옷을 입어도 인상 차이가 심하구나.

어쨌든 이 정도로 기가 세 보이면 2팀 녀석들을 휘어잡는 건 어렵지 않을 테니 걱정 없다.

"아, 잘 왔어. 미래야, 이제 정식으로 드래고닉 레기온에 입단하게 된 걸 축하해."

"어, 응. 근데 나 너를 뭐라고 불러야 하려나? 일단 조직 사회니까 그냥 이름으로 부르긴 그러네."

동갑에, 대재앙 시작부터 같이 그 지옥을 헤쳐 나온 사이였지만 상하 관계는 확실히 구분해야 했다.

이거 은근히 성가시네. 그냥 평범하게 부르게 하고 싶어도 다른 길드원들이 납득 못할 테니 교통정리가 필요해 보였다.

"그럼 그냥 강철 씨라던가? 강철 님 정도로 해 줘. 물론 일할 때만 말이지."

"알았어. 지금부터 그럼 존칭하겠습니다. 강철 님. 푸후훗! 아! 어색해 미치겠네."

너한테 그 소리 듣는 나도 어색하긴 마찬가지다. 어쩔 수 없지. 이게 사회생활이니 말이야. 어색하긴 했지만 조직의 균형을 위해서라도 내가 감내해야지.

"난 그럼 남들 앞에선 미래 씨라고 부를게. 너무 가깝게 부르면 남들이 이상하게 생각할 테니까. 일단 브리핑도 하고 사람들에게 소개시켜야 하니 세연아, 대회의실에 사람들 좀 모아 줄래?"

"알았어, 아저씨."

"어머, 세연이가 비서인 거야?"

이상한 눈으로 날 바라보는 미래였다. 아니, 자기가 하고 싶다는데 내가 어쩌겠냐? 자신의 사무실에서 용무를 보고 있는 엘로이스 씨까지 보면 아주 기겁하겠군.

"어, 그렇게 되었어. 사실 1팀 팀장을 맡기고 싶었는데 역시 나이가 문제였지만, 막상 비서 일 맡기니까 정말 잘하더라. 데스 나이트라서 잠도 잘 필요 없고 말이야."

"잠깐 데, 데스 나이트?"

세연이를 돌아보면서 깜짝 놀라는 미래.

세연이는 자랑스럽다는 듯 자신의 인터페이스를 열어서 클래스 부분만 드래그해서 미래에게 보내 준다.

'클래스 : 데스 나이트'라는 걸 읽고 놀란 미래가 날 노려본다. 아, 이제 알려 줘도 되겠네.

"이제 우리 식구 됐으니까 알려 줘야지? 자, 이건 내 클래스야."

"저거… 노트? 세상에 서, 설마 레어 클래스?"

"어, 맞아. 퓨어 탱커 계열 레어 클래스야. 남은 건 가면서 이야기해 줄게."

사실은 퓨어 탱커도 아니고, 그냥 괴수 클래스였지만 설명하기 귀찮으니 지금 내가 맡은 포지션으로 대체한다.

유사점을 찾는다면 드루이드 계열과 비슷하지만 그 녀석들은 아예 형태를 야수형으로 바꾸는 거고, 난 괴수의 특성을 끌어와 완전히 변해 간다는 점이 다르리라. 지금은 방패 버그 때문에 괴수의 특성을 발현하는 스킬이 막혀 있는 게 문제지만 말이다.

"퓨어 탱커라. 그래서 현마한테 이야기 안 했던 거야?"

"당연하지. 알려 줬어 봐라. 어차피 딜러로 갈 수 있는 미래도 없다고 그냥 말뚝 박으라고 달달 들볶았겠지."

"푸훗! 뭐, 결과적으로 쓰리 스타즈 얼라이언스에 가지 않은 덕에 드래고닉 레기온 지부장이라는 신분이 될 수 있던 거니까 다행이긴 하네."

"하아~ 근데 지부장이라는 거 더럽게 귀찮은 일이 많아서 죽겠다. 네가 대신 할래?"

"미안하지만 난 탱커가 아니라서 무리야. 흥~!"

젠장, 방금 호칭에 대한 교통 정리했는데 금세 친구 사이로 돌아와 버리는 나와 미래였다. 그러고 보니 고등학교 때부터 얘랑 어울렸었는데, 참 징한 인연이네.

어쨌든 예전처럼 투닥거리면서 지부에 대한 설명을 해 준 나는 먼저 미래와 대회의실에 들어가게 된다.

5분 뒤.

드래고닉 레기온 한국 지부, 대회의실.

역시 몇 명 안 되니까 금방 모이네. 1팀, 2팀 전원 대회의실에 모여서 각자 자리에 앉아 있었다.

음, 다들 무사한 걸 보니 별일은 없군. 유명 길드의 길드원이 휴가철 사이에 스캐빈저에게 당한다던가, 납치당하는 경우, 혹은 죽는 경우도 빈번한 게 적합자 세계다.

"다들 휴가 잘 보내셨습니까? 무사한 얼굴을 보니 반갑습니다. 자, 그럼 다시 일하기 전에 우리 한국 지부에 새롭게 소속된 분이 있습니다. 2팀의 사무 보조를 주로 맡아 줄 윤미래 씨입니다. 미래 씨, 앞으로 나오세요."

"반갑습니다. 윤미래라고 합니다. 적합자고, 레벨은 23에 클래스는 플라즈마 런처지만 실제 던전을 가지 않으니 의미는 없습니다만… 같은 적합자라고 알려 드리고 싶었습니다. 여기 오기 전까지는 신에너지 개발 관련 회사에서 연구직으로 있다가 이번에 드래고닉 레기온에 오게 되었습니다. 잘 부탁드립니다."

짝짝짝~

"오오!"

미래가 허리 숙여서 인사를 마치자 박수 소리와 함께 남자의 환호성이 들린다. 2팀에서 들린 목소리군. 그들은 나를 보면서 눈빛으로 말하고 있었다.

'지부장님이 약속을 지키셨어!'

'새끈한 누님 오피스 레이디!'

'지부장님, 충성을 다하겠습니다!'

'와! 멋진 누님이다! 하악하악!'

2팀에는 팀장 상연이 빼고 다들 반응이 좋았다.

뭐, 미래는 겉보기에는 미녀 축에 속하니까. 다만 단점이라면 올해 21세지만 나이보다 더 성숙해 보이는 점이라고 해야 하나? 대뜸 봐도 20대 중, 후반의 커리어우먼 포스가 나는 미래였다.

준서 씨도 반쯤 헤벌쭉한 모습인 걸로 봐선 이제 스캐빈저 토벌 때의 일은 넘어갈 정도로 만족한 것 같았다.

"그럼 미래 씨는 나중에 2팀 분들과 이야기하세요. 자, 이제부터 회의 시작하겠습니다. 집중해 주세요. 우선은 현재 탱커 파업에 대해서 다들 아시죠? 그것 때문에 전국에 던전이 열려도 닫히지 않아서 나라가 난리랍니다. 스캐빈저 토벌도 마쳤으니 이제 당분간은 던전 도느라 바빠질 겁니다. 아니, 레벨 업해야 하니까 빡빡 돌릴 겁니다. 각오하세요. 목표는 세 달 안에 여러분을 모두 50레벨대로 만드는 거니까요."

"흠~ 드디어 올 것이 왔군."

"그렇다고 무리하는 건 아니니까 걱정 마세요. 피로도와 스케줄을 조정해서 가능한 한도 내에서 레벨 업 일정을 짤 생각입니다. 수익은 걱정 말고 팍팍 도세요. 더불어 레벨 업도 중요하지만, 전체 인원의 호흡도 중요하기에 길드 단위로 레이드도 할 생각입니다."

길드 레이드. 어차피 그랜드 퀘스트에 도전하는 우리 길드다. 각 팀별로 호흡도 중요하지만 더 중요한 건 12인 전원의 호흡이었다.

길드에 속한 인원은 19명이었지만 실전을 뛰는 인원은 1, 2팀인 12인이었으니 주기적으로 호흡을 맞춰야 한다. 또, 서로 무슨 스킬을 가지고 있는가? 어떤 능력을 가지고 있는가도 알고 있어야 한다.

"길드 레이드 전에는 몬스터의 스펙도 중요하지만 아군 길드원들의 스킬을 충분히 익힌 상태로 가야 하니까 각 팀장님들은 자기 팀의 리포트를 작성해서 올려 주세요. 공유해야 하니까요. 더불어 당장 내일부터 던전을 갈 거니 적합자분들은 아이템이랑 미리 챙겨 주시고, 오늘 오전에 갈 던전을 정해 드리겠습니다. 질문 있으신 분?"

"그럼 가는 던전의 정보는? 어떻게 합니까? 패스파인더나 레인저님들에게 의뢰하면 시간이 안 맞을 텐데?"

"크로니클에서 이미 조사가 다 된 던전 매물이 많아서 그런 걱정은 안 하셔도 됩니다. 지금 탱커가 없어서 못 도는 던전이 더 많거든요. 어차피 저희는 돈 때문에 가는 게 아니라 레벨 업이 주목적이니까 몬스터의 양과 경험치를 생각해서 갈 겁니다."

"알겠습니다."

"아, 그리고 수요일엔 저와 이세연, 엘로이스 씨가 길드에 없을 겁니다. 미리 말씀드렸지만 청와대로 가서 청문회에 참여해야 하거든요. 그러니 화요일에 던전을 돌고서, 수요일에 쉴 수 있도록 맞춰 드리겠습니다. 그럼 이상입니다. 마지막으로 2팀장, 회의 끝나고 내 사무실로 좀 오세요. 그리고 보안팀장 배상진 씨도 같이 오시고요."

2팀의 신규 탱커 영입 면접에 대해 토의하기 위해서 난 상연이를 불렀다. 더불어 섀도우 블레이드인 배상진은 혹시 모르니, 예전에 우리가 파괴했었던 락킹 피스트의 잔해 지역을 한 번 조사하라고 시키려고 부른 것이다.

지부장 사무실.

"자자, 두 사람 일단 앉으시고, 한 명씩 용무 좀 해결할게."

"예썰, 형님."

"하아~ 알겠습니다."

우선은 용건이 짧은 상진이에게 말을 거는 나였다.

"일단 우리가 스캐빈저 토벌을 한 지 일주일 정도 되었잖아. 상진아, 너는 락킹 피스트 건물 폐허랑 주변을 좀 조사해 봐. 너무 자세히는 들어가지 말고, 그냥 느낌이 어떤가만 확인해."

"알겠습니다, 형님."

"위험하니까 조심하고, 국회의원도 죽었으니까 국정원이나 다른 데서 나설 수도 있어."

"이래 봬도 이명을 가진 스캐빈저 헌터입니다. 하하하."

뭔가 좀 불안한데? 한 명 더 붙일까? 아니지, 5명밖에 안 되는 보안팀에서 둘이나 빼기도 그렇고. 지금도 1명 빠지면 4명에서 3교대로 돌리기 빡세지는데 말이야.

에휴, 이렇게 된 거 보안팀도 인원 좀 늘릴까? 10명 정도로 늘리면 널널할 것 같은데, 믿을 만한 사람을 구하기가 힘드니 문제다.

어쨌든 이 녀석 문제는 끝. 다음은 상연이다.

"2팀 신규 탱커 후보들한테 면접 서류 보냈지?"

"오늘 보낼 겁니다."

"아, 그래? 면접 때 신경 써 줘. 그리고 내일 던전은 1탱으로 가야 하잖아. 내가 거기로 껴도 되지?"

"지부장님이 오면 든든하죠."

지금 탱커 밸런스는 1팀에 3명, 2팀에 1명이다. 내일부터 던전을 가야 하지만 1팀엔 인원이 충분하니 누구 하나가 2팀으로 가야 하는데, 결국엔 경험 많은 내가 가서 뛰어 줘야 하는 것이다.

"그럼 너희 팀이랑 어느 던전에 갈까? 지금까지 어디어디 갔지?"

"미래형 기계 던전, 코볼트 지하굴, 영묘산, 임프 던전 정도네요."

"음, 다 작은 몬스터들이네. 기계형도 그 작은 깡통 드론이랑 인조인간 정도밖에 안 잡았지?"

"아, 센티넬도 잡긴 했습니다. 이렇게 생긴 녀석입니다."

역관절이 달린 2족 보행 병기인가? 상연이가 보여 준 이미지를 확인한다. 아, 이거 그때 그 보스몹이군. 하지만 공격 패턴은 무조건 원거리였을 텐데, 제대로 된 거대 몬스터의 위협을 못 느꼈겠군. 고로, 우리가 갈 던전은 거대 야수 혹은 짐승과 같은 몬스터에 대응력을 기를 수 있는 데로 해야지.

"여기로 가자. 적정 레벨 35, 케르베로스 서식지."

보스 몬스터는 서식지의 이름대로 케르베로스, 하위 몬스터들은 모두 그의 수하인 헬 하운드들로 구성된 던전. 주요 수입품은 가죽, 이빨과 화염 속성을 머금고 있는 심장이다.

현재 시세로는 헬 하운드의 가죽은 장당 8~10만 원, 심장이 아마 개당 20만 원 정도였을 것이다. 35레벨들이 가는 곳치고는 인건비가 더 들어가는 장소다. 몬스터의 개체수가 얼마나 되느냐가 문제지만 말이다.

"또 돈은 안 되는 곳이군요."

"뭐 어때? 대신 한 종류 몬스터만 나오는 데라서 어려울

건 없잖아. 마침 브레스나 화염탄 같은 거 쓰는 야수형 몬스터니까 연습으로는 딱이네."

언젠가 그랜드 퀘스트를 가야 하는 파티원들은 다양한 몬스터에 대한 경험이 필요하다. 그렇기에 파티장이나 지부장은 그런 경험도 얻을 걸 고려해서 던전 스케줄을 짜야 했다.

지금까지 2팀은 작은 인간형 몬스터와 기계 타입만 상대했으니, 이제부터는 야수형 이외 다양한 타입의 몬스터들을 상대해 보는 경험이 필요하다.

그랜드 퀘스트 던전은 탐사가 불가능하고, 안에 어떤 공략이 있는지 모르기에 결국 대응하려면 거의 모든 타입의 몬스터에 대한 지식이 필요했다.

"케르베로스면 공포 마법도 쓴다고 하는군요. 그에 대한 대비도 해야 할 텐데… 메디컬라이저는 상태 이상 해제가 안 됩니다."

"아, 나는 내가 스스로 풀 수 있는데 다른 애들이 문제네. 너도 〈패시브-위상전이〉로 풀 수 있지?"

"푼다기보단 안 맞는 거지만요. 공포 해제 포션 매물 있나 볼까요?"

"악! 그거 비쌀 텐데! 연금술사 전용인데! 하아~ 공학계만으로 구성하는 것도 문제가 있구만~ 골치 아프네. 신입 탱커는 상태 이상 해제되는 사람으로 구하는 게 좋겠다, 야."

"상태 이상 해제가 가능한 탱커면 팔라딘 같은 성기사 계열 클래스를 찾아야겠군요. 근데 면접자 중엔 없던데……."
"당연하지. 힐러 트리가 쫘악 깔려 있는 애들이 그걸 하겠냐?"

크루세이더나 팔라딘 같은 클래스는 클레릭으로 시작하니 문제다. 즉, 대부분 힐러로 가고, 힐러 트리로 간다. 크루세이더도 탱커 특성으로 타고 와서 로열 가디언 같은 탱커가 될 수 있긴 하지만! 여긴 한국이잖아? 탱커 취급 완전 망했잖아. 안 될 거야.

"에휴, 공포 저항 물약 인당 3개씩 구입 서류 만들어서 내라. 다른 물자 모자란 거 있으면 신청하고."
"알겠습니다."
"휴~ 갔다 오면 바로 다음 날 청문회네. 아, 미쳐 버리겠네. 수요일엔 애들 다 쉬는데 나만 또 일하러 가야 돼. 야, 상연아, 너 지부장 할래?"
"…저 이 탱커 일이랑 기업 일 둘 다 하느라 바쁩니다."
"제기랄!"

새끼, 그럴 줄 알았다. 에휴, 또 나만 피박살 나겠네. 던전 가서도 메모장 들고서 청문회 예상 질문이랑 대답도 외워야 한다. 엉엉.

어쨌든 2팀의 던전도 정했고, 그다음 또 데이터를 보고 1팀의 던전도 정했고, 관련 데이터를 모아서 각 팀장에게 메일을 보내 주고 나니 벌써 시간은 12시에 가까워져 있었다.

애들 다 보냈고, 점심때가 가까워지니 세연이가 내 사무실에 들어오고 있었다.

'음, 벌써 시간이 이렇게 되었나?'

"아저씨, 점심은?"

"식당 가자. 오랜만에 다 있는데서 먹으려고. 일단 이것만 마무리하고 갈게."

난 본국에 보낼 보고서에 내 프로필을 넣고 있었다. 현재 레벨과 경험치의 양을 정확하게 말이다.

그러니까, 지금 내 레벨이 45고, 경험치량은 정확히 98퍼센트였다. 옳지. 이번 던전 돌고 나면 46레벨이 되겠네.

휴우~ 지크프리트 씨가 또 '레벨 업 좀 빨리하세요——' 하면서 달달 볶을 생각하니 슬프군. 나중에 너무 늦어지면 강제로 출장 근무시킬 거라고 엄포도 들었으니 열심히 해야겠다.

다음 날, 서울시 외각 도로.

현재 우리는 드래고닉 레기온 전용 트레일러를 타고 던전으로 이동 중이다.

보통은 대중교통수단으로 오는 게 일반적이지만, 재정적

으로 풍부하거나 능력 있는 길드들은 이렇게 공학계가 제조한 트레일러를 타고 안전하게 던전까지 이동할 수 있었다.

자잘한 몬스터로 인한 포션 및 물자 소비를 줄일 수 있다는 점에서 유용한 수단이다. 참고로 보안팀의 인원 2명이 운전해서 우리를 태워다 주고 돌아가는 임무를 맡았다.

"아, 오벨리스크 보이네."

역시 저것을 봐야 일을 나온 기분이 든다. 자자, 긴장해야지.

이번에 가는 구역은 레벨 제한 35인 곳이다. 이제부터는 몬스터도 슬슬 강해지고, 나와 레벨 차도 적어진다. 진짜 던전을 가는 거나 마찬가지였다.

현재 1팀은 세연이를 필두로 이때까지 싸워 보지 못했던 타입인 '정령형'에 대한 대처법을 기르기 위해서 '적정 레벨 30 : 물의 신단'에 먼저 내려보냈다.

그리고 '케르베로스의 서식지'에 가는 멤버는 알다시피 2팀 전원과 나였다.

〈2팀〉
메인 탱커 : 머라우더(Lv.43 아머드 나이트)
서브 탱커 : 쇠돌이(Lv.45 저거노트)

근접 딜러 : 엑시아(Lv.27 블레이드 라이저)
원거리 딜러 : 서든아이디랑똑(Lv.33 거너)
원거리 딜러 : 一擊必中(Lv.25 플라즈마 런쳐)
힐러 : 내이름은블랙잭(Lv.26 메디컬라이저)

 내가 예능 찍으러 돌아다니는 동안 꽤 레벨 업을 한 2팀 원들이었다. 다만 머라우더인 상연이만 레벨이 그대로였는데, 얘도 나랑 비슷하게 경험치가 거의 다 차오른 상태였다. 동시에 레벨 업하겠군. 사실 나랑 얘가 레벨 업이 느린 게 아니라 우리 둘 다 길드원들 때문에 적정 레벨 던전을 가지 못해서 적정량의 경험치를 못 먹어서 그렇지.
 "흠, 너 경험치 몇 퍼센트랬냐?"
 "83퍼센트입니다. 휴우~ 몇 달 만의 레벨 업인지 모르겠네요."
 "난 98퍼센트지롱~ 하하하."
 "어차피 적정 레벨 가면 금방금방 따라잡습니다."
 귀여움이라고는 하나도 없는 녀석. 좀 분해 봐라. 고작 14살 주제에! 다 어른인 척하는 게 아니꼬운 나였다. 물론 나 역시 21살 주제에 어른 행세하는 것도 웃기지만 말이다.
 "근데 새로 들어온 사원 어떠냐?"
 "음, 강단 있으시고, 일도 능숙하셔서 많은 도움이 됩니다. 제가 어려웠던 서류 작성도 능숙하게 처리해 주시고,

비용 문제라든가 계산도 빠르시고, 무엇보다 어제 처음 보았을 저희 팀원들을 저보다도 더 빠르게 제압한 게 가장 대단했습니다. 도대체 어디서 그런 인재를 구하셨습니까? 이 기회에 스카우터로 전직하시는 건?"

"내 친구야. 뭐야? 그 '결국 낙하산입니까?' 같은 눈빛은? 능력 있으니까 데려온 거라고! 쟤 학교 때도 공부 엄청 잘했고, 운동도 잘했고, 학생회장까지 할 정도로 유능했어."

"아뇨. 그녀의 능력이야 인정합니다만, 어째서 그런 분이 지부장님의 친구인지가 의아했을 뿐입니다."

"너 이 새끼, 나랑 싸우자는 거지? 깃발 꽂을까?"

하긴 저 소리는 학교에서 듣기도 했지. 윤미래와 강철이라는 조합은 물과 기름, 불과 물만큼이나 극과 극인 조합이었다. 학교를 여관 삼아 잠만 자는 폐인 놈이랑 공부, 운동도 잘하는 만능 엔터테이너 학생회장이 친구일 줄이야. 상상도 못할 일이지.

옛날에 많은 일이 있었지만 지금은 던전을 가야 하니 상념은 접자.

"포션 다 챙겼지?"

"예. 각자 3개씩 챙겼는데 지부장님은 필요 없나요?"

"나 스킬 있어서 필요 없다니까."

〈패시브-레비아탄의 절대적임〉
설명 : 사용자가 상태 이상에 걸렸을 때 해제의 의사를 표현 시 모든 상태 이상을 해제하고, 주변 범위에 있는 상대에게 상태 이상을 되돌린다. 스킬 마스터 부가 효과는 '레비아탄의 발톱'을 소환해서 장비 가능

탱커에게 유용하다고 할 수 있는 상태 이상 해제 기술.

반사 효과도 있지만 돌려줄 수 있는 효과는 그리 크지 않으며, 애초에 상태 이상 기술을 사용하는 몬스터라면 해당 기술에 면역인 경우가 많다. 없더라도 보스 몬스터는 보정이 있어서 무효화되겠지.

"공포 해제 포션, 10분간 상태 이상 '공포'를 무시합니다…… 아, 이거 개당 35만 원이었나? 엄청 비싸네. 인당 100만 원이 넘어. 제기랄……!"

던전과 레이드의 아이템과 소재가 가격도 좋지만 이렇게 사용하는 아이템의 가격도 높았다. 이런 빌어처먹을 물가 같으니라고! 쳇! 이래서 수익을 중시하는 길드는 이런 물자가 안 드는 던전을 선호하는 경향이 높다. 아니면 보상이 엄청 큰 던전이나.

"그야 재료가 비싸고, 수요도 많으니 어쩔 수 없죠. 공포

해제 포션은 재료가 아마……."

"불의 정령의 잿불 2, 흡혈 박쥐 날개 5, 만드라고라 줄기 1. 연금술사 레벨에 따라서 개수가 다르지만 평균 저 재료를 다 쓰면 4병 분량이 나오며, 이 중 만드라고라가 가장 비싸서 문제지. 획득하는 루트가 상대하기 까다로운 마녀, 마법사 타입의 몬스터가 가끔 소유하고 있는 걸 빼앗는 거니까."

"잘 아시네요."

"3년 내내 던전 생활하면서 많이 마셔 봐서 잘 알지. 계약직 탱커로서 저런 던전 가래 놓고 포션 값 지원 안 해 주면 미쳐 버린다고."

지부장님, 이제 곧 '케르베로스 서식지' 입구입니다.

트레일러에 설치된 마이크를 통해서 던전에 다 온 것을 알려 주는 기사 양반, 아니지 우리 보안팀 직원이었다.

슬슬 준비해야겠군. 창밖을 보니 멀리 푸른색으로 빛나는 포탈 입구와 오벨리스크가 눈에 들어온다.

곧 트레일러가 멈추고, 준비된 2팀원들은 하나하나 내려서 던전으로 향하는 포탈로 들어간다.

〈적정 레벨 35 : 케르베로스의 서식지〉

"어후! 더워!"

"트레일러에선 에어컨을 쐬어서 온도차가 심하다곤 하지만, 여긴 너무 덥군요."

"설정상 케르베로스나 헬 하운드는 유황을 먹고 산다고 하니까 화산 지대일 거라고는 감 잡았지만… 크윽!"

들어오자마자 우리를 반긴 것은 새까만 산과 용암이 흐르는 강과 역한 냄새, 그리고 열기였다. 주변 돌산과 틈새에서 노란빛이 섞인 하얀 연기가 올라오는 걸로 봐선 그 안에는 유황이 있는 듯했다.

난 우선 던전을 탐사하기 전에 지도부터 열어 보았다.

"그러니까… 가면서 동굴에 있을 거니 오벨리스크의 빛이 멀리서 안 보일 거라는군."

"내일 청문회이신데 가깝겠죠?"

"어, 당연히 거리 보고 구했지. 자, 그러면 가기 전에 마지막 브리핑합니다. 다들 모여요!"

나는 사람들을 불러서 마지막 브리핑을 시작한다.

"우선 이 던전의 주요 몬스터는 헬 하운드, 하급 불의 정령. 딱 두 종류야. 기타 아주 작은 파이어 리자드 같은 게 튀어나오지만, 어차피 그것들은 12~13레벨짜리 그저 들러리고, 우리한테 덤벼들 일도 없으니까 신경 안 써도 돼. 자, 그러면 메카닉 계열은 빨리 트랜스폼하고, 얼른 가자. 후딱 끝내고 쉬는 게 좋잖아."

"옙!"

"트랜스폼!"

철컥! 철컥! 쿠우웅!

아머드 나이트, 블레이드 라이저, 메디컬라이저. 메카닉 타입 셋이 무장을 끝낸 후, 나도 사룡의 저주 갑옷 세트를 입고 방패를 낀 다음 앞으로 나아가기 시작했다. 그리고 가면서 계속해서 브리핑을 진행한다.

"주로 상대할 건 야수형 몬스터인데 이들은 그 원본이 되는 동물의 특징을 따르고 있어. 헬 하운드는 개과니까 무리를 지어서 사냥을 다녀. 늑대와 유사하지. 주로 5~7마리가 뭉쳐 다니고, 무리 사냥 전술을 쓰지. 여기서부터 중요하니 설명 잘 들으세요! 여기 적정 레벨 35라서, 던전의 일반 몬스터들은 모두 30레벨이 넘습니다. 까딱하면 죽어요."

무리 사냥. 개과의 특징이다.

던전의 몬스터들도 나름 머리를 사용해서 싸우는 전술을 가지고 있다. 차라리 그레이트 바실리스크처럼 무뇌스러운 놈이면 공격 습성만 외우면 되지만, 지능을 가진 몬스터는 이렇게 그 녀석들의 전술에 대응할 줄 알아야 한다.

"5마리를 기준으로 설명드리면 1마리가 시선을 끄는 리더, 2마리는 후방을 막아서 후퇴를 방지하는 포위조, 2마리는 측면에서 틈을 보고 달려드는 공격조로 나뉩니다. 헬 하운드이니만큼 전부 화염탄 같은 마법 비슷한 공격도 사용하지만 마력 수치가 낮고, 데미지도 얼마 안 돼서 견제 수준

밖에 안 됩니다. 그리고… 이런! 손님 왔네요."

크르르릉……!

컹컹! 컹!

두두두!

체고 약 1.3미터, 몸길이 2미터의 거대한 견종 형태를 가진 헬 하운드. 흉포한 붉은 눈빛을 빛내며, 입에서는 아까 바위틈에서 보았던 연기를 뿜어내고 있었다. 유황을 먹기도 하지만 육식도 좋아해서 파이어 리자드도 잡아먹는 놈들로, 우리 앞에 나타난 건 총 6마리였다.

아까 말한 대로 놈들은 제일 큰 챔피언 헬 하운드가 앞에 서서 날 노려보고 있었고, 2마리가 우리 좌우에서 으르렁대고, 나머지 2마리가 순식간에 돌아서 후방으로 빠진다.

"자, 기다려 주지 않을 것 같으니, 남은 건 실전을 하면서 설명한다! 상연이는 후방으로 가서 차단조 2마리가 달려들지 않게 노려보고만 있어. 그래도 충분해."

"그러면 남은 4마리는요?"

"내가 오더하면서 처리하면 돼!"

쿵!

난 리더에게서 눈을 떼지 않았고, 파티원들은 긴장한 채 내 지시를 기다린다. 난 리더 놈을 바라보면서 계속해서 오더를 내렸다.

"결국 공격조 헬 하운드들도 리더의 움직임에 따라 움직입니다! 그러니 쫄 거 없이 제가 탱하는 대로만 움직이면 됩니다. 더불어 대부분 히트 앤 런 방식으로 공격하거나 하나가 원거리에서 화염탄을 날리면서 동시에 달려드는 파상 공격, 할거 다 하니까 주의! 힐러인 메디컬라이저 분은 최대한 가운데에서 모두의 체력을 관리해 주세요."

"넵!"

"서든 님(거너), 달려드는 공격조에게〈액티브-레그 샷〉으로 대응하면서 피하기만 하세요. 물 견적이 안 나오면 놈들은 쉽게 물러나면서 기회를 봅니다."

"아, 예!"

"필중 님(플라즈마 런처)은 제가 지정하는 놈한테 계속 딜하세요. 공격조부터 처리합니다."

"네."

"엑시아 님(블레이드 라이저)은 서든 님(거너) 호위하면서 같이 딜하면 됩니다."

민첩하게 달려들면서 무리 사냥을 하는 헬 하운드는 인내심도 강하다. 차분히 잡아야 하는 반면 처리는 맷집이 약한 순서로 우선적으로 공격조→리더→차단조 순으로 해야 한다. 실제 무리 사냥도 그렇듯 공격하는 놈들이 가장 젊고, 빠른 놈들이라서 우선적으로 처리해야 한다.

컹컹! 컹!

"어이쿠! 손님 오시네요!〈액티브-도발! '곧 복날인데!

몸 안 사리냐?')"

 탱커는 우선적으로 상대가 어떤 수단으로 공격해 올지를 잘 봐야 한다.

 야수형은 발톱과 입으로 무는 공격을 많이 하니 입과 앞발 위주로 봐야 하지만 놈들은 개의 형태에 가까우니, 입만 보면 충분하다. 화염탄도 결국 입으로 뱉어 내는 거니까!

 "화염탄 옵니다. 내 뒤에 서요!"

 크르르릉! 컹!

 화르륵! 펑!

 방패로 가볍게 막아 내고, 난 한 발 물러선다.

 리더는 화염탄을 날린 후 몸을 낮춰서 언제라도 달려들 준비를 한다. 그렇다고 내가 좌우로 시선을 돌리거나 하면 곧바로 공격조 헬 하운드들이 달려들 것이다. 리더 헬 하운드는 나와 눈을 맞춘 채 틈을 만들려고 으르렁거리지만, 난 놈의 시선을 피하지 않고 한 치도 자세를 흐트러뜨리지 않았다.

 "서든 님과 필중 님은 절 기둥이라 생각하고 돌면서 딜과 견제를 하세요. 하나 집어서 딜 시작해요!"

 "네! 그럼 딜하겠습니다."

 슈우잉! 꽝!

 크르르렁!

 사격을 시작하는 필중 님(플라즈마 런처). 전투는 개시

되었다. 당연히 선제 딜을 했기에 헬 하운드들이 먼저 그 쪽으로 몰려든다.

여럿이 달려들면 내가 지형이 되는 수밖에 없다.

서든 님이 쿨 다운이 짧은 '액티브-레그 샷'으로 힐러와 아머드 나이트에게 붙는 녀석을 견제하고, 필중 님은 플라즈마 런처의 특수 기술인 '액티브-마크 블래스터'로 한 놈에게 표시를 한 다음 딜을 넣기 시작한다. 당연히 맞은 녀석과 공격조 헬 하운드들은 달려들 거고, 난 움직일 필요 없이…

크르르르렁! 컹!

'오는구나.'

콰악!

야수형 타입의 움직임을 봉인하는 방법은 두 가지. 다리에 손상을 줘서 움직이지 못하게 하거나, 공격하는 순간에 봉하면 된다.

"〈액티브-도발! '곧 복날이지? 된장이 어디 있더라?'〉"

달려오는 놈을 향해 살짝 시선만 향한 다음 어그로를 이어받기 위해 도발 시전, 곧장 리더를 향해 시선을 돌려서 경계한다.

"지부장님?"

그르르릉!

"아직! 물리면 딜하세요! 크윽!"

바로 이렇게! 내 몸을 기둥 삼아서 돌면 당연히 달려드는 헬 하운드는 나를 향하게 된다. 자연스럽게 방패가 없는 왼팔을 내밀자 역시 개과 놈들은 본능답게 콱! 하고 날 문다.

갑주를 차고 있는 팔이라서 깊게 뚫리지는 않았지만, 이 빨이 살에 닿아서 뜨겁고 따가웠다.

헬 하운드가 '물기' 공격으로 쇠돌이 님에게 3,300(물리 3,100+화염 데미지 200)의 데미지를 주었습니다. 추가 상태 이상 '화상'이 걸립니다.

쇠돌이 HP 93,420 / 96,720
vs
헬 하운드 HP 35,320 / 35,320

"지금 당장 떼어 드리겠습……."

"등신아! 딜 처박아! 이렇게 딜하기 좋은 상태가 어디 있어? 크읔! 딜! 딜! 디이이이일!"

"액티브-메디컬 샷."

홀딩(Holding). 온라인 게임 용어다. 보통은 스킬로 몬스터를 딜하기 좋게 고정시키는 행위를 말한다.

전에 바실리스크 때도 썼었지만 야수형 몬스터는 보통 '물기'로 딜을 하기에 크기만 맞으면 이렇게 물린 채로 입을 벌리지 못하게 팔을 당겨서 몸에 붙이면! 이게 홀딩이지!

"그루루룹! 그루루룹! 그루룹!"

헬 하운드의 '화상' 효과로 230의 데미지를 주었습니다.

이런식으로 하면 화상 데미지밖에 안 들어온다. 여러모로 효율 좋은 방법이었지만 실제 행하는 건 힘들다. 왜냐고? 이거 아프다. 화상은 더 아프고 말이다.

"무식한 방법이네요. 안 아픕니까?"

"너나 잘해, 새꺄!"

난 뒤도 안 보고 여전히 리더 헬 하운드에 집중하는 동시에 내 팔을 물고 있는 놈을 유지한다. 그리고 귀로 상황을 파악한다.

"〈액티브-레그 샷〉!"

"우와아악! 피해요! 피해!"

"아! 이거 피하느라 딜하기 엄청 힘드네!"

휴우~ 사실 이런 던전은 도적 계열이나 거너 계열 전직인 사냥꾼이 하나 있으면 엄청 편해진다. 함정을 쓸 수 있기에 미리 깔아 두고 유인해서 처리하면 엄청 쉬워지는 것이다. 하지만 우리 조합이 나 빼고 ALL 공학계 조합이라서 상당히 어렵고 번거롭게 잡아야 한다.

"아악! 팀장님! 하나 도발해 주면 안 되나요?"

"그러겠습니다. 〈액티브-도발 '우쭈쭈쭈 이리왕! 왕!'〉"

"〈액티브-플라즈마 버스트〉!"

"〈액티브-위상전이〉!"

아, 저거 공학계 공통 생존기인가? 난 들리는 목소리로만 파악하기에 블레이드 라이저가 아머드 나이트 상연이가 쓰던 생존기를 쓰던 게 기억났다.

리더 헬 하운드는 여전히 몸을 낮추고 날 보며 으르렁거릴 뿐, 움직이지 않는다.

"지부장님! 잡고 있는 놈 죽었습니다."

"오케이!"

"지부장님! 이거 좀 떼어 주세요! 으아아! 저리 가! 가라고! 〈액티브-레그 샷〉!"

"예이~ 〈액티브-도발 '넌 수육이다!'〉 아아악! 개새끼야! 좀 살살 물어라! 아, 쌍!"

크르르릉!

이런 식으로 약 10분여가 지나자 우리는 한 무리의 헬 하운드를 쓰러뜨릴 수 있었다. 공격조 셋만 제압하니, 머리수가 우리가 많기에 점점 제압하기 쉬워진 것이다.

어우, 한 무리 잡는 게 이렇게 빡세네.

"보자, 심장 6개, 가죽 10장 나왔습니다. 거기에 희귀 등급 장갑 하나 나왔네요."

"이거 도대체 어디 들어가는 거지?"

"그런 거 일일이 따지지 마. 오래 못 살아. 미친 오벨리스크가 튀어나오고 제대로 된 일이 있냐?"

야수형 몬스터라도 아이템은 제대로 나온다. 죽은 듯 쓰러지자마자, 어디서 나온 건진 몰라도 장갑이 하나 떨어졌다.

> 〈희귀 등급 헬 하운드의 가죽 장갑〉
> 분류 : 가죽
> 방어력 : 155
> 부가 옵션1 : 민첩성 증가
> 부가 옵션2 : 화염 저항 증가
> 레벨 제한 : 30레벨 이상

"어? 가죽이네. 서든 님, 이거 바로 쏠래요?"
"에이, 저 이미 슈터 세트 맞췄어요. 그냥 가져가서 팔든가 분해하세요."

적당한 옵션이 달린 아이템이지만 우리 중 가죽 클래스는 오직 '거너'님뿐. 쏠 의향이 있으면 바로 드릴까? 했지만 당사자가 거부했다. 고로, 일단 인벤토리에 넣고 전리품으로 해결해야지.

다른 이들이 정비를 하는 동안 나는 수리 키트를 꺼내서 갑옷을 수리한다.

"참 무식한 방법으로 탱킹하네요. 전 죽어도 그렇게 못하겠어요."

"대신 아무도 안 다치고 끝나면 그만이지. 더구나 조합 진짜 망이잖아. 신입은 버프 해제보다는 메즈나 군중 제어기가 강한 애로 해야겠다."

"아니면 딜러들에게 확실한 비전투 상태 이상 기술을 찍도록 권하죠. 이거 진짜 힘들군요."

"그래, 쫌 그래라. 아, 은랑이 있으면 여기 완전 껌인데!"

지금쯤 정령 때려잡고 있을 울프 드루이드 은랑이 떠오르는 나였다.

개 있으면 저 달려드는 헬 하운드 중 하나를 〈액티브-달래서 재우기, 야수 몬스터 1체를 재웁니다.〉로 리더 헬 하운드만 잠재우고, 각개격파하면 그만이다.

무리 생활하는 놈들은 딱 자기 포지션이 정해져 있고, 더구나 짐승 새끼들에게 '부사수 교육'이라는 개념은 없다.

"으음~ 역시 갑옷이 좋으니까 피부만 좀 긁히고 말았네. 역시 방어구가 좋아야……."

"헬 하운드들의 이빨에 뚫리는 갑옷의 내구성은 생각 안 합니까?"

"에이, 개의 치악력이 얼마나 좋은데. 게다가 송곳니만 뚫고 온 거야."

난 팔에 난 상처를 살핀다. 상처는 구멍 2개가 짝을 지어 나 있었다. 게다가 화속성을 머금은 이빨이라서 시커멓게

피부와 살이 익은 채로 자동으로 지혈된 뒤였다.

"광견병 주사 안 맞아도 됩니까? 그러고 보니 저희는 메디컬라이저 분이 미리 예방접종해 주셨는데 지부장님은 안 한 것 같습니다만?"

"나, 저거노트야. 드래곤 및 괴수 판정이라 그런 거 필요 없다. 자자, 나 치료 다 됐으니까 계속 가자. 오늘 안에 깨야 한다고."

"하긴, 생각해 보니 지부장님이 광견인데 맞을 필요가 없겠군요."

"얀마!"

농담할 정도로 여유 있는 걸 보면 이 던전의 체감 레벨이 그리 어렵지는 않은 정도라는 거다. 여기 적정 레벨 35짜리라서 헬 하운드들의 레벨도 34~37레벨인데. 고생하는 건 나뿐이라 이거지. 다들 얼굴에 아직 여유가 묻어 있으니 팍팍 가야겠다고 생각한다.

"자, 어쨌든 방금처럼만 하면 되니까요. 긴장은 늦추지 말고, 팍팍 갑시다."

"우와, 여기 경험치 높네."

"한 무리 잡았는데 12퍼센트라. 몬스터 레벨이 높으니 팍팍 오르네요."

"여기서 한 2~3 레벨 업할 것 같네요."

얼굴만 여유 있는 게 아니라 긴장감이 없구만! 상처를 입

신입 사원 환영회 • 133

고 물려야 정신 차리려나?

 그래도 던전에 왔는데 긴장감을 좀 가졌으면 좋겠다. 원래 던전이라는 데가 이렇게 척척 대응하면서 나아가지는 곳이 아니란 말이다.

 원래라면 좀 더 치열하고, 엎치락뒤치락해 가면서 이런 잔쫄 몬스터 구간도 피 토하는 구간.

 삐리리리리!

 "어라? 뭐야? 통신비 많이 나오는 크로니클 통신으로 누가 보낸 거야? 또 세연이인가?"

〈From. 마틸드마키
To. 쇠돌이
제목 : 살ㄹ.
내용이 없습니다.〉

 현마군. 이 미친 새끼, 비싼 통신비 써 가며 보낸 메시지가 살ㄹ? 아니, 이놈 자식은 얼마나 급하기에 '살려 줘.'라고 글자도 다 못 쓰고 보낸 거지? 그것도 던전에 있는 인간한테 뭔 불평불만을 하려고?

 대충 예상은 간다. 아마 탱커는 없고, 급한 대로 근접 딜러에게 방어구를 들게 해서 탱킹시키지만 아마도 전문적으로 탱킹하던 사람과 달리 전문성과 스킬도 부족해서 탱커는 탱커들 대로 힘들고 힐러는 힐러들대로 힘들겠지.

그 시각, 쓰리 스타즈 얼라이언스 A팀.

배상금 문제가 끝나고, 드디어 업무 복귀가 떨어지자마자 한국 3대 길드인 쓰리 스타즈 얼라이언스는 바쁘게 움직여야 했다.

정부는 그들의 업무 복귀와 재판을 유리하게 끌어 준 대가로 가장 우선적으로 위험한 던전부터 처리해 달라는 부탁을 한다. 하여, 현재 서울 근처에 열린 던전 중 가장 위험한 곳부터 레이드를 시작하고 있었다.

레이드 던전 : 심연의 늪지

〈보스 몬스터〉

Lv.55 리자드맨 워로드

체력 : 321,232/370,000

"크게게게게! 이 땅에 온 이상 살아 돌아갈 수 없다! 캬아아아아! 나와라! 내 병사들아!"

"제길! 또 리자드맨들이 몰려옵니다!"

"야! 탱킹하는 새끼들아! 제대로 좀 자리 잡아! 딜 로스가 심하잖아! 아오! 샷!"

"원래 탱커가 아니라서 힘들다니까요!"

"억울하면 네가 하던가! 으아아! 쫄 몰려온다. 쫄부터 처리 좀! 아, 씨! 늪바닥 때문에 이동이 힘들어!"

리자드맨 워로드. 키가 약 5미터나 되는 거구의 도마뱀 인간.

도끼와 방패, 중갑으로 무장해서 더욱 무시무시해 보이는 이 워로드는 지속적으로 지진을 일으켜서 땅을 늪으로 만들고, 리자드맨들을 소환하는 패턴을 지님과 동시에 리자드맨 자체도 파이터 클래스의 스킬까지 사용한다.

"크게게켁! 〈액티브-차지 스트라이크〉!"

"으아아악!"

쿠구구구궁!

거대한 리자드맨 워로드는 방패를 내밀고 앞에서 탱하던 탱커들을 튕겨 내면서 돌파한다. 그리고 돌진이 끝나자마자 땅을 도끼로 두드리면서 마법도 사용한다.

"케게게켁! 리자드맨의 신! 레넥 님이시여! 이 땅을 우리 것으로 하소서! 〈액티브-습지 생성〉!"

"아, 저놈의 늪바닥 때문에 이동도 제약돼서 미치겠네. 탱커들아, 주차 좀 제대로 해 봐!"

"스킬이 없어서 무리예요. 방패만 든다고 탱커가 아니잖습니까! 우리는 돌진에 버틸 수 있는 스킬이 없다구요!"

'정말 미쳐 버리겠군! 개판이야, 개판.'

한국 최고의 길드인 쓰리 스타즈 얼라이언스의 최정상급 길드원 50명이 왔으나 현재 매우 고전 중이었다.

근접 딜러들의 높은 딜량과 테크닉, 그리고 빵빵한 힐러진의 포텐셜로 안정적인 공략으로 소문난 쓰리 스타즈 얼라이언스는 70레벨 대의 딜러까지 참여해서 빠르게 끝내기 위해 전략을 짜고, 탱커 파업에 따라서 일부 근접 딜러들을 탱커로 세우긴 했지만 역시 전문성에서부터 차이가 났다.

'저 돌진, 철이 녀석라면 돌진 자체를 스무스하게 받아넘겼을 텐데! 게다가 원래 근접 딜러들이라서 다들 탱킹하는데 너무 겁을 먹고 있어. 젠장!'

현재 탱킹을 맡은 사람은 58레벨의 파이크맨. 창을 주로 사용하는 클래스로서 그나마 리치가 길고, 방패를 들고 탱킹하는 티라도 낼 수 있는 자였다.

문제가 있다면 장착하는 갑옷이 경갑이고, 딜러로서 성장했기에 탱킹 스킬도 거의 없다는 점.

그런 그가 어쩔 수 없이 탱킹하는 이유는 바로…

"에휴, 좀 중갑 클래스한테 탱시키지. 미친 새끼들! 짬으로 미냐?"

"차 대리님, 이거 힐이 너무 빡센데요? 아, 진짜! 보스 몹

주차 좀 제대로 해 봐요! 쫄탱은 왜 또 쫄 안 잡고 있어요? 그거 딜하지 마시라니까!"

"크게게게게게켁!"

"으아아악!"

와장창! 쿵!

난장판이 따로 없었다.

안정적으로 탱킹의 자리가 확보되지 않으니 딜러들도 제대로 딜을 할 수가 없었으며, 원거리 딜러와 힐러들 진영에 달라붙는 쫄 처리도 힘든 실정이었다.

무엇보다 제대로 움직일 수 없는 근접 딜러로 대체한 탱커진들은 쫄 어그로도 제대로 먹지 못해서 원거리 딜러들까지 움직이면서 딜해야 했기에 공략이 엉망진창이었다.

'제길! 벌써 들어온 지 한 시간 반인데… 체력을 절반도 못 빼다니!'

"대리님, 오더를 어떻게 해야?"

"하아~ 너무 꼬였군요. 이럴 것 같아서 오지 말자고 했는데! 제길! 망할 그 사장 자식!"

{천문이 죽었습니다!}

{백열 딸피인데 힐 안 줍니까?}

{4번 탱커 죽었습니다. 빈자리 어떻게 해야 하나요?}

시시각각 올라오는 소식. 벌써 50명 중 사망자가 6명째 나오고 있었다. 아니, 그나마 이 정도인 건 쓰리 스타즈 얼라이언스 길드의 빵빵한 힐러진 덕이라고 해야 옳은 이야기일 만큼 상황은 너무 혼란스러웠다.

레이드 보스는 물론이고, 새롭게 나오는 쫄들도 통제를 못하는 탱커, 각종 늪바닥과 쫄 몬스터 때문에 제대로 딜을 못하는 근접 딜러들과 원거리 딜러.

그래도 워낙 레벨 차이가 큰 딜러들이 열심히 딜을 하고 있는지라 악조건 속에서도 조금씩 딜을 욱여넣고 있었다.

〈레이드 보스〉
리자드맨 워로드
체력 : 199,811/370,000

"쫄! 쫄! 쫄!"
"탱커 이제 4명뿐이에요!"
"이럴 줄 알았으면 10명으로 할걸!"
"10명이래도 똑같아! 아오! 탱커 파업 개새끼들!"
"사장이 개새끼죠! 돈 아끼려고, 원래 있던 길드 탱커들 다 나가게 해 가지고는. 아오!"

신입 사원 환영회 • 139

'하아~! 철이 녀석 있으면 개편하게 깨는걸! 전문 탱커와 아닌 탱커의 차이가 이렇게 크다니!'

탱커에게 가장 필요한 능력은 고통을 감내하며 두려움을 이기고, 버틸 수 있는 근성이다. 고액의 수입과 최상위권 길드에서 편하게 딜하면서 생활하던 쓰리 스타즈 얼라이언스 길드의 근접 딜러들에게 이런 능력이 존재할 수가 없었다.

아무리 탱을 해야 한다고 해도 다치기 싫다는 마음가짐을 가지고, 헬 하운드에게 물려 가며 탱하던 강철과 같은 능력을 보일 수 있을 리가 없지 않은가?

'으이구, 명진이 새끼! 그러니까 잘 사렸어야지. 뒈진 새끼만 불쌍하지. 젠장! 사리는 게 좋겠어.'

'아, 이런 엿 같은 일이! 원래 탱커도 아닌 내가 이런 짓을 하다가 죽어 줄 의리 따위 없다고!'

'빌어먹을! 그냥 B팀으로 전출되던가 해야지. 씨뻥! 레벨도 더 높은 놈들이 있는데 짬이 딸린다고 억지로 탱시키냐?'

'아씨! 사장 개새끼! 그냥 탱커 고용 좀 하라니까!'

탱커 역할을 하는 남은 근접 딜러들의 마음의 소리가 이미 빤히 들려오는 차현마였다.

탱커라는 포지션의 특수성을 생각하면 그동안의 대우는 말도 안 되는 일이었다.

몇 명 공수해 보려고 아무리 돈을 많이 준다고 해도 아직

법적, 실질적 보호 조치가 없었기에 던전 가서 뒤통수 맞고 죽으면 돈이고 뭐고 없는 현실인지라 탱커들은 올 생각을 안 했다.

그나마 있던 정규직 탱커들도 파업에 가담하겠다고 뛰쳐나가 버리고, 그야말로 골치 아픈 일투성이었다.

'에휴, 그러고 보니 오늘부터 청문회가 시작되었을 텐데. 뭐, 기대할 건 아니지만 말이야.'

"크르르르륵! 〈액티브-실드 부메랑〉!"

"으아아아! 원거리 광역기다! 산개! 산개! 닥 산개!"

"끄아아아!"

"피 50퍼센트 밑이야! 좀만 힘내!"

"크억… 젠장할! 이런 데서 죽다니……!"

덧없는 희망을 품으며, 눈앞의 지옥을 헤쳐 나가기 위해서 주문을 시전하는 차현마였다.

나름 회사 일을 해 보며 깨달은 사실인데, 인간들이 몰라서 안 하는 게 아니었다. 다들 이렇게 된 원인도 알고, 해결법도 전부 알면서도 개인의 이익과 탐욕, 지위를 위해서 외면하는 악(惡)한 마음을 가지고 있었기 때문이다. 그렇기에 그는 한숨을 내쉬면서 힐을 계속한다.

케르베로스 서식지.

입던한 지 4시간. 던전팀은 계속 진행 중이었다.

난 마치 마약 주사 맞은 듯한 팔의 주사 자국들을 보면서 올해 복날 음식으로 죽어도 개는 안 먹겠다고 맹세할 정도였다.

4시간 동안 나아가면서 만난 헬 하운드 무리가 무려 12무리. 마릿수로는 정확히 65마리였다.

'가죽이 153장, 심장이 62개. 아이템은 희귀 4개군. 크윽! 3마리는 갈무리 실패로 심장이 유황에 녹아서 못 얻다니! 끄아아! 그게 얼만데!'

머릿속으로 수입에 대해 계산하면서 일행의 맨 앞에서 나아가는 나였다. 더불어 멤버들도 적정 레벨보다 훨씬 높은 던전에 오니 경험치 효율이 좋아서인가 들어오고 나서 다들 3레벨 업씩 했다.

그렇게 기분 좋게 길을 계속 가고 있었는데, 무언가 일렁이는 것이 우리에게 다가오는 것을 눈치챘다.

"어? 화염 정령 몹이다!"

"2마리씩 다니네요."

작은 불꽃 인간들이 움직이는 모습이 눈에 들어온다. 이때까지 헬 하운드만 나왔었는데 정령도 있긴 있군.

거의 내 허리까지 오는 크기를 가진 정령들은 우리를 보자 불꽃으로 된 전신을 더더욱 부풀리면서 다가오기 시작한다.

 이런, 바로 상대해야겠군. 어? 정확한 명칭은 '화산 지대의 정령'인가?

⟨Lv. 37 화산 지대의 정령⟩
체력: 32,000/32,000
마력 4,500/4,500×2

"저건 어떻게 해야 하나요? 지부장님?"

"뭐긴, 수속성 걸고 그냥 때려. 화염 마법은 나랑 2팀장이 모조리 맞아 줄 테니까 닥딜! 아니, 속성 부여하는 거 없으면 그냥 딜."

 정령 타입은 특별한 공략이 없다. 반대 속성 걸고 치면 그만. 딱히 머리도 안 쓰고, 중급이 되어도 마법만 뿜뿜 날리는 게 다라서 솔직히 패턴 면에서 보면 엄청난 호구 몬스터다.

 상급 정령으로 가면 이제 3~5개나 되는 마법을 쓰기에 경계해야 했지만 하급, 중급은 데미지 차이만 있을 뿐 패턴은 간단해서 솔직히 쉽다.

"푸르륵! 받아라!"

"마법은 방패로 받아 내면 그만이지."

영국에서 가져온 40레벨제 영웅 등급 방패, 지옥의 솥뚜껑으로 화염구를 받아 내는 나였다. 부가 효과는 이름 그대로 화염 저항 증가, 거기다 추가 방어력 증가가 붙은 명품 방패였다.

다만 순수 탱커용 방패라서 그런지 40레벨 제한의 영웅 아이템임에도 가격이 800만 원밖에 하지 않는다고 한다. 수요가 적어서 싸게 살 수 있다니 아주 좋군!

"〈액티브-긴급 수리〉! 하앗!"

펑! 파지지직!

날아오는 화염 공격을 방패로 막아 낸다.

상연이 녀석은 막는 동시에 자신의 전격 속성이 달린 워해머로 후려친다. 쳇! 나는 맨손이라서 공격도 못하는데! 대신 나는 이리저리 움직이면서 딜하는 딜러 쪽에 날리려는 화염 공격을 받는 역할을 대신한다.

"으랏차! 구른다! 허앗! 화염에 빠진 자들을 사냥해 볼까!"

"그냥 어글 드세요. 구르는 거 추잡스럽습니다."

"난 화상 입으면 피 닳어! 양심 없냐? 맨손을 화염덩이에 집어넣으라고? 야! 원거리 딜러들아! 그냥 스탠딩 딜해!"

"저격수는 히트 앤 런입니다. 습관이 기본이 되어야 해요. 얍!"

"전 반동이 심해서 이동하는 겁니다. 〈액티브-버스트 샷〉!"

새끼들, 말이나 못하면! 으랏차!

그렇게 내가 두 번 정도 더 구르면서 화염구를 방패로 받아 내고 나니 화산의 정령들이 모두 재가 되며 사라진다. 휴~

그리고 루팅하자 화산 정령의 심장, 화산 정령의 잿가루와 같은 소재를 얻는다. 추가 아이템은 없네. 하아~ 진짜 돈 안 되네! 여기!

"대신 경험치는 빵빵하지 않습니까? 어? 지부장님, 레벨 업 한 것 같은데요? 저는 이제 90퍼센트가 넘었습니다."

"어? 아, 나도 레벨 업했구나."

〈쇠돌이〉
레벨 : 46
체력 : 99,566/99,566

9만 6천이었던 MAX 체력 수치가 늘어나 있었다. 아마 전투 중에 이미 레벨 업을 했는데, 싸우는 데 집중하느라 제대로 챙기지 못한 것 같았다.

"원래 이런 레벨 업 순간은 기념적이어야 하는데."

"이상한 오락 소설을 너무 보신 거 아닙니까? 그동안 45번 레벨 업했을 텐데, 46번째가 되었다고 특별할 게 있겠습니까?"

"그건 그래. 지금은 딱히 레벨 업을 해도 스킬 포인트 1개가 늘어난 것뿐이지, 장비를 바꾸거나 특수한 스킬이 개방되거나 하지는 않으니까 말이야."

고로, 스킬 포인트는 아껴 둔다. 원래는 몬스트러스 크리처 스킬을 찍을 예정이었지만 지금의 난 변화를 거부한 몸이니 나중에 위급할 때 써야겠다.

그렇게 레벨 업을 하고, 칼로리 메X트를 씹으면서 던전행을 계속한다.

"자자, 나 내일 청문회 가야 하니까 후딱 갑시다."

"예, 예."

"가면서 케르베로스 패턴 미리 설명할 테니 잘 들으세요. 지도를 보니 이제 곧 케르베로스의 서식지가 나타난다니까요."

"예썰."

던전인데 다들 긴장감 진짜 없네. 그렇다고 일부러 못하는 척을 해서 위기를 만들 수도 없고.

철저한 대비, 확실한 포지셔너의 경험. 미리 숙지된 패턴에 대한 지식이 있어서 오더를 내려주는 탱커까지 있으니 뭔가 위기 대응력이 부족해진 것 같다.

나중에 나랑 아머드 나이트 빼고서 던전 한 번 보내 봐야 겠다고 다짐하는 나였다.

'음, 아예 탱커 연합이랑 콜라보레이션이라도 맺을까? 애들 실력이랑 탱커들 실력도 기르게 할 겸 말이야. 아오, 무난한 건 좋지만 위기 대응력이랑 항상 긴장감을 갖게끔 만들어야 하는데.'

무난하게만 돌면 나중에 그랜드 퀘스트에서, 어떻게 대처할지 모르거나 오더에만 익숙해져서 스스로 판단 못하는 NPC처럼 될 우려가 있었다. 그에 여러 가지로 생각을 해 보는 나였다.

아! 지부장 귀찮아 죽겠네! 난 이런 거 안 어울리고, 생각하기 싫은데. 제기랄……!

"지부장님, 저기 저 동굴 맞습니까?"

"어? 그런 것 같네."

언덕 밑에 보이는 입구, 바위로 된 동굴의 안에서 희미한 빛이 새어 나오고 있었다. 저건 암만 봐도 오벨리스크의 빛이다. 저기가 바로 '보스 몬스터 : 케르베로스'가 살고 있는 곳이리라.

다행히 가는 길에 쫄 몬스터는 없는 것 같군. 바로 준비하고 가도 될 정도다.

나중 일은 나중에 생각하고, 우선 눈앞의 일부터 집중하자고 생각한 나였다.

신입 사원 환영회 • 147

페이즈 11-4

케르베로스 공략

몇 시간 뒤, 드래고닉 레기온 한국 지부.
"아, 힘들었다. 다들 수고했어."
"수고하셨습니다, 지부장님."
"지부장님 탱킹은 진짜 잘하시네."
우린 무사히 케르베로스를 잡고 귀환했다.
보스라고는 했지만 놈은 헬 하운드에 비하면 설명도 제대로 못할 정도로 전략이 매우 단순했다.

메인 탱커 : 머리 3개가 동시에 딜을 못하도록 구석에 파킹해 놓고 탱킹하세요.
서브 탱커 : 주기적으로 부르는 헬 하운드들을 어그로 쌓

아서 탱킹하세요.

딜러들 : 엉덩이나 옆구리 보면서 딜 넣다가 쫄 소환되면 서브 탱커가 어그로 잡는 거 보고 잡고, 다시 본체 딜하면 됩니다.

'뭐, 레이드 보스도 아니니까 정말 간단한 택틱이지. 머리 3개라도 결국 앞밖에 볼 수 없고, 움직이는 각도도 한정되어 있으니까 말야.'

다만 이 간단한 택틱이 성립이 되려면 메인 탱커가 케르베로스를 구석에서 데리고 놀 수 있는 능력이 있어야 한다. 그리고 당연한 이야기지만 나는 그게 되는 탱커다.

이것은 나 같은 탱커가 없으면 처음부터 성립이 안 되는 전략으로, 딜러진과 힐러진이 날뛰는 케르베로스의 머리와 정면으로 안 보게끔 뱅글뱅글 움직이면서 쫄 처리도 하는 식의 난리를 쳐야 했을 것이다.

"닥치고, 자식들아, 나부터 얼렁 크로니클로 데려다줘. 다리 잘려 있는 거 안 보이냐? 젠장, 내일 청문회는 크로니클 치유 시설에서 곧바로 출근해야 할 팔자군."

"구석 탱은 탱커에게 가장 위협이 크니까 어쩔 수 없죠."

절대 다수가 안전하고 편한 택틱의 대가로 구석에서 탱킹하는 내가 모든 위험을 다 뒤집어써야 했다. 막판에 화염탄 막다가 시야가 막힌 사이에 오른쪽 다리가 물어 뜯겨서 큰일 날 뻔했다.

결국 난 오자마자 또 크로니클 치유 시설로 가야 하는 신세가 되어 버린다. 괜찮아! 돈이 들어도 내 돈 나가는 게 아니면 된 거지!

그리고 안전하게 탱킹한 결과 나를 제외한 모든 파티원들은 전혀 피해를 받지 않고 던전을 클리어하게 되었다. 다만 드롭 테이블은 완전 망한지라 영웅 등급 아이템도 하나 못 건지고, 소재만 가져와서인지 이거 백방 적자일 게 분명했다.

"아, 아저씨, 괜찮아?"

"주인님, 괜찮으십니까?"

"야! 너 왜 그래? 다, 다친 거야?"

내가 돌아온 것이 알려지자 미래, 세연, 엘로이스 씨 세 사람이 동시에 나에게 뛰어온다. 뭐야? 다들 걱정하는 눈빛이었지만 온도의 차이는 있었다.

미래는 완전 당황해서는 마치 죽은 사람 본 것처럼 나를 걱정하기 시작한다.

"이거 다, 다리 어떻게 된 거야? 이거 어떻게 해?"

"야야, 진정해라. 탱커가 어디 몸 다치는 거 한두 번인가? 앞으로 자주 이럴 테니까 익숙해져라."

"이, 이런 걸 어떻게 익숙해지라는 거야?"

"젠장, 회사 다니더니 현장 감각 다 잊었냐? 아, 세연아,

엘로이스 씨, 내일 청문회 출근은 크로니클 치유 시설에서 곧장 할 거니까 옷이랑 자료들 모두 준비해서 가지고 와 줘요. 상연아, 얼른 가자. 빨리 치료하고 자고 내일 바로 가야 하니까 어쩔 수 없다."

난 미래를 무시하고, 세연이랑 엘로이스 씨에게 지시를 내린다. 보자, 지금 시간이 오후 9시쯤이군. 우선 저녁부터 먹고 갈까? 끄응, 고민되네. 다리 하나 없는 채로 저녁 먹는 거 정도는 상관없겠지. 음, 출혈은 진작 멈추게 했으니 말이야.

"아, 맞다. 밥 먹고 가면 안 될까? 크로니클 치료 시설. 나 저녁도 안 먹고 싸웠는데……."

"멍청아! 병원부터 가!"

이건 미래고. 이 멍청아, 난 병원은 죽어도 안 간다니까! 크로니클 치유 시설이야!

"만들어서 가져가겠습니다. 먼저 병원에서 몸부터 살피십시오."

오, 역시 메이드다워. 만들어서 가져온다니 좋군.

"그럼 아저씨는 내가 데려다줄게."

"어? 너 차 없잖아."

"응. 대신 이거 찍었어. 〈액티브-서몬 나이트메어, 설명 : 악몽에서 불러낸 탈것을 소환합니다.〉……."

"에엑? 멀쩡히 차 있는데 그걸 왜 찍은 거야?"

이해할 수가 없군. 저 스킬은 분명 그레이트 바실리스크 레이드 때 나타난 스킬인데 말이지.

이해가 안 간다는 표정으로 바라봐도 세연이는 어리둥절하다는 듯 고개를 갸우뚱거린다. 뭐지? 얘 뭔가 있는 건가?

'뭐, 확실한 애니까 걱정 없겠지. 뭔가 생각이 있겠지.'

"최대 시속 230킬로미터, 하루에 소환 유지 12시간 가능해."

"…캑? 무슨 스포츠카냐?"

"그러니 내가 태워 줄게. 빨리 가자."

야! 나 다리 하나 없다니까! 에휴, 그래도 다들 내 걱정을 해 주고 날 위해서 움직여 주는 게 기쁘긴 하다. 예전 같았으면 혼자서 빌빌대면서 택시 잡아서 갔을 텐데 말이지. 어? 근데 뭔가 등을 찌르는 듯한 시선이 느껴진다. 아까 전까지 같이 던전을 돌았던 1팀이다.

"와, 저게 몇 다리야? 세 다리?"

"될 놈은 뭘 해도 된다더니……."

"크윽! 결국 우리 팀에 들어오게 한 미래 씨는 이미 임자가 있단 말인가?"

저것들, 뭔 소리를 하는거야? 내 마음속엔 오로지 미현 누님뿐이라고! 그런 생각을 하고 있는데 갑자기 미래가 내 옆구리를 세게 찌른다.

"야, 왜?"

"너 뭔가 이상한 생각했지?"

"그걸 어떻게 아냐?"

"너 옛날부터 이상한 생각할 때마다 눈매가 달라지거든? 쓸데없는 생각 말고 얼른 치유 시설로 가!"

크윽! 이래서 소꿉친구란! 성가시다니까. 나도 모르는 내 버릇을 꿰고는 이렇게 면박을 주다니.

어쨌든 난 세연의 말(나이트메어 호스)을 타고 치유 시설로 가게 된다. 승차감은 그럭저럭이었는데, 그것보다도 붉은 눈빛을 뿜는 시커먼 말이 달리는 공포스러운 모습이 내일 자 신문에 실릴까 걱정이었다.

다음 날, 국회의사당.

탱커 적합자 파업 관련 조사청문회 2일 차.

여당, 야당에서 적합자에 관련된 의원이 각각 5명씩 모였고, 국회의 주요 인사들과 함께 그동안 탱커들에 대한 정부의 정책에 대해서 조사와 비판을 하는 자리였다.

1일 차에는 우선 한국 3대 길드의 마스터들로 하여금 탱커들의 현실에 대한 조사 청문회를 진행했었다. 즉, 주류 길드로부터 증언을 얻는 것이었다.

간단히 그들의 입장을 확인하는 차원에서 몇 가지 질문

에 대한 대답이 있었는데, 그중 중요한 하나만 보면 그들의 의도를 알 수 있었다.

Q-22. 각 길드의 탱커에 대한 복지 및 재생 치료의 지원이 이루어지고 있습니까?

쓰리 스타즈 얼라이언스 측 답변 : 예. 저희 길드에서는 크로니클 치료 시설과 제휴를 하여 최고의 시설에서 빠르게 치유받을 수 있는 응급 시스템을 갖추었고, 길드 내에 매우 우수한 힐러들이 많이 포진되어서 안전합니다. 여기, 길드 멤버와 치료 사례에 대한 자료입니다.

H프라이멀 측 답변 : 저희 길드는 힐러진은 평범합니다만, 대신 전문 병원과 연계한 진료 시스템을 구축해서 우수한 의료진들에게 언제든 치료받을 수 있도록 대처해 놓았습니다. 지금부터 그 인프라에 대한 상세한 설명을 시작하겠습니다.

로직 게인 측 답변 : 저희는 치유계 '레어 클래스'이신 약사여래분이 계셔서 다른 어느 곳의 힐러진보다도 치유력이 높습니다. 그렇기에 던전의 안정성도 높지만 약사여래는 또한 약학에 추가적인 지식이 있어서 로직 게인 쪽의 우수한 의료 인력에 그 능력을 제공한 덕에 의료 기술은 뒤처지지 않습니다.

이런 식으로 탱커에 대한 직접적인 복지 부분은 언급하지 않고, 자기네 의료 시설과 치유 시설이 얼마나 대단한지에 대한 프레젠테이션만 하고 있었다. 더구나 의원들은 이들의 대답을 채택하면서 길드에서의 탱커에 대한 대접과 치료 부분은 어물쩍 합격선으로 넘어가 버린다.

 탱커 연합의 참관인들은 대대적으로 반론을 제기하면서 난리를 부렸지만, 의원들은 그들의 말을 들어주지 않는다. 아니, 들어줄 이유가 없다.

 탱커 연합은 다른 적합자들과 달리 인원도 적고, 선거 표 수집에 도움도 안 되는 데다 정치자금이나 뒷돈을 대주는 것도 아니다. 도와줘 봐야 큰 이득도 없지만, 그렇다고 이들이 움직이지 않고 파업을 일으키면 한국 내 던전 처리가 밀려 버리는 게 사실이라서 어쩔 수 없이 이 자리를 연 것이다. 애초에 정말로 탱커들의 의견을 들어줄 생각도 없었다.

 '하여간 빨갱이 새끼들이 문제야. 이젠 탱커들까지 파업이라니. 참내!'

 '그래도 없으면 안 되는 노예들이니까 어떻게 해서든 해결해야 하는데. 쯧! 길드 자식들, 애들 관리를 어떻게 한 거야?'

 '경제학자가 준 자료에 의하면 연간 탱커들의 치료비 통계는 약 수백억이 넘는다는데……. 처음부터 치료비를 낮게 잡았으면 모를까, 이미 3년이나 받아 온 비용을 갑자기

바꾸자고 한다면?'

당연히 의료, 의약업계에서도 불만을 터뜨릴 게 분명하다.

이제 와서 탱커들을 챙겨 준다는 이유로 그들의 반발을 사기엔 부담도 컸고, 그들의 파업과 연계돼서 생기는 시민들의 불편으로 인한 불만도 감당하기 힘들었다. 현 정부와 여당의 지지율에도 관련된 부분이라서 이들은 그냥 이대로 탱커들만 희생시키는 쪽으로 가고 싶어 했다.

'하다못해 치료비를 줄이는 선이라도 합의해서 불만을 해결해야 하는데 말이지.'

'여당 놈들은 이대로 가려는 것 같은데……. 하긴 나라도 표도 없고, 돈도 안 되는 탱커들을 위해 일하는 건 싫지만! 여기서 '약자의 도우미'라는 이미지로 여당을 견제하기 위해서는 어쩔 수 없지.'

합당한 타협점을 찾아준다는 구실로 일단은 탱커들의 편인 척 자리에 앉아 있는 야당 의원들이었다.

사실 그들도 국가적으로나 자신들에게나 탱커들의 편을 들지 않는 게 이득이라는 걸 알고는 있었지만, 여당을 견제하는 역할로 허수아비처럼 자리에 앉아 있는 셈이었다. 보다시피 말도 안 되는 길드의 변명을 그대로 채택한 것만 봐도 알 수 있었다.

그리고 2일차 오전, 탱커 연합의 사람들에 대한 조사 시간이 왔다.

이들은 자신들에게 주어진 임무의 위험도와 신체 손상 비율, 평균 연 수입, 1인당 임무 횟수 등등 자세한 데이터를 근거로 재생 치료비의 현실화에 대한 근거를 제시했다.

탱커 연합회장 황천우(코드네임-치우) : 더구나 더 큰 문제점은 이러한 요소들로 인해서 신입 탱커들의 유입이 전혀 없다는 겁니다. 탱커의 존재는 자국 영토에서 식량을 생산하는 것과 같은 일입니다. 오벨리스크와 던전이 존재하는 한 위기는 계속될 거고, 탱커의 필요성은 더욱 커집니다. 반드시 탱커들의 치료비만이라도 던전 사업 부문에 포함을 시켜서……

당연한 이야기를 하지만 사람들의 반응이 영 시원치 않았다.

이 청문회장의 공기에서 그는 이미 분위기를 읽었다. 저 사람들은 자신의 이야기에 전혀 관심이 없다는 것을 말이다. 이들은 그저 논란이 일고 있는 탱커들의 반발을 잠시 누그리고 태세를 정비할 시간이 필요했던 거다.

'오후에 쇠돌이 녀석이 올 텐데 놈도 걱정이군.'

이제 막 시작인 싸움이라서 힘들 거라 예상은 했지만, 서로 의견 대립이 너무 팽팽했다.

앞으로가 험난할 거라 예상한 그는 오후에 증인으로 찾아

올 강철에 대해서 걱정하고 있었다.

오후, 청문회장 앞
"다 왔습니다, 주인님."
"어, 고마워."
"아저씨, 짐은 내가 챙길게."
차에서 내리자 깔끔해 보이는 청문회장 건물이 서 있었다. 신서울의 청와대 근처 청사 중 한 곳이었다.
대재앙 이후 새로이 만들어진 건물이라서 어떤 일을 하는 곳인지는 모르겠는데?
"여기, 적합자 관리부 건물이네요. 새롭게 만들었다고는 들었는데……."
"별로 들어가기 싫은걸? 이상한 소문이 많은 데란 말이야. 막 적합자 가지고 인체 실험하거나 몬스터를 잡아와서 연구한다는 소문이 있다고."
일종의 도시전설 같은, 흔히 제기되는 정부의 음모론이었다. 영화 같은 데서 많이 나오는 레퍼토리로, 창작 소설이라던가 만화로도 나오는 편이다.
다만 너무 그럴듯해서 진짜로 저기에 무언가 있을 것 같은 꺼림칙함이 생긴 것이다. 갑자기 잡혀가서 실험체라든가 해부라든가 당할지도 모른다는 두려움?

"걱정 마십시오. 주인님은 귀빈이시고, 주위엔 알게 모르게 영국 특수요원들이 경비 중에 있습니다."

"그럼 다행이지만. 자, 그럼 가자."

"응, 아저씨."

어제는 헬 하운드와 케르베로스의 던전, 오늘은 국회의원과 정부, 사회와 싸우게 되는 청문회장이라는 이름의 던전에 입장하는 나였다.

그런데 어디선가 이상한 시선이 느껴지는 건 내 착각인걸까?

"주인님은 언론과 방송 여러 곳에 노출되셨으니, 여기저기서 시선을 보내오는 건 당연한 일입니다."

"그런가? 근데 엄청 신경 쓰이는데. 아오!"

하긴 내 입장도 많이 달라졌고, 이런 청문회에 오는 건 연예계에서 활동하는 거랑은 다른 일이니 어쩔 수 없나?

난 계속되는 찝찝함을 억지로 견뎌 가며 청문회장으로 들어간다. 아, 근데 누군지는 몰라도 진짜로 신경 쓰여서 미치겠네.

청문회장 건물(적합자 관리부) 옥상.

"저게 40억짜리 탱커입니까? 흠~ 그렇게 대단해 보이지는 않는데요? 대체 뭐하러 저런 녀석에게 40억이나 들인 건지. 드래고닉 레기온도 이해를 못하겠군요."

"와, 메이드에 비서까지 대동하고 다니다니……."

"어쨌든 저 자식 때문에 평화롭던 이 나라가 난리가 났다는 거죠? 보기엔 풋내기인데 말이지."

"올해 21세라 갓 성인이 된 놈이라서 사회의 룰을 모르나 보네요."

현 탱커계의 뜨거운 감자이고, 세계 적합자계에서 유명해진 인물, 드래고닉 레기온 한국 지부장 강철.

그로 인해서 탱커들의 반란이 시작된 거나 마찬가지였다. 위치상 영국의 길드에 속한 몸이라서 한국 탱커 연합에 가입할 수가 없지만, 비공식적인 접촉과 지지를 보낸다고 다들 잘 알고 있는 사람이었다.

"이제 저 녀석을 어떻게 하실 생각입니까?"

"흠~ 위에서는 납치해 달라고 하는데, 사실상 무리입니다. 알아보니 영국대사관에서도 주목하는 A+급 요주의 인물로 등록되어 있습니다. 거의 영국대사와 동등한 급으로 판단하고 있습니다."

"도대체 영국은 무슨 생각으로 그를 중히 쓰는 걸까요? 아니면 그냥 허수아비로 세워서 한국 적합자계를 혼란시킬 용도로 쓰려는 걸지도……."

"에이, 그랜드 퀘스트까지 깬 사람들이 왜 머나먼 동쪽의 나라를 혼란시켜서 뭐합니까? 가까운 아프리카 혹은 터키,

케르베로스 공략 • 163

러시아면 모를까?"

 웨더웨더를 중심으로 그의 부하들은 겉보기엔 너무 젊고 어린 강철에 대해서 평가하고 있었다.

 과연 영국과 드래고닉 레기온 길드가 어떤 가치로 인해서 그를 40억이라는 거액의 계약금을 주고 영입했는지 아직도 의아할 뿐이다. 애초에 그들은 정말로 강철이 가진 '탱킹' 능력만 보고서 영입할 리 없다는 전제를 가지고 있었으니 모르는 게 당연했다.

 "흠흠~ 확실히 여러분 말대로 상식선에서 생각하면 고작 40레벨 넘은 탱커를 연봉 40억 주고 쓸 이유가 없으니, 다른 이유가 있다고 생각하시나 보군요."

 "예. 그렇습니다."

 "40억 주고 저런 인간을 사서 쓸 바에야 차라리 그 돈으로 장비를 사서 새로운 탱커 인재를 찾은 다음 육성하는 게 훨씬 낫죠. 40레벨 정도는 제대로 루트만 찾으면 몇 달이면 충분하니까요."

 웨더웨더는 자신의 부하들을 한심하다는 눈치로 바라본다.

 안경 안에서 빛나는 그의 눈은 엘로이스와 세연 사이에 있는 강철의 모습을 흥미롭다는 듯 바라보며 동시에 자신의 팔 쪽에 있는 나노머신 인터페이스를 열어서 무언가를 확인하듯 스킬을 사용한다.

 "어디, 그럼 하나하나 알아봅시다. 크흠! 〈액티브-생물체 감정, 설명 : 유전공학 및 생명공학 스킬을 가진 공학계만이 얻고 사용 가능한 스킬. 대상 생명체의 특성과 정보를 파악한다. 파악 가능한 정도는 스킬 레벨에 따라 다르다.〉"

오직 '생물'에 대해서만 파악 가능한 생물체 감정 스킬. 비슷한 스킬인 '조사'를 가진 레인저나 패스파인더와 다른 점은 대상을 오직 살아 있는 생명체만 한정한다는 것이었다. 하지만 생명체를 합성하는 능력을 지닌 클래스인 키메라 메이커 웨더웨더에겐 사냥감을 파악할 수 있는 좋은 스킬이었다.

"우선은 메이드부터 봅시다. 흠… 그냥 보통 인간형이라는 점 하나밖에 안 나오는군요. 아마 저보다 훨씬 레벨이 높은 것 같네요. 아이템으로 탐색 스킬 레벨도 올려 두었는데 이렇게 정보가 안 나온다는 건 저보다 못해도 10레벨 이상 높은 65레벨 이상의 사람이라는 거겠군요."

엘로이스에게 생물체 감정을 사용하고 나오는 정보가 극히 적다는 걸로 논리적인 파악을 하는 웨더웨더였다.

다음 대상은 강철의 옆에 있는 세연이었다.

한데, 스킬을 사용하자 인터페이스에는 '대상이 잘못되었습니다.'라고 뜬다. 웨더웨더는 살짝 당황하면서도 자신의 인터페이스와 건물로 들어가는 중인 세연을 번갈아 보면서 파악한다.

"대상이 잘못되었습니다, 라는 건? 제 스킬을 사용할 수 있는 생명체가 아니라는 것. 즉, 저와 같은 공학계가 만든

호문클루스나 정령, 기계 등등의 타입이라는 건데, 저 모습만 봐서는 뭔지 알 수 없군요. 이 더운 날에 저렇게 꼭꼭 싸매 입은 정장 차림이고, 관절의 움직임도 자연스러워서 알아보기가 힘드네요. W-1호 군, 체크해 두세요."

"알겠습니다, 웨더웨더 님."

감지가 안 되는 대상이라서 자세히 알 수 없었기에 나중에 별도로 조사를 해야겠다고 생각하며 체크를 맡긴 웨더웨더는 마지막으로 강철에게 자신의 스킬을 시전한다.

생명체 감지는 비전투 스킬이고, 레벨도 자신이 더 높아서 아마 그에게 들키지 않을 거라 생각하며 시전을 마치자마자…

코드네임 : 쇠돌이

레벨 : 45

클래스 : 저거노트

타입 : 용족형, 짐승형, 괴수형, 요정형, 신족형, 식물형, 암흑형, 빛형, 바위형, 물형, 번개형, 불형, 천사형, 악마형, 인간형, 용족형, 짐승형, 괴수형, 요정형, 신족형, 식물형, 암흑형, 빛형, 바위형, 물형, 번개형, 불형, 천사형, 악마형… 마력이 없는 체력 코스트 타입…….

"호오? 뭡니까? 이 정보량은? 헉? 이건? 이거어언? 와우! 믿을 수 없군요! 이런 게 다 있다니?"

끝도 없이 밀려 내려오는 정보의 홍수. 이게 한 생명체의 정보량이라고는 믿을 수 없는 양이었다.

인터페이스 화면에 끝없이 작아지는 스크롤바와 화면을 메우면서 내려가는 글자들을 보자 웨더웨더의 입가에는 미소가 지어진다. 마치 탐험가에게 나타난 미지의 유적을 바라보는 듯한 희열이 그에게서 보인다.

흥분과 감동, 그리고 호기심의 폭발. 홍수처럼 쏟아지는 정보는 끝을 모른다. 마치 거대한 생물학 사전을 통째로 열어 버린 듯한 모양새다.

"흠! 이거 저희 상관에겐 감사해야겠군요. 그가 아니었으면 지금도 저는 스캐빈저를 털던 시시한 인간이나 보러 갔을 테니까요. 하하하! 하하하하하! 일단 내려가서 그의 활약부터해서 하나하나 조사해 나가야겠군요. 자, 다들 서두르세요. 강철, 이 남자에 대한 모든 정보를 모으는 일부터 시작하십시오. 지금 당장!"

"예! 알겠습니다."

청문회장 증인 호출 시간, 대한민국 적합자 관리 부서.

'으음~ 쫄리네. 몬스터들이 몰려오는 게 속 편한 느낌이야.'

아무리 지부장이라고는 해도 내 나이는 이제 고작 21살. 40대, 50대 어른들이 나만을 바라보며 서 있는 이 광경은 숨 막히는 느낌이었다. 거기다 나를 바라보는 시선들이 다 곱지 않았다. 정치는 잘 모르겠지만, 저기 계신 국회의원 양반들은 모두 내가 반갑지 않다는 이야기군.

'하긴 젊은 놈이 갑자기 40억이나 받아먹으면서 일한다니 배알이 꼴리겠지. 에휴, 자기네들은 연간 수억씩 몰래 몰래 해처먹기 바쁜데 갑자기 40억이니 그렇겠지. 에휴~'

"그럼 지금부터 탱커 파업에 관련한 조사 청문회 2일차 2부를 시작하겠습니다. 본 청문회는 현재 탱커 파업으로 인해 발생하는 던전의 공략불가 사태로 인한 국가적 위기와 시민의 안전을 위해서 탱커와 정부, 의료인, 기업 간의 화해점을 찾고 업무 복귀와 대한민국의 위기 사태를 해결하기 위해서 마련한 자리입니다. 2일차 2부에서는 보건복지부 장관과 적합자 관리부장관에게 조사를 통해서 탱커들에 대한 부당한 대우가 있나 확인하기 위해서 모셨고, 증인으로는 매우 우수한 탱킹 능력으로 이름 높은 드래고닉 레기온 한국 지부장을 채택했습니다. 질의 답변은 각부서 장관, 증인, 의원님들로 구성된 3자 대면의 방식으로 각기 질문과 답변을 받을 것입니다. 순서는 각 여야 의원님들은 1

개의 질문을 하시고, 각 장관과 증인이 1개씩 답변을 한 다음 질의의 시간을 가지고 다음 질문으로 넘어가는 형식으로 진행하도록 하겠습니다."

'와, 세상에, 저걸 외우지도 않고 말하네. 국회의원도 아무나 하는 게 아니군.'

위원장으로 보이는 의원이 계속해서 말을 하고 있었다. 저렇게 긴말을 토씨 하나 안 틀리고, 저렇게 길게 이야기할 줄이야? 보통은 뭐 보면서 하지 않나? 난 속으로만 감탄하면서 무표정을 유지하기 위해 애쓰고 있었다. 왜냐면 나도 말할 게 있었고, 계획을 지켜야 했기 때문이다.

'진정하자. 프레젠테이션도 충분히 했고, 자료 조사도, 리허설도! 다 했어.'

진짜 의자 집어던지고 싶기도 했고, 아니! 실제로 던졌었지. 진서 형님, 국회의원 대역을 너무 맛깔나게 해서 나도 모르게 이성을 잃고 의자를 던져 버렸었다.

"강철 씨, 강철 씨?"

"아, 예."

"증인으로서 선서하셔야 합니다. 혹시 못 들으셨습니까?"

"아! 죄송합니다."

으아아! 잠깐 딴생각하는 사이에? 자세히 보니 나 말고도 장관 두 사람도 일어서 있었다. 이건 실수다. 순식간에 주변 사람들의 눈빛이 '한심함'으로 변해 있었다. 으아! 왜 내

케르베로스 공략 • 169

가 대표로 선서하는 거야? 제기랄! 그래도 준비는 해 왔으니 이대로 하면 된다.

"선서. 본인은 국회가 실시하는 탱커 파업과 관련한 문제를 다루는 조사 청문회에서 증언함에 있어 양심에 따라 숨김과 보탬 없이 사실 그대로 말하고, 만일 진술이나 서면 답변에 거짓이 있으면 위증의 벌을 받기로 맹세합니다. 20XX년 7월… 증인, 강철."

휴~ 겨우겨우 선서를 마친 나는 한숨을 쉬면서 자리에 앉는다. 아, 미치겠다. 시작부터 꼬였어. 가뜩이나 어린놈이라고 업신받을 텐데. 뒤를 살짝 보니 세연이랑 엘로이스 씨가 한심하다는 눈으로 날 보고 있었다.

더불어 오전에 참여했던 치우 형님과 다른 형님들도 날 바라보고 있었는데, 다들 표정이 안 좋군. 젠장! 조금만 기다리라고!

"그럼 우선 보건복지부장관부터 질답을 시작하겠습니다."

"예. 알겠습니다."

"첫 질문은 위원장인 제가 드리는 것입니다. 우선 장관님께서 언제부터 부서에 계셨는지부터 시작해서 간단한 약력 소개를 부탁드립니다."

"예. 본인은~"

본격적으로 시작된 청문회. 보아하니 내 질문 순서는 가장 마지막이겠군. 우선 보건복지부장관이 불러진 이유에 대한 질문이 이어진다.

 녀석들은 정부 기관이었고, 청문회의 목적은 '조사'이니만큼 추궁은 생각보다 적었고, 오히려 묻는 것은 바로 정책의 현실성이었다.

"그렇기에 연간 탱커들의 진료비를 지원 형식으로 할 경우 현 경제 규모를 생각했을 때, 국가 예산에 큰 출혈이 예상됩니다. 이 예산이면 현재 국가적인 문제로 남아 있는 수많은 청년 실업과 복지를 해결하고도 남을 커다란 금액입니다. 이런 액수를 지원해 달라는 건 탱커 연합의 이기적인 생각이라는 생각밖에 들지 않습니다."

 듣기만 해도 열 받는 소리를 계속해 댄다. 정부 놈의 말이 언제나 그게 그거여서 새삼 새로울 게 없었지만, 근데! 진짜! 그놈의 청년실업과 복지 문제는 대한민국 망할 때까지 우려먹을 거냐?

 마음 같아서는 당장 일어나서 의자로 체어 샷 해 주고 싶었지만 난 끝까지 참았다.

 약 40여 분간 지속된 보건복지부장관의 질답 시간의 결론은 국가에 돈 없으니까 탱커들은 나라를 위해서 좀 더 참아 주세요, 근데 의료비는 안 내릴 거임, 이었다.

'결국 탱커들 다 바보 만들기 위해 마련한 자리답군. 프레젠테이션이랑 각종 자료가 아깝다. 으이구!'

"다음은 적합자 관리부장관의 질의 응답 시간입니다. 마찬가지로 간단한 약력을 말씀해 주시는 걸로 시작하겠습니다."

"예. 크흠! 저는 이번 정부 들어서……."

다음은 적합자 관리부장관. 얘가 가장 문제인 놈이었다. 이번 청문회에서 제일 많은 질의와 추문을 당할 사람이며, 이번 청문회에서 가장 불쌍한 포지션에 있는 양반.

왜냐하면 사실상 적합자들에 관한 업무와 실질적인 제재는 크로니클에서 다 하는데, 정부 조직이라서 결국엔 탱커 파업에 대한 책임 소재 및 해결 방안을 강구해야 하는 부서였기 때문이다.

'뭐, 그래도 아무것도 안 한 건 맞으니까.'

차라리 크로니클에서도 탱커 보호를 헌터들로만 하고 있었을 때 이 부서가 먼저 협력과 교섭을 통해서 탱커들의 보호와 안전을 대의명분으로 걸 수 있는 찬스도 있었지만, 거대 길드들의 로비 때문에 움직이지 않았기에 결국엔 욕은 욕대로 먹고 뭐라도 하는 척해야 하는 세금 도둑 부서라고 설명 들은 곳이었다.

일단은 정부 조직이라서 적합자도 두고서 개별적으로 활동한다는 소문까지는 들었지만, 별다른 성과 같은 게 특별히 보이지 않는다고 한다.

도대체 뭐하러 만든 부서일까? 내가 낸 세금이 저리 낭비

된다니 한심스러운 일이었다.

'음, 그래도 정부 부서라서 큰소리나 이런 건 없네. 하지만 까이는 모양새는 열라 불쌍하군.'

"어, 이번 파업 문제를 해결하기 위해서 저희 부서는 다방면으로 노력하고 있으며……."

"그 다방면의 노력이 정확히 뭡니까? 하나라도 자세히 말씀해 보세요."

어이쿠! 무서워라. 자업자득이다. 어쨌든 정부로서는 이런 파업 사태를 막지 못한 것으로 인해 난리였으니, 희생양 하나를 정해서 책임지게 하는 포지션이 필요했다. 그래야 국민과 탱커에게 우리는 이만큼 했다며 큰소리를 칠 수 있기 때문이다.

미리 짜 놓은 각본인 만큼 여야 모두 여기서는 저 적합자 관리부장관에게 쉴 새 없이 질타가 이어진다. 구경하는 나는 한 사람을 다구리(?) 놓는 게 얼마나 무서운 일인지 체감할 수 있었다.

'와, 갖가지 자료 다 보여 주면서 아주 대놓고 이미지를 위해서 난리구만. 샌드백 하나 있다고 다들 숟가락 올리네.'

"이 자료 도표에 대해서 어떻게 답변을 하실 건지?"

"이 비디오 자료를 보십시오. 도대체 정부는 뭐하고 있던 겁니까?"

"탱커의 파업 사태로 인한 피해액이 벌써 수십억 대를 넘어선 가운데……."

 국회의원 양반들 다 무슨 자기가 정의의 사자라도 되는 양 미친놈들처럼 폭딜을 넣는다.

 여당, 야당 의원들이 위아 더 월드로 까는 만큼 보는 사람에 따라서는 시원해 보이고, 국회의원 분들 일 열심히 하는구나 라는 착각을 불러일으키지만, 이미 짜인 연극이고, 저 분은 열심히 희생양이 되어 준 대가로 아마 민간 기업이든 어디든 취직하는 데는 이상 없을 것이다.

"이것으로 발표를 마치겠습니다."

'슬슬 내 차례인가?'

 그리고 이제 청문회의 하이라이트이자 주인공인 내 차례가 돌아왔다.

 휴~ 난 눈짓으로 세연이랑 엘로이스 씨에게 자료를 준비하라고 지시했고, 내 앞에 노트북이 마련되고 옆에서 세연이가 가방에서 서류들을 꺼내 나에게 주고 있었다.

 자~! 이제 판을 벌여 볼까? 난 손가락을 움직이면서 손을 푼다.

"흠, 그럼 이제 마지막으로 증인으로 참석한 드래고닉 레기온 길드 한국 지부장인 강철 씨의 질답 시간이 되겠습니다. 지부장이 되신 지는 얼마 안 되신다고 하니, 스스로 자신의 소개와 길드에 대한 소개로 시작하겠습니다."

"아, 음! 감사합니다. 존경하는 위원장님. 그러니까~ 우선 저는 현재 46레벨의 적합자로서 대재앙 때부터 3년간 탱커 생활을 시작해 이번에 드래고닉 레기온 마스터 지크프리트에 의해 지부장이 되어 근 2개월간 직무를 수행하였습니다. 아직 지부장이 된 지 얼마 되지 않아 별로 이렇다 할 업적은 없습니다."

"흠, 그렇군요."

21살이라는 어린 나이, 갓 지부장이 되어서 세상 물정을 잘 모르는 놈이라고 생각하겠지. 업적도 없다고 솔직하게 까발리니 표정이 아주 봉 잡았다는 얼굴이다. 아까 전 선서의 실책까지 있어서 저들이 생각하는 내 모습은 아주 가소로운 애송이일 터. 더구나 학벌도 고작 고등학교 중퇴이니 아마 저들 눈에 내 수준은 원숭이 이하일 거다.

그런 놈 주제에 지금 탱커 파업을 일으킨 원인인 데다가 자신들의 이득을 해치려는 놈이니······.

"A당 박XX 의원입니다. 그럼 우선 40억이라고 전해지는 연봉 부분에 대해서 질문하겠습니다. 대재앙 이후 길드와 적합자 역사상 유례없는 엄청난 거액의 연봉에 이적을 결심하셨는데, 일각에서는 이 부분이 엄청나게 과장되었다는 의혹이 있습니다. 대답해 줄 수 있으십니까?"

"그 질문은 보자, 어디 있더라? 아, 여기 있습니다. 제 계약서 사본입니다. 길드의 기밀 부분을 일부 지우긴 했지만, 제 연봉 계약이 확실하다는 점을 증명하기엔 충분할 겁니다."

"B당의 서XX 의원입니다. 강철 씨에게 질문하겠습니다. 사상 최초의 고액 연봉자 탱커로서 어떻게 이런 일이 발생한 것 같습니까?"

"이미 선진국에서는 크로니클과 연계한 적합자 길드 시스템이 완성 단계에 접어들고 안정화가 되면서 세계의 길드와 적합자들은 모두 그랜드 퀘스트 레이스에 뛰어들게 됩니다. 대부분이 신수(神獸)나 영물과 같은 급인 그랜드 퀘스트 보스 몬스터들의 공략에는 경험 많고, 숙련된 탱커가 필요합니다. 전 대재앙으로부터 3년간 약 230개가 넘는 던전을 돌면서 다양한 패턴의 몬스터들을 상대해 보았습니다. 물론 레벨이 낮은 던전을 간 경우도 있지만, 세계에서 이만큼 던전을 돌아 살아남은 탱커는 저뿐입니다. 아마 그 부분을 참작해서 드래고닉 레기온에서 장래 그랜드 퀘스트를 위해 영입한 것으로 보입니다. 알다시피 그랜드 퀘스트의 보상은 국가 간의 밸런스를 깰 정도로 대단한 것들이지요."

"즉, 강철 씨는 이제 영국의 국익을 위해서 산다는 거네요."

"네. 그렇게 되겠네요."

웅성웅성.

나를 향해 말을 건 의원은 당황한 표정을 지었다.

방금 전 덧붙인 말은 나의 애국심을 흔들어서 우위를 점하려고 했겠지만, 내가 태연하게 영국의 국익을 위한다고 긍정해 버리니 당황할 수밖에 없는 거지.

아마 내일자 보수 신문의 1면은 내가 장식하겠군. 드래고닉 레기온 한국 지부장 매국 발언으로 말이지. 몇몇 의원 놈들은 이미 내가 덫에 걸렸다는 듯한 표정을 짓고 있다.

"흠~ 이 대한민국에서 태어나고, 살았는데 그럼 조국에 대해 부정하는 발언에는 부끄러움이 없는 겁니까?"

"반만년간 고조선, 신라, 백제, 고구려, 고려, 조선, 대한민국으로 수없이 이름과 정부가 바뀌었는데 그거랑 내가 태어난 땅을 사랑하는 거랑은 다른 거죠. 정부가 잘못한 거랑 내가 태어난 땅과 가족, 친척, 이웃을 사랑하는 거랑은 엄연히 다르지 않습니까?"

"크흠! 정부에 상당히 불만이 많나 보군요."

"이 나라에서 탱커로서 살면 싫어할 수밖에 없죠. 지금 치료비 논의도 사실상 현상 유지 쪽으로 기울고 있고, 탱커에 대해서 성가시다고 생각하고 있는 거 다 알죠."

내 덧붙임에 날 노려보는 의원들이었다. 너무 솔직하고 직선적인 말투라서 거슬린 것이리라. 하지만 이 정도는 젊고, 교양도 없는 내 배경을 생각하면 당연하다고 생각할 것이다.

결국 애국, 매국 전략으로는 안 흔들린다는 깨달았는지

다른 의원이 나에게 다른 주제로 말을 걸기 시작했다.

"강철 씨는 지금은 드래고닉 레기온에서 치료비를 부담해 주고 있는데, 그 전에는 어떻게 했습니까?"

"수익에서 까던가? 아니면 빚을 내서 해결했습니다. 몸을 안 고치면 일도 못 나가니까요. 그래서 여기 들어오기 전에 제 빚이……."

"흠! 알겠습니다."

자신들에게 불리한 발언이 나올 것 같으니 귀신같이 말을 잘라 버린다. 개새끼! 아까 전 애국 드립칠 때와는 너무 다른 모양새다.

이 자식들이랑은 아무래도 일을 못 해 먹겠구만!

"그럼 강철 씨, A당의 선XX 의원입니다. 현재 일어나는 탱커 파업에 대해서 정당하다고 생각하시는지?"

"아, 그러니까 솔직히 살기가 너무 힘들고 그래서……."

"정당성에 대한 대답만 해 주세요."

필요한 대답만 듣겠다고 윽박을 지르는군. 진짜 원래 내 성질대로라면 의자 날아갔다. 씨발 새끼! 왜, 아주 그냥 듣고 싶은 말만 듣고 싶으면 로봇을 세워 두지 그랬냐? 원래라면 난 여기서 최대한 둘러대면서 직접적인 대화를 회피해야 했지만, 그게 쉽지는 않았다.

"흠, 확실히 정당성을 생각해 보면 사람의 목숨을 담보로 하면서 파업하니 정당하다고 볼 수는 없죠."

"역시 그 점은 알고 계시군요. 그러면 한국을 대표로 하는 탱커로서 그들에게 뭐라고 한마디 해야 하지 않을까요? 방금 전 말도 전하는 게 좋을 것 같습니다만?"

개새끼들! 방금 전까지 영국의 국익이니 어쩌니 해 놓고는 이젠 지들 멋대로 한국을 덧붙이네? 나도 그냥 스티븐 유처럼 이름 확 갈아 버릴까? 아이언 강으로? 아, 겁나 촌스러워! 참자, 참아. 강철아, 참자~ 그리고 왜 내가 니들이 싼 똥을 치우냐? 참자. 자, 참아. 예정대로~ 일을 진행하면 되는 거야.

"아, 음~ 그런가요? 하하하."

내가 봐도 완벽한 호구 연기군. 청문회 자리에서 어색하다는 듯 웃으면서 머리 긁는 놈이라니. 얼마나 한심하게 생각하겠는가? 의원들은 날 완전히 '멍청한 호구 놈'이라고 생각하고 있을 거다.

자~ 그럼 여기서 반전을 시작해 볼까?

"이 썩을 놈아! 너만 좋은 자리에 있다고! 우릴 무시하는 거여?"

"죽고 잡냐? 애새끼가! 너도 탱커면서 우리한테 그런 말을 해가 쓰것냐?"

"야 이! 망할 자슥! 니 혼자 잘 먹고 잘살아라!"

"하여간 배부르고 등 따시면 싸가지가 사라지지!"

내 등 뒤의 참관석에 있던 탱커들이 다들 한마디씩 외치기 시작했다.

당연히 화가 나겠고, 의원들도 예상했다는 듯 침착하다. 다만 안에 있던 청경들과 경호원들이 그들을 진정시키려고 바삐 움직인다.

모든 탱커들이 나에게 욕을 하는 가운데 난 행동을 시작한다.

"아! 좀 조용히 하세요! 이렇게 손발이 안 맞아서 쓰겠습니까? 아무것도 못하는 노친네들 주제에 입만 살아가지고는! 왜 눈, 코앞만 생각하고, 멀리 볼 생각을 안 합니까?"

탱커 쪽을 바라보면서 하는 말이지만 내 뒤에 있는 의원들도 살짝 찔릴 것이다. 자신들도 바로 코앞의 일만 생각하고는 탱커에 대한 개선을 버린 셈이니까 말이지. 하지만 의원들은 내 행동을 제지하지 않는다.

'어떻게 할까요?'
'내버려 두게. 잘하고 있지 않나. 기자들한테 말해서 사진이랑 영상 잘 만들라고 해.'
'이거 소재 좋네요. 내일 기사감이네!'

왜냐면 탱커들을 견제하는 이 행동 자체는 영상으로 남겨서 써먹을 구석이 있기 때문이다.

거기다 같은 보수 언론의 기자와 살짝 눈을 마주친 걸 보니 탱커 파업에 대한 비난 기사를 만들 소재로 쓸 셈인 것 같았다. 안 봐도 그들의 대화가 모두 보였다.

'하지만 그 기사는 못 내게 될 거야.'

하지만 내가 노린 건 이게 아니다. 난 마치 그들의 욕설에 화가 나서 자제력을 잃은 듯 몸짓을 크게 하며 계속해서 분노를 터뜨린다.

"하이고! 어차피 나라에서도 버려지고! 세상에서도 버려진 양반들이 뭐 좋은 꼴 보려고? 이렇게 속 시끄럽게 나서 가지고 엄하게 일하는 사람을 부릅니까? 아니, 불려 와서 내 할 말 하고 가겠다는데, 왜 갑자기 욕을 하고 난리인지."

"니! 니! 나온나! 내랑 깃발 꽂자! 니 죽고 내 죽자!"

"어차피 정부고 뭐고 치료비 해결 안 되면 그냥 내가 탱커 연합 통째로 사 버리면 그만인데! 왜 나서 가지고. 에휴~"

"자, 잠깐! 강철 씨? 지금 뭘 산다고 하셨습니까?"

"아, 아차차! 이거 말하면 안 되는데!"

난 크게 당황한 척하면서 머리를 쥐어뜯는다. 마치 엄청난 비밀을 폭로한 것처럼 말이다.

지금 이 순간부터는 이 조사 청문회는 더 이상 청문회가 아니다.

어쩔 수 없다는 듯 고개를 흔든 난 머리를 긁적이며 다시 말하기 시작한다.

"하아~ 에이 씨~! 들켰으니 어쩔수 없네요. 그… 드래고닉 레기온에서는 한국 지부를 통해 탱커 연합 및 부당한 대우를 받는 모든 탱커들을 모조리 사서 드래고닉 레기온 한국 지부 정규직으로 만들려고 한다는 겁니다."

쿠궁!

좌중은 충격에 빠진다. 국회의원들은 말을 잃었고, 기자들은 깜짝 놀라서 어딘가로 전화하기 시작했다. 대화 내용을 기록하던 서기는 충격에 멍하니 날 응시한 채 굳어 있었다. 참관인들 쪽에서는 연신 웅성거리기 시작했다. 음~ 이 정도면 성공이군.

자, 이제부터는 내 시간이다!

페이즈 12-1

쇼 타임(Show Time)!

"말도 안 되는 소리! 탱커 연합에 몇 명이나 있는데 그들을 모두 드래고닉 레기온 한국 지부에서 거둔다는 게 말이나 됩니까?"

"되는데요?"

난 당당히 받아친다. 말이 안 될 게 어디 있어?

"나 하나에도 연봉을 40억 때려 붓는 조직인데~ 안 될 리가 없잖습니까? 그리고~ 얼마 전에 레이드로 먹은 레전드리 마법서 덕에 한몫 크게 챙겼거든요."

광역 빙결 대마법 '블리자드 스톰'. 60레벨 이상 마법사 계열 전설 등급이다.

"일단 드래고닉 레기온이 주관한 레이드라서 소유권은

영국 쪽에 있어서 그쪽에 팔렸습니다. 액수는 뭐~ 적합자 관련된 분에게 물어보세요. 하하하, 어쨌든 돈 걱정은 안 해도 된다 이겁니다."

그러면서 예전에 내가 잡은 메두사 퀸의 드롭 아이템을 보여 준다.

이걸 보여 준 데는 이중적인 의미가 있다.

단순한 의미로는 드래고닉 레기온 한국 지부의 능력으로 내가 방금 말한 한국 탱커들을 모두 사들인다는 계획이 실현성이 있음을 입증하기 위해서였다.

사실 저 마법서 하나 값으로 한국 지부 건물도 사고, 안에 장식 다 했으니 엄청 비싸지.

그리고 내가 이렇게 나불거리자, 세연과 엘로이스 씨가 나에게 다가와서 미리 의논된 시나리오대로 나를 책망하기 시작한다.

"주인님! 제정신입니까? 이건 본국의 극비 사업인데! 까발리시면……!"

"맞습니다. 분명 처벌 받으실 겁니다."

"아니, 괜찮아. 지금 청문회 다 봤는데 이 양반들, 탱커의 가치를 전혀 모르니 상관없어. 원래 블루오션이란 나침반을 볼 줄 아는 사람만 가는 법이지."

난 씨익 웃으면서 조용히 두 사람을 안심시키는 척한다. 하지만 지금 이 말은 엄연히 내 가슴 쪽에 달린 마이크로 청문회장 전체에 울리고 있었다.

 사람들은 탱커가 그저 던전에서 몸으로 때우는 사람이라고 생각하고, 레벨 30 이상 되기 전에 죽을 확률 높고, 머릿수로 때우는 한국의 싸움 방식 때문에 그 가치를 전혀 못 느끼지만 숙련된 탱커의 가치는 엄청 거대하다.

 다만 저 꼰대 양반들은 그걸 알려고 하지 않았고, 한국 거대 길드들은 대기업의 운영 방식을 그대로 이어받았는지 길드내의 돈을 쌓고, 땅 사기만 바쁜지라 탱커에 투자할 생각도 하지 않았다.

 즉, 지금도 많이 버는데 왜 탱커에 돈을 더 써야 하냐? 이거였다. 한국적 경제 시스템과 아우러진 적합자의 환경 때문에 그동안 저평가받아 왔던 것.

 "크흠! 강철 씨, 던전은 엄연히 탱커들로만 가는 게 아닙니다. 한국에 있는 모든 탱커들을 모은다고 해도 한국에 있는 길드와 연계를 하지 않으면 던전을 갈 수 없지 않습니까?"

 "외국 길드의 로케이션을 뛰면 그만입니다. 던전은 뭐, 한국에만 납니까? 이거나 한 번 보세요."

[야성 해바앙! Ypa!]

 러시아로 간 한국 출신 탱커, 베어 드루이드(베어너클)가

'웨어울프의 숲' 던전을 도는 영상.

거대한 곰이 늑대인간 패거리를 상대로 외치며 탱킹하는 장면이었다.

단순히 몸으로 부딪치는 것만이 아니라 네 발로 뛰어다니거나 두 발로 일어서서 곰 주제에 러시아의 무술인 '시스테마'를 구사하는 예술적인 탱킹.

나도 이걸 보고 깜짝 놀라 빨리 무술을 배워야겠다고 생각했지.

[실드 어설트! Come on! Bitch!]

이번엔 미국으로 간 한국 출신 실드 파이터가 바닷가에서 크라켄 새끼의 레이드를 뛰는 모습. 새끼라고 적혀 있긴 해도 엄연히 몸길이 10미터가 넘어가는 괴수 축에 드는 몬스터였다.

방패를 던지고 받고, 구르면서 탱킹하는 모습은 영화나 만화의 한 장면 같았다.

[티아메트의 본능! 우오오오!]

마지막은 바로 내 영상이다. 어제 뛰었던 케르베로스 탱킹 장면.

머리 셋 달린 놈에게 혼자 물리고 맞으면서도 놈이 거는 상태 이상을 스킬로 모조리 상쇄하면서 구석 탱킹을 퍼펙트하게 해내는 모습이었다.

 영상은 각기 30초가량의 아주 짧은 분량으로, 맛보기로 공개를 허가받은 부분이었다.

 러시아 거랑 미국 것은 내 영상이랑 트레이드한 거다. 탱커끼리의 정보 교환이지.

 "현재 저를 포함해서 러시아, 미국에서 선전하고 있는, 한국인이지만 외국 길드에 소속된 대표적인 탱커들입니다. 이 영상의 공통점을 아십니까?"

 "무슨 공통점 말인가?"

 "답은 셋 다 전부 전문성을 지닌 탱커라는 점입니다. 뭐, 답을 알려 줘도 못 알아먹는 얼굴이시네요."

 의원들은 어리둥절해하는 한편으로 참관인석에 앉아 있는 각자 인연이 있는 적합자 전문가들을 바라본다. 너희는 뭐하고 있었기에 이런 것도 모르고 있었냐는 눈치다.

 정확히 말하면 모르고 있던 게 아니라 알고도 할 생각을 안 했다고 보는 게 맞겠지. 고등학교도 못 나온 나도 생각하는 일을 저 양반들이 생각 못했을 리가 없다.

 "어차피 한국에서는 이미 탱커를 버린 거나 마찬가지. 그래서 저를 고용한 드래고닉 레기온에 사업 계획서를 제출했더니 허락하더군요. 한국 탱커 연합 다 사 버리라고요."

이것은 바로 한국의 탱커 인재 시장을 독점해 버리겠다는 소리다.

그동안 정부, 기업, 의료계, 길드가 자신들의 이익을 위해 지금까지의 노선을 유지하길 원했기에 인원도 적고, 돈도, 연줄도 없는 탱커들은 현실을 벗어날 수 없었지만, 이제 내가 최초의 사례가 되고, 아예 노아의 방주까지 만들어 와 버린 셈이다.

"어차피 수요는 많으니 탱커들을 모아서 제대로 돈도 주고, 치료비 걱정도 없게 만들면 됩니다. 고용비만을 청구하는 형태로 인력 파견 식으로 사업을 시작하면 그만이죠. 치료비랑 인건비랑 수익 구조 다 합쳐서 비용 청구해도 사업이 되니까 말이죠. 아마 저보다 머리 좋으신 분들이 많을 테니 잘 아시겠죠."

거대한 자본으로 한국의 모든 탱커를 사들인다고 생각하자.

좋은 대우, 치료와 안전을 보장해 주는 드래고닉 레기온 한국 지부에 모든 탱커들이 모인다고 가정하면 비단 탱커만 모일까?

좋은 직장에 오고자 하는 적합자들은 널렸다. 당장 딜러로 가려던 근접 직업들은 모조리 탱커가 되어서 달려들 거고, 교육소에 있던 지망생들 역시 탱커가 되려고 난리칠 것이다. 거기다 탱커로 스왑조차 불가능한 레벨들이 모인 중소 길드는 탱커 좀 빌려 달라고 내 앞에 무릎을 꿇게 되리라.

즉, 탱커를 독점한다는 것은 던전과 적합자 사업을 컨트롤할 수 있게 된다는 뜻이다.

아무리 근접 딜러들을 탱커로 쓸 수 있는 거대 길드라고 해도 전문 탱커가 없이 던전을 돈다는 건 큰 손해를 안고 가는 것이니, 몬스터에게 오는 데미지를 효율적으로 받아 내주는 탱커의 존재가 없이 던전을 돌면 인적 손해든 물자 손해든 커지면서 길드의 힘이 빠지게 된다.

자연스럽게 몬스터와 오벨리스크의 처리 효율이 떨어지고, 몬스터의 영역이 넓어지면 뒷짐 지고 안심하고 놀던 기업과 의료업계 모두 손해가 막심해진다.

예를 들자면, 기업이 운영하는 공장에 몬스터가 나타난다든가? 도시를 덮친다든가? 탱커가 없기에 던전 팀이 안 꾸려져서 군대를 동원해서 몬스터를 처리하지만, 결국 오벨리스크를 깰 수 없으니 무한정 돈이 드는 악순환이 이어진다.

'이런 사업, 아마 모두들 생각만 했겠지.'

생각은 다들 하고 있었을 것이다. 탱커를 독점하면 이렇게 할 수 있다는 것을!

하지만 국내 대기업들은 탱커들을 독점해서 이익을 불리려고 해도 정부와의 연결 관계 때문에 마음대로 할 수가 없고, 길드에는 그만한 자본이 없다. 또한 이미 기업과 딜러, 힐러가 주류인 한국 길드의 유착 관계 때문에 방법은 알아도 실행을 못한다.

즉, 아무리 좋은 아이디어도 이 나라에서는 사람과 위치에 따라 쓸 수 있고 없고가 정해져 있는 거다.

"그러니 전 현 정부와 길드, 기업, 의료계의 정책 모두가 마음에 듭니다."

정부는 탱커들의 비명에 표가 안 된다고 무시했고, 길드는 소수가 권력을 누리기 위해서 탱커들을 버렸다. 의료계와 기업은 자신의 이익을 위해서 탱커의 치료비를 비싸게 하고, 인건비도 낮추고 안전을 보장하지 않았다.

하지만 이 모든 조건은 '모든 탱커를 사서 적합자 사업을 장악한다.'라는 목적을 지닌 나 드래고닉 레기온 길드 한국 지부장인 강철에겐 최고의 조건이었다.

탱커들은 정부를 싫어하고 비협조적이어서 모으기도 쉽고, 굳이 한국에서 사업을 안 해도 탱커들만 빼내서 일본, 중국에서 사업해도 그만이다.

하지만 자신들의 안전을 위해서는 내 사업을 방해할 수 없다.

의료계가 올려놓은 탱커들의 엄청난 치료비 덕에 모은 탱커들의 고용비를 고액으로 책정해도 길드와 국민들은 아무 말도 할 수 없고, 스캐빈저 처리를 하라고 정부에 공식적으로 압력도 넣을 수 있다.

길드는 나에게 빼앗긴 탱커들을 되찾기 위해서 제도 개선을 위해 움직일 수밖에 없을 것이다.

하지만 그러려면 한국 지부보다도 더 좋은 대우를 해 줘야 하니까 어불성설. 한국 모든 길드는 이제 드래고닉 레기온의 하청업체가 되고 말리라.

"이게 협박이지! 저, 저! 지금 무슨 짓을 하려는 건지 아는 겁니까?"

한 의원이 못 참겠던지 일어나서 나에게 손가락질을 하며 외친다. 역시 다들 학벌 좋고 공부도 잘하는 분들이라 척척 알아먹네. 이 시점에서 밝힌 이 계획이 협박이라는 사실을 말이다.

즉, 이 짜고 치는 조사 청문회를 제대로 안 하고, 이대로 갈 경우 내가 탱커 다 사서 뒤집어 버리겠다는 의미다.

"예? 무슨 짓이긴요. 엄연히 사업 계획입니다. 자본주의 사회, 투자를 해서 더 큰 이윤을 추구하는 게 뭐가 잘못된 겁니까?"

"그, 그것도 공정한 경쟁과 멀쩡한 사회 안에서 이루어져야 하는 것이지, 국민의 생명을 걸고 하는 협박이나 다름없잖습니까?"

'역시 국회의원님들. 엄청 똑똑하고, 말은 잘하네. 와~'

물론 그런 인간들이 50년 가까이 북한과 국가 안보 가지고 국민들을 협박해 가면서 권력 잡고 있던 주제에 말이 많군. 게다가 이제 북한이 몬스터로 인해 자연스럽게 무너지니까 스캐빈저는 때려잡을 생각도 안 하면서 그놈들 가지고 선거에 이용하던 양반들인데 말이지. 이게 바로 그건가? 자기가 하면 로맨스, 남이 하면 불륜이었던가?

"에이, 어차피 버려지고 내버려 두는 거 저희가 저희 돈 주고, 고용해서 잘 쓰겠다는데 무슨~ 어쨌든 성님들! 저희 준비 끝나면 싹 다 데려갈 테니! 걱정 마세요!"

"와아아!"

내 마지막 말과 함께 참관인석에서는 탱커 형님들의 환호성이 인다. 그와 대조적으로 참관인 자리에 있던 길드, 기업, 의료계 인사들의 표정은 어두워지기 시작했고, 국회의원들은 끝없이 토론, 기자들은 여기저기 전화를 걸면서 난리가 났다.

어쨌든! 이제부터 진짜로 정부는 본격적으로 나설 수밖에 없을 테고, 파업하겠다고 설치던 의료계에서는 할 말 없어지는 동시에 길드와 기업은 서로 쑥덕거리겠지.

'흠~ 이제야 좀 제대로 된 토의가 시작되겠네.'

정치란 결국 견제, 또 견제가 가장 중요하다. 정부, 기업 등등 소수가 유착해서 권력을 경직화시키면 답이 없다. 누군가가 견제를 해야 하고, 견제를 이룰 수 있는 힘을 모아줘야 한다.

그런 의미에서 이번 정치는 나와 탱커를 얕본 것이 그들의 패인.

생각 이상으로 나와 드래고닉 레기온의 역량이 대단했던 데다, 권력을 잡고 안일함에 취해 무시했던 탱커들의 피와 땀의 승리였다.

같은 시각, 정부 관리 참관인석.

웨더웨더는 강철의 관찰을 위해 참관인석에 앉아 있었고, 그의 상관인 이성운도 같이 자리해 있었다.

오늘 청문회 이후 그의 처분에 대해서 논하려고 했으나 그가 벌인 엄청난 일에 두 사람은 놀라움에 빠진 채였다.

"이거 참 놀라운 일이군요."

"내 제안은 거절했으면서 저런 걸 꾸미고 있었다고? 한국에 탱커가 약 1만여 명 정도 있을 텐데 모두 고용한다면 엄청난 돈이 들 텐데? 블러프 아닌가? 다들 저 멍청이의 말에 속는 거 아니냐고."

"단순히 블러프도 아닌 게~ 일전의 조사 자료를 보니 드래고닉 레기온 한국 지부가 있는 장소인 1구역의 그 땅은 시가가 엄청 비싼 완전 금싸라기 땅이더군요. 건설 시공까지 해서 수백억은 족히 들었을 텐데……. 그걸 은행에 담보

잡히고 돈을 빌려서 사업을 시작해 버리면 무리한 이야기도 아닙니다. 저 20대 초반의 지부장에겐 그만한 자본을 동원할 힘이 충분히 있다는 거죠."

더구나 한국의 특수성 덕에 부동산 가격은 엄청 거품이 잡힌 그 상태로 남아 있었다. 대재앙 때문에 오히려 비싼 곳의 땅값은 더 올라 버렸다. 결국 또 투기족들만 건배! 하는 상황이 되었지만, 강철은 이런 한국 사회의 특성을 잘 파악해서 역이용한 다음 여러 군데 엿을 먹여 버리는 엄청난 놈이 되어 버렸다. 자기들이 파 놓은 구멍에 자기들이 빠진 격이 되어 버린 정부였다.

"어쨌든 정부는 완전히 머리 아픈 현실이 들이닥쳤군! 젠장할 자식! 아! 또 우리한테 지랄할 텐데!"

"이거 엄청 바빠지겠군요. 후후후, 어쨌든 저는 이대로 드래고닉 레기온 한국 지부장인 강철에 대한 조사와 추적 임무를 맡겠습니다."

"네. 그러세요. 이제부터 행동의 이상이 있을 경우 바로바로 알려서 보고해야 할 테니까 말이죠."

같은 시각, 길드 참관인석.

'흐음~ 어쨌든 이걸로 탱커에 대한 인식과 메타 변화가

시작되는 건 좋군. 하지만 아쉽긴 아쉬워.'

쓰리 스타즈 얼라이언스 대표로서 참석한 차현마는 강철이 케르베로스를 탱하던 영상을 보면서 감탄을 내뱉었다.

케르베로스의 돌진은 자신의 돌진기인 타일런트 대시로 상쇄하고, 절묘하게 다음 물기를 피해서 받아 내는 테크닉. 얼마 전 리자드맨 워로드를 잡을 때 그가 있었더라면 하는 생각이 절로 나던 판이었고, 그가 활약하는 모습을 보니 더욱 그랬다.

"하지만 이대로 과연 넘어갈지 모르겠군. 그랜드 퀘스트 준비로 레벨 업을 해도 모자랄 녀석이 너무 크게 설치는 거 아닌가 몰라."

흐름이 변해서 탱커의 가치가 올라가면 그에 따라 내려가는 이도 생긴다. 그러면 변하는 흐름에 저항하기 위해서 강철을 노리는 일이 발생할 것이다. 지금 우선 그 저항할 자들로 보이는 것이 바로 스캐빈저들로, 탱커들 등쳐 먹고 살아가는 인간쓰레기들이다.

더구나 이미 길드에 대한 소문도 난지라 이대로라면 던전의 D도 바라보지 못할 게 뻔한 그들이 어떤 짓을 할지 불안한 현마였다.

탱커 조사 청문회로 인해 강철은 국내 모든 방송사 및 언론, 또한 세계에서 주목하는 인물이 되어 버렸다.

악의적으로 탱커들을 독점해서 한국의 사업 체계를 뒤집어엎겠다는 그의 도발은 탱커에 대한 처우를 바꾸지 않으면 그야말로 한국 사회 전체에 대한 위협이기도 했다.

청문회가 있고 다음 날, 강철을 포함한 드래고닉 레기온은 전원 던전으로 향해서 추가적인 질의와 협상을 거절하는 태도를 보인다.

[젊은 야심가! 드래고닉 레기온 한국 지부장이 내민 적합자 사업 장악의 포부] G신문

[정부, 여야 의원 전원 소집 긴급회의!] A신문

[보수 단체, 광화문 앞에서 한국 안보를 위협하는 강철의 태도를 규탄하는 집회를 열어······.] C신문

[전국 경제인 연합, 비상사태를 선언하며, 드래고닉 레기온의 한국 적합자 인원 독점을 막기 위해 제재를 가해야 한다는 성명을 발표!] C잡지

[의약계 및 크로니클 치유 시설 근무 인원들, 드래고닉 레기온 인원에겐 서비스를 거부하기로 합의] D일보

세상사 쉽게 되는 게 아닌지 강철이 선언을 했지만 정부와 한국 사회는 그리 쉽게 그의 뜻대로 되지 않았다. 오히려 모든 것을 그의 탓으로 돌리고, 탱커 파업을 국가에 반하는 이적 행위로 규탄해서 넘어갈 생각을 하고 있었다. 그리하여 모든 언론과 인터넷 여론까지 조작해 가면서 드래고닉 레기온과 탱커 연합의 이미지를 망가뜨리는 데 성공한다.

이 야합에는 탱커들의 대우가 달라지면 그 즉시 쓸모가 없어지는 스캐빈저 길드 워스트 데이의 역할이 가장 컸다. 하지만······.

[크로니클 사업부, 현재 던전 처리가 전혀 진척이 없기에 드래고닉 레기온의 사업을 허가할 수밖에 없다고 선언! 사실상 중립을 고수하겠다는 입장 발표!] A신문

사실상 던전 물량이 해소가 안 되어서 실제적으로 던전을 제대로 돌 수 있는 전력을 지닌 드래고닉 레기온의 업무를 방해하지 않는 크로니클이었다.

더불어 설사 방해한다고 해도 일본, 중국, 러시아에 일감을 받을 게 넘쳤으며, 드래고닉 레기온 한국 지부 자체는 레벨 업을 위해 만들어진 곳인 만큼 수익에 대한 압박도 없어서 돈이 안 되는 던전의 처리를 해 주는지라 오히려 좋아하는 입장이었다.

조사 청문회 2주일 뒤.

[H그룹 산하 제철 시설에 불가사리 몬스터 출현! 모든 공장 시설 마비 및 3톤에 달하는 금속을 먹어치워 엄청난 피해!] J일보

[S그룹 자동차 공장에 오크들의 습격! 작업자 300여 명이 죽거나 다쳐 공장 업무에 지장!] S일보

[원자력 발전소 근처에서 오벨리스크 기둥 발견! 가까운 시일 내에 몬스터의 습격이 예상되어 큰 충격을 주고 있다!] I인터넷 신문

몬스터의 처리가 늦어지는 사태는 결국 한국의 산업 시설에도 영향을 주기 시작한다.

이전까지는 몬스터가 오지 않았던 영역까지 몬스터들이 밀고 들어오면서 피해를 입는 것은 오히려 한국 정부 및 기업들이었다.

그들은 3대 길드 및 전국의 길드에 압력을 가해서 던전의 처리를 촉구했으나 전문적인 스킬이 없는 이들로는 효율이 떨어지는 바람에 어쩔 수 없었다.

그동안 파업 중인 탱커들은 드래고닉 레기온의 자금 지원과 외국 로케이션 중재로 인해 전혀 타격을 받지 않고 있었다.

드래고닉 레기온 한국 지부.

"으랴차! 기브! 기브! 기브 업! 레온 사범님!"

"말할 수 이쓸 전도몬 더 보틸 수 이씁니다, 미스터 아이언."

청문회 이후, 나는 언론이나 다른 길드, 기업과의 접촉을 일철 피하면서 던전과 사무실만 드나드는 생활을 하고 있었다. 그러면서 이전의 피드백을 받아서 본부가 소개해 준 전문 무술인과 함께 훈련 중이었다.

내가 배우는 것은 바로 브라질리언 주짓수였다. 탱킹 스타일과 내 활약을 보고서 드래고닉 레기온의 분석팀이 적합하다고 조언해 준 무술이었다.

어쨌든 그렇기에 지난주부터 난 브라질에서 초청된 무술가와 실전 형식으로 대련하면서 지금 열나게 고생하고 있다.

키는 192센티미터, 체중 97킬로그램의 거구의 사범에게 목이 졸린 채 양다리로 몸이 묶여 완전히 그래플링 기술이 들어간 나는 꼼짝달싹도 못하고, 호흡 곤란으로 허우적대고 있었다.

"끅! 커거걱?"

"오우! 뼈가 엄총 단단하네요."

이분은 주짓수 '레드벨트'의 고수 레온 그레이시라는 분이다.

레드벨트라는 게 태권도로만 무술 체계를 알던 나에겐 와 닿지 않는 개념이었지만, 이 양반의 대단함은 바로 일반인 무술가로서 던전을 클리어하고 나온 괴수라는 점이었다.

레드벨트를 어떻게 땄냐고 물으니 대재앙 시기에 적정 레벨 12짜리 던전을 혼자서 그라운드 기술로 제압과 호흡곤란 상태 이상으로 클리어했다고 한다(단, 그 던전은 오로지 인간형 근접 몬스터밖에 없었다고 한다). 그 공로로 엄청 따기 어려운 주짓수 레드벨트를 30대의 나이에 매고 있는 그였다. 정말 드래고닉 레기온도 대단하다니까. 이런 사부를 붙여 줄 줄이야.

"미스터 아이언, 정시그로 그레이시 도장에 입문활 생각 업슴니콰?"

"그, 그저네 주글거 가타요. 커걱!"

"이 기수뤠 3분 이상 버틴 건 미스터 아이언이 처음입니돠. 지크프리트 마스터, 정말 멋진 인재를 소개해 줬숨니다."

뿌드득! 우드드득!

끄아아아! 관절 나가, 이 양반아! 감격하면서 강해지는 조르기에 내 관절과 뼈들이 비명을 지른다.

고통도 덮치긴 했지만! 탱커라서 고통엔 익숙한 나는 정신을 잃지 않고, 최대한 나가려고 발악을 이어 나간다.

"으가아아악! 으라차!"

우선 자세부터 회복해야겠다는 생각에 난 다리에 힘을 주고 일어나려고 애쓴다. 호흡도 적고, 뼈에 고통도 있었지만! 으랴아아!

"와우 베리 굿! 하지만 상대는 가만히 있는 게 아닙니돠."

"끄아아!"

퍽! 뚜드득!

일어나려 하자 내 몸을 뒤로 넘겨 버리는 동시에 한 팔을 잡아당기며 암바로 이어진다.

하나씩 기술을 걸면서 빠져나가려 하면 또 새로운 기술을 걸어 나에게 고통을 주는 형태로 하는 실전식 훈련이 효율이 좋은 건 알지만! 맨날 당하는 나는 고통스러울 수밖에 없었다.

"수련 시간 끝났습니다. 주인님, 그리고 그레이시 사범."

"오우, 벌써 끝났습니꽈? 맘 같아선 더 하고 싶군요."

"헤엑…헤엑……."

고통스럽긴 했지만, 천금을 주고도 못 배운다는 레드벨트 사범의 브라질리언 주짓수 교육에서 한 번 수련을 받을 때마다 얻는 게 있었기에 기분 나쁘진 않았다. 다만 속성 과정이어서 대부분 실전 훈련이었고, 이론과 자세는 자습으로 해결하는 처지였다.

레온 사범은 내 손을 잡고 날 일으켜 몸에 이상이 없나 팔을 들고 돌리면서 확인을 해 준다.

"좀 믿어지지 않네요. 나름 전력을 다해서 기술을 걸었는데도 상한 곳이 없다니. 미스터 아이언은 정말 축복받은 육체를 가지고 있습니다놔!"

"아니, 전력을 다하시다니, 저 다치면 큰일 나는 뎁쇼?"

"적합자 분들의 특성은 잘 모르지만, 정말 부러운 몸입니다. 미스터 아이언! 정식으로 그레이시 유파에 들어온다고만 해 주면 더 많은 기술을 알려 드릴 텐데 말입니다놔."

"일단 지금 배우는 것도 흡수하기 힘드니까 나중에 생각하죠. 하하, 휴우~ 그럼 수고하셨습니다, 레온 사범!"

인사를 한 다음 곧장 샤워장으로 향한 나는 땀에 전 도복을 벗고 샤워를 한 뒤 드래고닉 레기온 제복을 입고 나왔다.

샤워장 앞에선 엘로이스 씨가 날 기다리고 있었다. 현재 세연이는 별도의 일을 하고 있어서 엘로이스 씨가 내 비서 역할을 해 주는 중이었다.

"아오~ 시원하다."

"괜찮으십니까?"

"어. 여기저기 뻐근하지만 괜찮아. 더구나 이런 무술을 통해서 효율을 올릴 수 있는 것도 마음에 들고 말이야. 음~ 게임으로 치면 피지컬의 상승이겠지?"

같은 몬스터를 탱킹하더라도 내 방식은 공격을 허용해서 굳히는 방법이었다. 헬 하운드의 물기를 직접 받아 내던 그 방법 말이다. 하지만 이런 유술을 알고 나면 적은 힘으로도 급소와 관절을 노려 홀딩을 할 수가 있다. 즉, 컨트롤의 상승과 같은 원리다.

딜러, 힐러와 다르게 이제 탱커는 일정 수준 이상의 무술을 체득하는 게 필수가 되리라.

"진서 형님은 결국 끝까지 창술하겠대?"

"예. 다소 리치가 있는 무기를 선호하셨습니다. 주인님처럼 0거리에서 몬스터를 상대하기는 무섭다고 하셔서……."

"본부에 의견 제기를 하니 뭐라고 하셔?"

"탱커들의 피지컬 상승에 필요한 무술 교관을 허락했습니다. 나이트 레저스는 창, 기마 창술 모두 배워야 하니 주기적으로 영국에 소환을 해서 합동훈련을 받는 쪽을 생각하고 있습니다. 다만……."

"다만?"

"나이트 모드레드(이세연)는 딱히 무술을 익힐 필요 없다고 하더군요. 이미 고유 패시브에 자동으로 검술과 무예를 익히게 해 주는 스킬이 있다고 합니다."

〈패시브-사라지지 않는 영웅의 혼〉! 캬! 역시 데스 나이트답구만! 스킬로 피지컬도 상승시켜 준다니? 미친 거 아냐? 우리는 이렇게 경험을 통해서 배워야 하는데 세연이는 완전 효율 쩌네. 어쨌든 여러모로 돈도 아끼고, 전력적으로 우수한 세연이었다.

아, 그리고 보니 세연이는 지금 뭘 하고 있냐 하면? 2팀 사무실로 가는 길에 살짝 1팀 사무실을 엿보는 나였다.

"예, 예. 죄송합니다만 현재 드래고닉 레기온 길드는 던전 임무에 바빠서 그럴 시간이 없습니다. 내일 또 곧장 길드의 팀 모두 던전행을 갈 거라서요."

저번 청문회 이후, 날 만나려는 사람들이 엄! 청! 나! 게! 많아져서 전화 업무와 내 스케줄 조정을 해 주는 비서 업무를 맡은 세연이는 자신의 책상에서 계속 울려 대는 전화를 받느라 아무 일도 못할 지경이었다.

어떤 상황에서도 무감정한 어조를 가진 그녀의 특성 덕에 오전만 해도 이미 수십 통의 전화를 받았을 텐데 태연히 다음 전화 상담에 응하고 있었다.

(감히 고작 일개 지부장 주제에! 우리 회장님의 부름을 거부한다고? 당장 튀어오라고 해!)

"우선 영국 대사관과 협의해서……."

'태연히'라는 말 취소해 주자. 와, 마치 진상 고객들을 맞이하는 고객센터 담당 같은 처지군.

어쨌든 우리로 인해서 지금 한국 사회 전체가 혼돈에 빠진 건 사실이다. 그 때문에 날 불러서 설득을 하고 싶은 놈들이 많은 것도 현실이지만, 애초에 탱커들의 처지를 변화시킨다고 선언해 주지 않는 이상 내가 나갈 이유는 없기에 여기선 미안하지만 세연이에게 조금만 더 수고해 달라고 하자.

✦ ✦ ✦

2팀 사무실.

안에 들어간 나는 한 번 쓱 주위를 둘러본다. 음, 미래는 전화기를 귀에 댄 채로 컴퓨터를 하느라 바빠 보인다.

다른 직원들도 일하는 중이고, 그나마 한가해 보이는 건 상연이뿐이군. 꼬맹이에게 다가가니 녀석이 먼저 날 아는 체한다.

"어? 지부장님 오셨습니까?"

"어, 바빠?"

"뭐, 크게 바쁜 건 없습니다. 다만 저희 쪽에 지원 문의가 엄청 늘어났다는 거만 빼고요."

아~ 저번 청문회 이후, 당연하겠지만 우리 길드의 입단 문의가 늘어났다. 신입 탱커를 뽑는다는 공고에 분명히 접수 날짜도 써 놨는데, 그에 대한 입단 지원 서류가 계속해서 들어오는 중이었다.

청문회와 뉴스 덕에 완전히 광고도 되었고, 각종 커뮤니티에서도 이미 드래고닉 레기온 한국 지부는 적합자 최고의 길드가 되어 버렸다.

창설 이후 단 두 달 만에 3대 길드에 버금가는 인지도를 가지게 된 셈이다.

"역시 모든 탱커를 사 버리겠다는 그 발언 때문인가?"

"그만큼 재정적으로 풍부하다는 걸 어필했으니, 다들 오고 싶은 거겠죠. 더불어 저희 직원들에게서 나가는 정보도 있구요."

"흠~ 뭐, 그건 감추려야 감출 수 없는 부분이지."

하지만 그 청문회 이후로도 아직도 정부와 기업은 내 욕만 하면서 제대로 된 개혁이나 문제 해결에 힘을 기울이지 않고 있었다. 어휴, 엿 같은 놈들! 그럴 시간에 합의해서 탱커들 처우나 고치라고 내가 이 지랄을 하는 건데!

한 번 얻은 철밥통을 버리기 싫어가지고 발악하는 모양새라니! 씨발! 답답함의 극치다. 왜 답을 아는데 풀지를 않니?

"너네 H그룹 안에는 무슨 반응 없냐?"

"하아~ 그룹의 공장 하나가 몬스터의 습격을 당해서 상당히 피해를 봤다더군요. 더불어 보험사에서는 엄연히 길드와 관리하는 적합자의 과실이라면서 보험금 지급을 소송으로 이끌어 가려고 하고 있는 판국이며, 피해액은 이미 상상을 초월할 정도죠."

"정말 답답한 새끼들이야. 안 그래?"

"뭐, 자기 주머니에서 돈이 나가는 경험을 해야 움직이는 게 결국 인간 본성이지요."

어린놈이 별걸 다 아네. 하지만 뭐, 나도 상연이의 말에 동의한다.

"더구나 기존 길드도 더욱 힘들어지고 있습니다. 탱커 없이 근접 딜러에게 탱커 역할을 강요함으로써 반발도 심하고, 이탈자까지 나오는 모양이더군요."

전국의 모든 길드가 3대 길드만큼 힐러라던가 물자가 빵빵한 게 아니었기에 강제로 탱커 역할을 맡은 딜러들은 길드를 탈퇴하는 현상이 이어지고 있었다. 그 덕에 지방에 있는 산업 시설과 공장에 몬스터의 피해가 생기게 된 거고 말이다.

이미 피해액은 수천억을 넘어서고 있었는데, 그거 복구할 돈이었으면 진작 탱커들 치료비와 대우를 바꿀 수 있다는 게 웃긴 현실이었다.

"더구나 탱커 연합은 이미 스스로 버틸 수 있는 상태입니다. 보통 파업 단체들이 오래 못 가는 이유는 자본력이나 자신을 지키는 힘이 딸려서니까요. 더불어 강제로 어떻게 할 수 없도록 일부 길드가 연합해서 방비하고 있으니, 예전과는 많이 다르죠."

스캐빈저를 통해 강제적인 협박과 무력으로 어떻게 하려는 정부의 행동 정도는 이미 경험해 본 사실이라 대비하고 있었다.

어떡해서든 똘똘 뭉친 탱커 연합을 와해시키려고 했지만, 생존을 위해서 똘똘 뭉친 조직 구조와 드래고닉 레기온이라는 허브를 통해서 외국 로케이션의 일을 얻을 수 있기에 이제는 경제적으로도 더 이상 압박이 불가능했다. 또

한 무력을 동원하자니 탱커가 없는 길드를 섭외해서 방어까지 해내고 있었다.

'거기에 쐐기로 탱커들의 전문성을 끌어올리는 연구까지 하고 있지.'

나만 해도 브라질리언 주짓수를 익히는 등 피지컬 연구를 통해서 탱커의 효율과 강함을 늘리고 있었다.

이런 연구는 외국의 길드에서 처음 선보인 것으로, 미국의 경우 코만도 삼보, 러시아에서는 시스테마 같은 군인들이 사용하는 무술을 호신용으로 익힌 데서 착안한 것이다.

더 이상 탱커를 던전 노동자로 보는 이미지를 혁파하고, 위험하지만 전문적인 직업, 보디가드나 경호원과 유사한 이미지로 탈바꿈하려는 작업의 일환이었다.

"근데 넌 무술 뭐 안 익히냐? 소드 앤 버클러 추천 받았잖아. 너도 영국 가서 같이 훈련받던가."

"공학계라 어차피 배워도 소용없고, 아머드 나이트는 스킬의 유연함으로 딜을 받아 내는 탱커라 필요 없습니다."

"음~ 뭐, 그러면 어쩔 수 없고……."

"더구나 곧 있으면 신입 탱커 면접도 봐야지 않습니까? 더 이상 미뤄 둘 수도 없잖아요. 지부장님도 참가해야 하는 거니 일정 조정에 신경 써 주십시오. 3일 뒤입니다. 꼭 기억하세요."

아, 맞다. 그것도 있었지. 2팀에 고용할 신입 탱커 면접이 남아 있었다.

 휴우~ 안으로도 고생이고, 밖으로도 고생이었다.

 이야기를 마친 나는 엘로이스 씨와 내 사무실로 돌아와 나머지 업무를 해결하고 내일 다시 던전 갈 준비를 마친다. 사실상 던전에 들어가는 게 막무가내로 쳐들어와서 인터뷰하려는 놈들에게서 도망치는 데 최고의 수단이었으니까 말이다.

 그리고 이제 곧 1, 2팀 기존 인원의 전원의 레벨이 40대에 진입한다.

 그것은 이때까지 이들을 이끌고 레벨 업을 보조하느라 제대로 경험치를 먹지 못했던 나를 비롯한 진서 형님과 상연이 같은 탱커들도 본격적으로 레벨 업을 시작할 수 있게 된다는 뜻이다.

 "어쨌든 다른 사람들도 퇴근할 때 항상 스캐빈저를 주의하세요. 저번 청문회로 인해 가장 독이 올라 있는 자들이 그들이니까요. 여러분은 이제 40레벨이 넘은 만큼 엄청 귀한 인력입니다."

 "그 덕에 상진 씨는 아주 신이 났던데요?"

 "하루에 천만 원씩 벌어 가면 신이 날 만하죠. 보안팀들

다 스캐빈저라면 치를 떠는 사람들이구요."

내가 청문회 때 벌인 일 덕에 탱커의 천적이자 우리를 등쳐 먹고, 그것에 협력하는 정부의 정책을 도왔던 스캐빈저 놈들은 청문회 다음 날부터 우리 길드 주변에 쫙악 깔려서는 난리를 피우고 있었다. 왜냐고? 탱커가 흥하면 스캐빈저에 속한 적합자들은 모두 망하는 거나 마찬가지였으니까.

나도 놈들에게 죽을 위기를 많이 겪어 봐서 도저히 용서라는 글자가 생기지 않는다.

"어쨌든 놈들은 이대로 한국 탱커의 환경이 변하면 바로 적합자계에서도 살기 힘들고, 오히려 범죄 집단으로 토벌 대상이 되어 버릴 처지입니다."

물론 숫자가 많고 중소 길드에 소속된 경우도 있기에 던전 처리를 위해서 정부에서 공식적으로 잡으려 들지는 않을 것이다.

하나, PVP에 특화된 스킬로 밀어져 있는지라 던전의 효율이 떨어지는 딜러고, 전부 각종 범죄에 연관된 놈들이니 아마 쓰다 버리는 카드 취급 받으며 과도한 던전 업무를 부여 받고 던전에서 죽을 운명이 분명했다.

"어쨌든 안 죽으려면 우리 드래고닉 레기온을 노릴 수밖에 없습니다. 당분간 던전에 가는 날 빼고는 항상 PVP 아이템 세팅을 챙겨 다니세요. 술자리도 되도록 1차 이상 가지 마시고……."

"지부장님, 21살 같지 않은 말투라능! 50대 부장님 같다 능!"

"다, 닥쳐요! 자리가 사람을 만드는 겁니다! 나도 이런 말 하기 싫어요! 그럼 어느 정도 일이 마무리되면 날 어두워지기 전에 일찍 돌아가세요. 이상!"

젠장, 이래 봬도 지부장이라서 어쩔 수 없단 말이야. 이제 진짜 본궤도로 올라서 던전을 돌아야 하는 판국이라 인원 관리가 얼마나 소중한데! 확 그냥 위세를 보여 주기 위해서 본국에 있는 기사단까지 호출해 버릴까?

스캐빈저들이 너무나도 신경 쓰인다. 거기다 스캐빈저도 문제긴 문제였지만 더 심각한 놈들도 많았다.

이완용 같은 매국노 강철은 나와라!
드래고닉 레기온은 한국을 떠나라!
김일성의 환생 같은 놈아! 당장 떠나라!
우리는~! 승리한다! 하! 멸공의 기세 아래! 우리는 싸운다~!

아오! 또 시작이네. 저 군사정권 시대에나 유행하던 멸공 노래가 들려오다니.

퇴근 시간만 다가오면 웬 할아버지들과 아저씨들이 저렇게 수없이 몰려와서는 남의 지부 앞에다가 진을 치고서 시위를 해 대고 있었다.

무슨 할아버지 연합인가? 이름도 들어 보지 못한 단체가 확성기를 뺑뺑 불어 대면서 난리를 피워 댄다.

'이 미친 정부 새끼들은 피를 볼 때까지 기어이 개길 생각인가?'

이미 몬스터들은 공장과 산업 시설까지 덮치고 있었다.

솔직히 아직도 대기업 공장 위주로 돌아가는 경제활동이 주류인 주제에 거기에 타격을 입었는데도 저렇게 배짱 튕기면서 개길 처지인가? 수천억씩이나 손해 보는데, 무슨 자신감으로 저러는 건지 모르겠다. 당장이라도 긴급회의 소집해서 탱커들의 처우 개선부터 하는 게 맞는데 말이지.

"아마 자존심 때문이겠지요. 고작 21살짜리 애송이의 말에 휘둘린다는 사실이 마음에 안 드는 걸 겁니다."

"하~! 알 것 같으면서도 짜증이 나는구만!"

"그런 이들을 모시는 하인들만 고생할 다름이지요. 반면 저는 현명하고, 지혜로운 주인님을 섬길 수 있어서 기쁠 따름입니다."

엘로이스 씨의 충성도가 올랐다, 라는 시스템 메시지가 들리는 것 같다. 아무래도 이번 청문회 건을 제대로 해결한 것으로 인해 또다시 호감도가 쌓인 듯싶다. 아니, 이게 미연시였다면 아마 눈에 하트가 있었으려나? 예전엔 자랑스러운 남동생을 따스한 눈빛이었는데 이제는 좀 달랐다.

"어쨌든 저 시위자들은 어떻게 해야 하나? 성아한테 맡길까?"

포격 특화 공학계 메카닉 클래스인 아틸러라이저. 시원한 냉수를 담은 소화탄을 팍팍 뿌려 주면 해산… 은 무리겠네. 7월이라 날씨가 더워서 오히려 시원하게 해 주는 격이리라. 소화탄 안에 고춧가루와 캅사이신을 넣어서 쏴 버리라고 할까? 그럼 아주 매워서 금세 도망칠 텐데.

"시위는 엄연히 민주주의의 권리입니다. 주인님, 탄압은 독재자나 하는 짓입니다."

"예, 알겠습니다. 그냥 내가 참아야지, 뭐……."

"어쨌든 주인님, 오늘 일정은 여기까지입니다. 죄송하지만 오늘 저녁 휴식 시간을 가져도 되겠습니까?"

"어? 의외네. 알았어. 허가할게. 그럼 먼저 갈게~"

거의 매일 자기 전까지 날 돌봐주던 그녀가 스스로 휴식을 요청하는 건 매우 드문 일이었지만, 그래도 나는 개인적인 시간을 얻을 수 있기에 허락했다.

아자, 오늘 밤은 야겜 삼매경이다. 휴지가 필요하다! 아주 많은 휴지가! 크리X스! 후후후!

엘로이스 씨와 헤어진 나는 곧장 매점으로 향해서 휴지와 각종 음식, 음료수를 매입해서 방으로 돌아간다. 아싸! 이게 얼마 만의 폐인 라이프냐?

1팀 사무실.

강철을 보낸 엘로이스는 그대로 1팀 사무실로 들어간다. 세연은 팀장 자리에서 업무를 보는 중이었고, 다른 이들은 모두 퇴근 준비를 하고 있었다. 가장 먼저 그녀를 확인한 짝퉁 간달프 할아범이 아는 체를 한다.

"허허, 혼자 오신 걸 보니 무슨 심부름이라도 받으신 겁니까?"

"음~ 1팀장님에게 볼일이 있어서 왔습니다. 사적인 일이라 다들 퇴근할 때까지 기다리겠습니다."

"그런 거군요. 허허."

엘로이스는 그렇게 1팀 사무실의 남은 의자에 앉아 있었다.

현재 사무실에는 코드네임 간달프(서경학), 은랑, 성아, 마지막으로 세연뿐이었다.

"레저스 님은 어디로 가셨나요?"

"일 마치셔서 퇴근하셨어요. 휴우~"

"성아 님은 뭔가 고민이 있으신가요?"

"그게, 이제 모든 장비를 개장시키는 데 성공하긴 했는데……"

현재 유성아의 아틸러라이저 레벨은 38이었다. 특유의 광역 화력으로 1팀의 메인 폭딜러라고 할 수 있는 사기적인 클래스인 그녀 덕에 1팀은 때때로 던전을 2개씩 갈 수 있을 정도였으니, 할 말 다한 것이리라.

그녀는 접이식 2연장포, 개틀링 레이저건, 블래스터 런처, 미사일 포드에 이르는 모든 개인 장비의 해방을 끝낸 상태였다. 그렇다면 남은 것은 특화의 방향이었다. 즉, 성장에 대한 고민을 하는 그녀였다.

"단시간에 이 정도 레벨 업이라니……."

"탱커님들과 은랑 군이 스피릿 오브 울브즈로 몬스터를 몰아서 제가 화력으로 처리하기만 하면 되는지라. 레벨 업이 엄청 빨랐죠. 헤헤……."

뭐니 뭐니 해도 사냥의 최고 정점은 바로 몰이사냥이다. 압도적인 광역기를 가진 그녀의 화력은 마법사 클래스에 뒤지지 않을 정도였다.

다만 문제라면 포탄 및 소모품 제조에 돈이 들어간다는 점이었지만, 그 점을 드래고닉 레기온 길드가 상쇄해 주니 그야말로 막강했다.

"늑대는 무리를 이루는 법! 흠~! 스피릿 오브 울브즈 특화 스킬을 모두 찍고, 세팅도 바꿨다."

"은랑 군은 저렇게 벌써 성장 방향을 정했는데 전 여전히 고민스러워서요."

울프 드루이드인 은랑은 개인적인 딜링 스펙을 올리지 않고, 마력을 사용해 소환하는 늑대들의 숫자를 늘리고 질을 강화하는 쪽으로 스킬을 모두 투자했다.

그 역시 성아와 같은 38레벨. 현재 그는 7마리의 영혼 늑대들을 소환해서 같이 싸울 수 있는 진짜 늑대 무리를 이끄는 근접 딜러였다.

"어쨌든 한두 개의 무장에 관련된 스킬에 몰아줘야 할 것 같아서 고민 중이거든요."

"흠~"

"그래서 무장별로 지금 나타나 있는 스킬들을 보니까……."

접이식 2연장포의 경우 나타나는 스킬은 거의 신종 포탄류 스킬과 데미지 및 포탄 개조를 통한 사거리 증가 스킬. 신종 포탄으로는 백린탄, 크레이모어탄, 전뇌탄(電雷彈, 터지면 전자기장 폭풍이 일어나 데미지 및 기계류 몬스터 스턴) 이 3개가 추가되어 있었다.

개틀링 레이저의 경우 연사력 강화 및 개틀링 레이저의 내구도 강화와 화력을 증가시키는 스킬이 나와서 더욱 폭발적인 화력으로 나아가는 방향인 것 같았다.

블래스터 런처는 사거리 및 충전 샷 관련 스킬이 추가되었다. 록X이 떠오르는 방식의 무장으로, 묵직한 한 방씩 날리는 방향성이 이 무장의 특성인 듯했다.

미사일 포드의 경우는 양다리에 달려 있어서 한 포드당 6발의 미사일이 탑재 가능, 총 12발의 미사일을 사용할 수 있다. 다만 새로 만들어서 재장전해야 했기에 번거로워서 마무리 보스 전 전탄 발사할 때 사용하는 성아였다.

이 미사일 포드의 추가 스킬은 사거리 연장 및 유도 기능이었지만 사실상 미사일 포드 부분엔 스킬 투자를 안 하는 게 가장 효율이 좋았다.

"이거 이외에도 크래프트 계열 스킬도 나와 있어서, 너무 많은 게 고민이에요."

"제작 스킬요?"

"예. 직업 전용 제작 스킬인데 여기, 컨테이너 제작부터 해서 또 쭉 뻗어 나가네요."

이외에도 메카닉 본체를 강화하는 패시브 스킬과 자체 탑재가 아닌 외부에 설치 혹은 사용할 수 있는 외부 무장 제조 스킬까지 있어서 레벨이 오를수록 선택의 폭이 너무 넓어져서 오히려 고민이었다.

14살 소녀가 온갖 전쟁 병기의 바리에이션을 모두 탑재할 수 있는 클래스를 지닌 게 아이러니한 점이 왠지 슬픈 엘로이스였다.

"휴우~ 지부장 아저씨는 지뢰인 미사일 포드만 빼면 하고 싶은 대로 해도 된다고 하셨지만, 막상 저 스스로 이런 무기들을 세팅한다는 게 너무 부담스럽기도 해요."

"정말 죄송합니다."

"아, 엘로이스 님이 사과하실 거까지야."

"저로선 적절한 조언을 드리기 힘들 것 같지만, 그래도 아직 어린 당신이 던전 및 스캐빈저 토벌에 참여하는 것을 말리지 못하고 지켜볼 수밖에 없던 한 명의 어른입니다. 저 또한 저 자신의 의지에 따라서 주인님을 섬겼기에 이런 사과밖에 못 드려서 죄송할 뿐입니다."

"아, 아니에요. 그만큼 지금 세상이 혼란스러우니까 어쩔 수 없죠."

강하지 않으면 잡아먹히고, 또는 죽을 때까지 이용만 당하다 버려지는 세상이다. 그녀에게 죄가 있다면 적합자로 태어나고, 이런 클래스가 되어 버린 것이리라. 그것도 대량살상 병기가 될 수 있는 클래스 말이다.

하지만 그래도 아직 어른들의 보호와 학교를 다니면서 성장해야 할 소녀가 감당하기엔 힘든 딜레마였다.

"그러면 오늘 저녁에 저희와 같이 식사하지 않으시겠습니까?"

"식사요?"

"예. 오늘 미래 양, 세연 님, 저까지 셋이서 여성들의 식사 자리를 갖기로 했거든요. 그러고 보니 성아 님도 어리지만 엄연히 저희 길드의 여성 분이네요. 어쨌든 서로 고민을 털어놓으면 기분은 풀리실 겁니다. 괜찮겠지요? 1팀장님?"

"응. 성아라면 상관없어."

그 뒤, 한 시간 정도 지나고 시위대가 해산하자 4명의 여성은 미래의 차를 타고서 2번 구역 근처에 있는 식당 거리로 향했다.

여성이 넷인 모임답게 분위기 있는 레스토랑에 자리를 잡은 그들은 주문을 마치고 난 뒤, 세연을 기준으로 대화의 장이 열린다.

"자, 그럼 제1회 아저씨 러버즈 회의를 시작하겠습니다."

"에엑? 뭐야? 그냥 여직원 단합회 아니었어?"

"저도 그냥 친목을 다지자는 건 줄 알았는데……."

세연의 폭탄선언에 당황한 미래와 성아였다. 엘로이스는 태연히 물을 마시면서 그런 세연을 바라볼 뿐이다.

어쨌든 주목을 받은 세연은 천천히 입을 열기 시작했다.

"솔직히 성아는 모르겠지만 저랑 메이드, 또 미래 언니는 아저씨 좋아하는 거 맞잖아요."

"뭐, 그렇죠."

"나, 나나나나는 아니거든?"

세연의 담담한 어조에 쿨하게 답하는 엘로이스와 완전히 부인하는 말투지만 얼굴이 빨개진 채 고개를 돌리고 있는 미래의 모습이 참 대조적이었다.

"뭐, 미래 언니는 그럼 좋아한다는 설정으로 해 두고~"

"서, 설정이라니?"

"어쨌든 같은 남자를 좋아하는 입장이지만 우리 셋 중 단 한 명에게도 관심을 안 가지는 아저씨에 대해서 서로 불평도 할 겸, 식사라는 구실로 이 자리를 마련했습니다."

솔직하게 말한 세연이 고개를 끄덕이자 공감한다는 듯 엘로이스가 이어서 입을 열었다.

"흠~ 확실히 주인님은 생각 외로 완고하죠. 매일 방 청소 하면서 나오는 휴지(?)의 양으로 보아선 성기능 및 성적 욕구는 일반 남성보다 더욱 뛰어난 것 같은데, 일전에 수영복 사건 때도 그렇고, 순애파라서 놀랍긴 했지만 살짝 자존심이 상하긴 했죠. 만나지도 않은 분에게 패배한 느낌이라고 해야 하나요?"

"휴, 휴지이? 수영복? 이 녀석, 도대체 어떤 생활을 하고 있는 거야?"

"진정해요, 미래 언니. 언니가 생각하는 그런 음란한 상황은 전혀 이루어지지 않았어요. 그랬다면 이 자리를 만들 이유도 없었겠죠. 하아~"

"하하하……."

한숨을 내쉬는 척하는 세연, 당황한 미래, 엘로이스는 살짝 뾰루퉁한 표정이었다. 자신의 매력을 알기에 여성으로서의 자존심에 조금이라도 스크래치가 가는 걸 용납하기 어려운 모양이었다.

그리고 왠지 이 자리에 괜히 참석한 것 같다는 생각을 하는 성아의 민망한 웃음이 허공을 맴돈다.

"에휴~ 그래도 학생 시절에 비하면 지금은 훨씬 나은 거야."

"주인님과 같은 학교셨습니까?"

"어, 아주 질긴 악연이지. 걔 고등학교 땐 진짜 장난 아니었다니까?"

"오, 나온다. 아저씨의 과거사다."

불평하는 말투로 입을 여는 미래. 자신도 모르게 강철에 대한 과거를 풀어내기 시작하는 그녀였다.

아무래도 알게 모르게 그간 그에게 쌓인 게 많은 그녀로서는 이렇게 그에 관한 불평을 할 수 있는 자리가 마련되자 신명이 날 수밖에 없었다.

"휴~ 그러니까 보자, 고등학교 2학년 때였나? 나름 밸런타인데이라고, 손수 만든 초콜릿까지 주면서 '오늘 저녁에 우리 집에 아무도 없는데… 놀러 올래?'라고 했었거든?"

"와, 엄청 적극적이셨네요."

"우와아아~"

"대담하셨군요."

미래의 한마디만으로도 상상의 나래를 펴는 세 사람.

학교 뒤뜰에서 만난 소년과 소녀. 손으로 만든 초콜릿과 함께 과감한 대시까지 하는 풋풋한 고교생들의 연애 장면이 보이는 것 같았다.

더구나 지금 이렇게 서글서글하고, 강단 있어 보이는 여성인 미래에게도 그런 소녀스러운 시절이 있었다는 점에서 놀라고 있었는데, 그다음 강철의 대답은 매우 충격적인 것이었다.

쇼 타임(Show Time)! • 223

'아, 미안. 오늘 출석 이벤트라서 안 돼. 오늘 접속하면 이브 짱 스킨 주거든. 아, 초콜릿은 잘 먹을게~'

"…라고 하면서 가 버리는 거 있지? 그 멍청이가? 바보 아냐? 나보다 스킨이 중요해?"
"세상에~!"
"미래 언니, 완전 불쌍하네요."
"마, 말도 안 돼에~ 그렇게 바보였어요?."
 세 사람이 맞장구를 쳐주자 슬슬 시동이 걸리는지, 웨이터를 부른 미래는 메뉴판을 열고 와인을 주문해서 한 잔 마신 다음 바로 말을 이어 나가기 시작한다.
"그 바보! 멍청이! 게임 폐인! 진짜! 그때 부끄러움을 무릅쓰고, 화장 떡칠하고 성인인 척하며 편의점에서 콘X까지 사서 집에다 준비해 놨었는데……."
"미래 언니, 예전에 장난 아니었네요."
"흠~ 주인님은 이미 오래전부터 그런 대시를 받고 있었다는 거군요."
"이, 이게 어른의 세계란 건가요?"
 술기운이 돌기 시작했는지 미래는 엎드려 울면서 또 다른 사례를 중얼거렸다.
"이건 약과야. 내가 오죽했으면 아예 다른 사람들한테 방해 되지 않을 곳인 체육 도구 창고에 갇히는 시추에이션이

나오는 만화책을 보고서 따라 하려고 했을까. 열쇠는 체육 선생님께 받고, 또 밖에 연락할 수 없게 철이의 휴대폰도 같이 숨겨 둔 상태로 둘이 체육 도구 창고에 갇히는 데 성공했단 말이야."

"미래 언니가 남자였으면 성범죄자네요."

"사랑하는 여성은 때론 미쳐 보이는 법이지요."

"세연 언니 말이 더 맞는 것 같지만, 고백도 거절했을 때의 충격을 생각하면… 흠……."

거의 막 나가는 미래의 행동에 각기 다른 감상을 던지는 세 사람이었다. 하지만 그다음 강철의 반응을 기대했는지 반응이 오래가진 않았다.

"어둡고 좁은 체육 창고, 게다가 무섭다고 나름 연기까지 하며 밀착했는데~ 아, 글쎄~! 걔가 무슨 짓을 하는지 아니?"

"주머니에서 PSP를 꺼내서 게임이라도 한 건가요?"

"아니, 애초에 소지품도 체크해서 그런 일 없도록 사전에 방지했어. 가진 건 오직 옷과 두 남녀의 몸뚱이인 상황이었단 말이야. 근데… 그 바보는!"

'접속 완료… 게임 시간 2초 아이템 도린의 방패1, 포션 1개 구입 완료. 미드로 뛰고 34초 시점에 미드 아래쪽 부쉬에 와드 설치, 인베이드 방어를 위해 삼거리 쪽 시야 파악,

상대 출현했으나 시야를 파악한 걸 알고서 뒤로 물러남 1분 28초. 귀환 시작, 탑솔 라인으로 복귀. 1분 58초 첫 미니언 타격…….'

"눈을 감고! 갑자기 혼자서 섀도우 게이밍을 시작하는 거 있지? 너무하지 않니?"

거기서 완전히 녁다운되어 버린 미래.

기가 막힌 데도 정도가 있다. 아무리 직접 실행은 못해도 누구나 한 번쯤을 상상할 법한 학창 시절의 므훗한 상황 속에서도 세상과 단절한 채 머릿속에서 게임이라니!

"세상에, 그 정도일 줄이야."

"과거의 아저씨는 대체 어느 정도 폐인이었다는 거지?"

"근데 미래 언니는 왜 지부장님을 좋아한 거예요? 학창 시절에는 지금처럼 대단한 사람이 아니었잖아요."

강철의 고자 레벨 이상의 게임 폐인성을 논하는 와중 성아는 예리한 질문을 던진다. 이래저래 욕하고, 난리를 피우면서도 끝까지 강철을 노리는 미래의 행동이 이해가 안 된다는 거였다.

"그, 그건? 그래 봬도 좋은 점도 있단 말이야. 사, 사람이 어디 단점만 있겠어? 그, 그치? 어, 어우 더워라~ 식사는 아직이려나~"

부끄러움이 동반되어서 자신의 감정을 밝히기 싫은지 얼

버무리는 미래였다. 다만 나머지 여성진은 그녀의 그런 태도에 과거에 무슨 일이 있었구나, 만 짐작하면서 붉어진 미래의 얼굴을 바라본다.

"응. 그건 공감이야. 아저씨는 보는 것과 달리 매력이 있다니까~ 예전엔 게임 폐인이었다지만 지금은 멀쩡히 좋아하는 사람 있다고 말하면서 거부하니까 문제지."

"걔 좋아하는 사람 있다고 했어?"

"크로니클에서 근무하는 미현 언니라고 있어."

"저는 아직 못 뵌 분입니다만, 제 기억 속에도 각인되어 있는 이름입니다."

강철이 항상 입에 달고 다니던 이름. 매력적인 여성들을 앞에 놔두고 좋아하는 사람이 있다고 말하는 당당함이 그다운 것이었지만, 그에게 대시를 하고 있는 여성진에게는 마음속에 부담을 느끼게 하는 마음속의 라이벌이었다.

그렇게 이야기를 하다 보니 어느덧 식사가 나왔다.

"주문하신 식사 나왔습니다."

"휴우~ 역시 이야기를 하다 보니 시간이 잘 가네. 그나저나 이제 그 멍청이도 사랑에 애닳는 느낌을 겪을 걸 생각하니 속이 다 후련하네."

"예전엔 고백까지 하려고 하려다가 정부 사람 때문에 실패했다고 불평할 정도로 적극적이었는데, 지금은 이상하게 여유 시간 나도 만나러 가지도 않고 소극적이야."

"그러고 보니, 주인님은 요즘 다시 쉬는 날이고, 휴식 시간에 밤새도록 게임만 하시네요."

그렇게 좋아한다 노래를 불러놓고, 왜 쉬는 날에도 움직이지 않는 걸까? 이미 모두에게 '난 미현 누님이 좋아!' 하고 밝힌 데다 고백까지 시도할 정도로 적극적이었는데 말이다.

"아마 지금 시국 때문에 그런 거 아닐까요? 청문회 이후 저희 길드로 모든 스캐빈저들의 이목이 쏠렸으니까요."

현재 한국에서 가장 유명한 인물도 강철이지만, 가장 목숨의 위협을 당하는 것도 강철이었다. 탱커 연합과 드래고닉 레기온 한국 지부가 진행 중인 탱커 혁명을 막을 유일한 방법이 바로 그의 피살이었으니 말이다. 그가 죽는다면 구심점을 잃은 탱커들을 와해시키기 쉬울 것이다.

"하지만 청문회 전에도 몇 번 기회가 있었는데 만나러 가지 않았어."

"정부라던가, 노림을 받지 않게 하기 위해서 그런 거 아닐까?"

"아니면 클래스 문제일 수도 있네요. 방패가 없으면 인간에서 벗어나는 길을 가는 저거노트라서 단념했을 수도 있겠네요."

"우웅~ 그래도 당장 오늘도 미현 누님하면서 헤벌레거렸었는데요? 그걸 보면 당장 단념했다고는 보기 힘든 것 같은데……."

 뭔가 인과에 맞지 않는 강철의 애정 노선이었다.

 그녀들은 계속해서 여러모로 고민했지만 진짜 그의 마음을 알 수 없었고, 성아의 진로에 관한 이야기로 넘어가게 된다. 결국 알 길 없는 이야기보다는 알 수 있는 이야기가 나은 그들이었다.

"그러고 보니 성아인가? 고민이 있다고?"
"예. 제 클래스 문제와 성장 문제예요."
"아, 아틸러라이저였나? 깜짝 놀랐다니까~ 영상 봤는데 설마 그 무시무시한 화력을 자랑하는 메카닉의 파일럿이 이런 어린애였다니. 데미지 리포트도 완전 대박이던데~ 진짜 철이 녀석은 어떻게 이런 보물덩이를 구했나 몰라~ 콰광! 하니까 몬스터들이 쓸리던 게 놀랍던데!"

 미래도 엄연히 플라즈마 런처라는 원거리 딜러 공학계 클래스다. 따라서 공학계 클래스의 진가는 리포트만 슥 훑어봐도 알 수 있을 정도였다.

 나름 칭찬을 늘어놓고 있었지만, 그녀의 말을 듣는 성아의 표정이 좋지 않았다.

"미래 님, 성아 님은 바로 그 점 때문에 괴로워하시는 겁니다. 어린 나이에 그 누구보다도 강력한 살상 능력을 지닌 고뇌. 점차 성장하면서 늘어나는 대량 학살의 스킬들로 인해서 가치관과 자신에 대한 혼란이 오는 겁니다."

자신이 누구인가? 라는 존재 확립. 어린 소녀에게 주어진 이 거대한 힘은 자신을 파악하는 데 있어서 큰 혼란을 주고 있었다. 압도적인 화력을 지닌 차가운 메카닉과 유성아라는 인간 사이에서 고민을 되풀이하고 있는 것이었다.

"아, 미안해. 그런 것도 모르고……."

"다른 사람은 모르지만, 내가 보기엔 성아는 과분한 고민을 하고 있어요."

"네?"

순순히 사과하는 미래와 다르게 반박하는 세연이었다.

그녀는 부럽다는 시선으로 성아를 바라보고 있었다. 그리고 자신의 손을 보면서 이야기한다. 냉랭할 정도로 차갑고 새하얀 손. 데스 나이트라는 클래스의 특성이었다.

"나에겐 이 데스 나이트라는 클래스와 차가운 몸뿐, 그 덕에 다른 클래스보다도 우위에 있는 능력이 많고 편리하기도 하지만 결코 얻을 수 없는 것도 많아요."

"아……."

수면도 필요 없고, 허기도 느끼지 않는 죽은 육신. 수련 없이 무예를 익힐 수 있는 스킬 시스템, 적합자의 능력치도 매우 높고 우월해서 대(對) 몬스터전이든 PVP든 어디에서도 꿀리지 않는 최강의 적합자라고 할 수 있었다.

하지만 그에 대한 반동도 심했다. 살아 있지 않은 육체이기에 인간적인 행복을 얻는 데 수많은 제한이 있었다.

"결혼한다고 해도 아이를 가질 수 없고, 음식을 맛보는 행동도 할 수 없어요. 하지만 그래도 살아갈 수 있는 건 저에게 따스함을 주는 아저씨를 지키고, 아저씨의 소망을 이룰 수 있게 하는 제 클래스의 강함 덕이에요. 그런데 성아야, 지금 고민이라고 했니. 적어도 나에겐 너의 고민은 너무 사치스러워 보여."

"그건 당신 같은 괴물에게나 통용되는 말이겠죠. 주인님을 보세요. 저거노트라는 괴수 클래스의 가능성을 알고도 결국 인간을 택하셨습니다. 성아 님, 당신의 고민은 매우 타당한 것입니다. 인간의 존엄성을 생각하는 그 마음은 매우 옳은 마음가짐이에요."

"하으~? 어, 어떻게 할지 모르겠어요."

'아, 그러고 보니 저 메이드 씨는 크루세이더였고, 세연이는 데스 나이트라서 사이가 안 좋다더니 진짜네.'

미래는 세연과 엘로이스가 주고받는 대화를 들으며 강철에게 미리 들었던 설명이 사실이라는 것을 확인한다. 빛과 어둠, 물과 기름 같은 두 사람의 사이였고, 성아에게 하는 조언도 완전히 대립하는 의견이었다.

"힘이 없이는 아무것도 이룰 수 없습니다. 소중한 이를 지키지도, 꿈도 이루지도 못합니다. 더구나 성아는 나처럼 무언가를 잃어 가면서 얻지 않을 수 있고, 더 많은 이들을 지킬 수 있어. 그러니, 강력한 스킬들을 우선으로 찍어. 그러니까 나라면 이것들을 추천할게."

백린탄, 전뇌탄, 소이탄 같은 장거리 포격 스킬의 탄 중 비인도적인 레벨의 살상력이 있는 포탄들을 추천해 주는 세연이었다. 이어서 공학계 마스터리에 있는 〈패시브-기초화학〉 스킬도 추천한다.

아마도 스킬 트리상 이것을 찍으면 분명 세계에서도 금지되어 있는 악랄한 화학탄까지 나올 걸 염두에 둔 잔혹한 세팅이었다.

"오로지 힘만으로는 행복할 수 없습니다. 인간성을 잃어버리고 강함만 추구한다면 그건 몬스터나 다름이 없습니다. 도대체 뭡니까? 이 비인도적인 스킬들은? 백린탄부터 해서 전부 다 금지된 무기들이잖습니까? 게다가 화학탄까지 생각하다니? 이건 아예 조약으로 금지된 무기인데? 제정신입니까?"

"흐아앙~ 비인도적인 스킬을 지녀서 죄송합니다."

"아, 아뇨. 제 뜻은 그런 게 아니라… 아직 찍은 게 아니니 괜찮습니다. 성아 님, 제 말의 의미는 그러니까 말이죠. 인간의 윤리와 도를 벗어난 무기는 사용하지 말자는 겁니다."

갑자기 식사 자리가 무슨 세계 조약을 토론하는 자리가 되어 버린 듯해 한숨을 쉬는 미래였다.

완벽히 갈리는 세연과 엘로이스의 의견을 들은 성아는 더욱 혼란에 빠진다. 두 사람의 말 모두 일리가 있었기 때문이다.

"어차피, 몬스터와 스캐빈저에게만 쓸 무기이니 강할수록 좋아."

"안 됩니다. 스캐빈저들도 엄연히 인간. 아무리 악인이더라도 저런 잔인한 무기를 쓸 이유는 없습니다."

"아저씨는 스캐빈저들도 몬스터라고 했어. 사람을 속이고, 목숨을 가지고 노는 그들은 참혹하게 죽어 마땅해."

"성아 님, 힘의 강함이란 인격의 강함과 동반이 되어야 합니다. 주인님은 그 둘을 모두 겸비하고 자신의 신념이 확실하셔서 그런 것이지, 성아 님처럼 아직 어리고 성숙하지 않은 상태에서 함부로 정할 게 아닙니다."

치열하기 짝이 없는 토론. 요약하자면 패도를 주장하는 세연과 왕도를 주장하는 엘로이스의 대립이었다.

성아는 둘 다 설득력이 강해서 곤란하다는 얼굴로 미래를 바라본다. 그녀도 성아가 올려 준 스킬의 인터페이스를 바라보면서 곰곰이 생각에 잠겨 있었다.

"으음~ 나? 그러네. 진짜 다양한 무기들이 있고, 효율도 좋네. 하지만 공학계 선배로서 조언하자면~ 굳이 이런 무기라던가 강함에 묶일 필요가 없다고 생각해. 망하더라도 하고 싶은 걸 하다가 망하면 인생사에 후회는 안 남는다고, 내가 아는 사람이 그랬어."

"그 말씀은?"

"찍고 싶은 거 팍팍 찍어. 클래스 자체가 네 맘에 안 드는 건 어쩔 수 없지만 그래도! 넌 유성아이기도 하지만 아틸러라이저라는 클래스이기도 해."

아틸러라이저라는 클래스가 지닌 막강함에 대한 그녀의 두려움은 자기 부정이기도 했다. 하지만 결국 아틸러라이저는 유성아다. 미래는 그녀 자신이 스스로를 받아들이고 행동하는 걸 선택하라고 했다.

"저, 정말 그래도 될까요? 다른 분들에게 듣고 도움을 받는 게? 이런 클래스를 지녔으니 좋은 스킬을 찍어서 도움이 되는 게 좋잖아요."

일반 세상과 적합자의 세계는 이성과 효율에 의해서 움직인다. 더구나 한국은 특정화된 스킬 트리나 고효율 스킬 트리에만 집중되는 환경이었기에 교육소에서 가르침을 그대로 받은 성아의 생각이 이렇게 굳어지는 건 당연한 일이리라.

"에이, 이미 주류 스킬들은 다 가지고 있고, 다른 건 결국 마음에 안 든다는 거잖아. 또, 스킬 조금 망한다고 해서 철이가 너를 버릴 정도로 매정한 인간이니?"

"아마, 아닐 거예요."

"정 던전 싸움에서 못 써먹을 구조면 나랑 같이 서류 작업 쪽으로 빼 달라고 해 볼게. 철이 그 녀석, 나한테 빚이 이것저것 있으니까 협박하면 그 정도는 해 줄 거야."

"아! 아, 알 것 같아요."

미소 지으면서 그녀의 의사를 존중해 준 미래의 대답과 조언. 그리고 성아는 뭔가를 깨달은 듯 밝은 얼굴로 식사를 시작한다.

미래 역시 뭔가 해결되었다는 느낌에 안심하면서 한숨을 쉬려는 순간, 어딘지 찜찜하다는 생각이 들었는데?

"힘없는 정의는 그저 쓸모없는 불쏘시개나 다름없어! 어째서 재능을 가지고 있음에도 능력과 강함의 상승을 거부해야 하는 거지?"

"인류의 발전 속에서 인류를 성장시킨 것은 개인의 능력과 강함이 아닙니다. 수많은 이들이 고민해서 만들어 낸 발전 구조와 지식의 발현과 인간성의 성숙과 함께 이루어진 일입니다."

말싸움을 하긴 하지만 의외로 감정싸움이 아닌 대화로 문답을 주고받는 두 사람이었다.

어쨌든 패도를 지지하는 세연과 왕도를 지향하는 엘로이스, 데스 나이트와 크루세이더. 완전 다른 성향과 다른 정의를 지닌 이 둘을 하나로 묶어 주는 강철이 참 대단하다고 생각하는 미래였다.

'하지만 정작 그 바보 자식은 이렇게 좋은 여자들을 두고서 혼자서 방구석에 처박혀서 야한 게임이나 하고 있으니! 에휴~ 뭐, 그런 애를 좋아하는 나도 할 말은 없지만 말

이야. 하아~'
 지금쯤 방에서 야겜하면서 헤벌쭉하고 있을 강철을 생각하며 한숨을 쉬는 그녀였다.

페이즈 12-2

밟힌 꼬리, 그리고 혼란

7번 구역.

정말 한국 사회란 법보다 주먹이 빠른 것 같다.

그 망할 조직폭력배가 나오는 영화가 문제인가? 아니지, 그렇게 따지자면 게임하는 나도 문제가 있으니까.

다만 이 망할 정부라는 것들은 자기네들이 법을 만들고 질서가 중요하다면서 뒤로는 별별 이상한 수단을 다 쓸 것 같았고, 당연히 이 망할 나라에서 거의 20년간 살아온 나는 그 자식들이 이렇게 해 올 것을 알고 있었다.

늘 야겜 한다고 했지만~ 사실 난 남들 몰래 출장을 나와 있었다.

현재 청문회와 탱커 연합의 조치로 정상적으로 봤을 때

주도권도 가지고 있었고, 탱커 연합이 매우 우세한 상황이었다. 다만 모든 언론 및 의견의 중심에는 나 한 사람만이 있었기에 구조적으로 볼 때 내가 죽으면 이 연결 고리는 쉽게 깨질 가능성이 컸다.

"크어억… 컥!"

"젠장! 간만에 엘로이스 씨 없어서 마음껏 학학댈 수 있는 시간인데! 아오!"

뚜둑! 털썩!

리어 네이키드 초크를 걸고서 스캐빈저 한 놈의 숨통을 끊으며 불평한다. 진짜 이 브라질리언 주짓수라는 거 맨손 탱커인 나에게 딱 맞는 것 같았다.

예전에는 주먹질로 패서 답 없이 딜을 해야 했지만, 단독으로 상태 이상을 통해 죽일 방법을 배우고 난 이후부터 난 밤에는 보안팀에 합류해서 주변 스캐빈저 청소를 다니고 있었다.

5명밖에 안 되는 적은 인원이라서 보충이 필요한 대신 나서 주는 나였다.

"와, 행님 잘 싸우네! 왜 그거 진작 안 배웠어?"

"배울 틈 있었겠냐? 어쨌든 이놈이 마지막이지?"

"어! 보자, 형님이 넷 잡고, 내가 열다섯, 맨이터 형님이 열일곱. 어쌔신 형님이 아홉이야. 헤헤헤, 형님 완전 허접이네."

"야, 나도 공격기 쓰면 다 죽일 수 있거든?"

뒤에 검상과 질식사로 죽은 사람의 시체를 깔아 두고 아무렇지 않게 이야기를 나누는 나와 상진이었다. 아니, 어차피 저놈들은 사람으로 생각하지 않으니 상관없나?

나는 상진이와 같이 죽은 스캐빈저의 시체를 뒤적거리면서 대화를 이어 간다.

"그건 그렇고, 전에 시킨 정찰은 다녀왔냐? 내가 낮에 바빠서 들을 시간이 없네."

"그야 당연히 다녀오고 보고서까지 올렸는데 못 봤어요? 형님?"

"아, 바빠서 말이야."

"그럼 그냥 형님이 오지 말고 세연 누님을 여기에 붙이지 그랬어요. 세연 누님이 완전 짱 세고 더 도움되는데……."

체온을 통한 색적 무시, 호흡 감지 무시, 일반적으로 침투 불가능한 수중 루트 투입 가능, 언데드 특성 덕에 야간 전투 시 스테이터스 상승과 빛이 없는 야간에도 시야 파악 가능, 거기에 추가 스킬까지 투자하면 아예 특수 장비 없이 자체적으로 색적과 호흡을 통한 감지 능력 추가까지 달고 있는 데스 나이트. 더구나 피로를 느끼지 않기에 주야간 모두 일해도 지치지 않아 이런 일에도 도움이 되었다.

또한 시체를 일으켜서 움직일 수 있는 사령술까지 사용 가능한 세연이면 시체 처리 및 조작도 매우 쉽다.

"하지만 그래서야 소문이 안 나잖아. 드래고닉 레기온 한국 지부장님이 매우 부지런하다는 걸 알리기 위해서 하는 거라고!"

"그래도 형님이 잘못되면 모든 게 나가리인데? 더구나 리더면 리더답게 자리를 지키라는 말 몇 번이고 듣지 않았어요?"

"걱정 마. 내가 알아서 할 테니까."

난 모든 걸 저질러 놓고 숨어 있는 짓 따위 하고 싶지 않았다. 생각이 없다는 건 알지만 이것만큼은 어쩔 수 없다.

"에휴, 뭐, 형님은 형님대로 생각이 있겠죠. 어쨌든 가서 상황을 봤는데……."

자신들이 무너뜨린 락킹 피스트 길드의 본부 근처 빌딩 옥상에서 망원경으로 주변을 확인한 상진은 자신이 본 광경을 설명하기 시작했다.

그가 본 것은 수많은 중장비들이 건설 잔해를 치우는 광경, 국과수 차량과 사람들이 각자 서류를 들고서 이야기를 나누는 장면. 예상 그대로의 모습이었다.

"그거 말고 이상한 점은 없고?"

"딱 하나 있긴 하네요. 보통 같았으면 같이 눈치 보러 왔을 스캐빈저 자투리들이 한 놈도 안 보였어요. 에휴, 간 김에 돈도 좀 벌어 볼까? 했는데 쳇……!"

"다른 스캐빈저가 하나도 없었다고?"

뭔가 찜찜한 부분이다.

제 목숨 챙기기로는 소문난 스캐빈저들이 이런 대박 사건을 두고서 한 놈도 그 현장에 없었다고? 내 청문회 쪽이 더 급했던 건가? 아니야. 그 각종 정보를 가지고 장사도 하는 스캐빈저 자식들이 기웃거리면서 정보 수집을 안 한다는 건 말도 안 된다.

그렇다면 이야기는 단순해진다. 스캐빈저들은 이 현장에서 정보 수집을 할 필요가 없었다는 것.

"즉, 그 사건과 더불어 나에 대한 것 때문에 정부랑 이미 연계가 되어 있었다는 거네."

"그래서 나밖에 없었던 거군요."

"너 뒤를 잡히거나 하지 않았지?"

"에이, 그런 섭한 말씀을~ 쉽게 뒤를 잡힐 거였으면 스캐빈저 사냥꾼 어떻게 합니까?"

하긴 이 녀석도 대재앙 때부터 살아온 베테랑 중의 베테랑이다. 인물은 믿고 쓰는 법이지.

그렇게 보고를 듣고 안심한 나는 다음 소규모 스캐빈저 길드를 처리하기 위해 움직인다.

알 수 없는 곳, 지하.

국정원에서 마련해 준 웨더웨더의 비밀 연구실.

현재 그는 연구실 벽의 화면에 나오는 강철과 배상진의 대화를 엿듣고 있었다.

웨더웨더는 철저히 방비했다는 상진의 말에 피식 웃으면서 화면을 바라본다.

[에이, 그런 섭한 말씀을~ 쉽게 뒤를 잡힐 거였으면 스캐빈저 사냥꾼 어떻게 합니까?]

"드디어 뒤를 잡았군요. 근데 드래고닉 레기온이 걸리다니 묘하네요."

"스캐빈저 길드에 연락해 둔 게 도움이 되었군요. 설마 그 유명한 섀도우 블레이드인 '흑사자'가 드래고닉 레기온에 있을 줄이야."

그들은 정보를 줄 테니 그 현장에 오지 말라고 한 덕을 톡톡히 보고 있었다.

인간 감지 스킬과 특수 장비를 총동원해서 주변에 대기하고 있던 그들은 흑사자의 존재를 알아채고, 뒤를 잡을 수 있었다. 그랬더니 나오는 것이 드래고닉 레기온이었다.

"뭐, 유능한 인재는 하나라도 더 많이 모으는 게 미덕이긴 하죠. 그나저나 걸린 게 드래고닉 레기온이라……."

"그들을 중심으로 조사할까요, 웨더웨더 님? 락킹 피스트 길드를 처리한 이들이라고 하면 테러리스트로 언론 공작도 가능할 텐데요."

"아뇨. 그래 봐야 탱커 연합과 긴밀히 묶여 있어서 외국으로 이탈하는 데 더욱 박차를 가할 뿐입니다. 정부의 의향과 맞지 않아요. 지금 던전이 점점 열리는 가운데 파업한 탱커들을 어떻게 해서든 한국의 던전과 길드로 복귀시켜야 하는 게 주된 임무인데, 드래고닉 레기온이 방해하고 있죠. 더구나 그런 식으로 언론에 전하기엔 시간이 너무 부족합니다."

지금도 각 지방에서는 몬스터로 인한 피해가 속출하고 있다. 몇몇 공장은 아예 닫히고, 몇 개의 지방은 이미 봉쇄가 된 뒤였다. 하루라도 빨리 정부가 나서서 던전 문제를 해결해 달라고 하고 있었기에 시간이 너무 없었다.

결국 빠르고 강렬하게 해결할 방법은 단 하나, 강철의 죽음 혹은 그에 준하는 사회적 지위 매장이었다.

"어쨌든 이것만 해도 큰 수확입니다. 평소 던전만 다니는 드래고닉 레기온 지부장이 이토록 부지런하다는 것을 알아냈으니 말이죠. 후후후."

"그럼 곧바로 인원을 소집할까요?"

"아뇨. 우선은 워스트 데이 길드와 연락을 하겠습니다. 적을 알고 나를 알아야 백전백승 아니겠습니까?"

웨더웨더는 앞으로 뛰어나가는 강철의 싸우는 모습을 지

켜보면서 말한다.

 그의 클래스가 저거노트라는 것과 엄청난 포텐셜이 잠들어 있다는 것까지는 파악했지만, 완전히 그의 전력을 알기 전까지는 제대로 된 전력을 투입하기보다는 좀 더 지켜보자는 게 그의 생각이었다.

"하지만 시간이 없다고 하셨잖습니까?"

"이래서 안 되는 겁니다. KM-1호 군, 중요한 일이면 더더욱 돌다리를 건너듯 확인해 보고 가야 하는 법입니다. 시간이 없는 건 알고 있지만, 그렇다고 해서 일을 서두르면 분명 그르치게 되어 있어요. 우선 워스트 데이에 연락을 넣으세요. 그들의 데미지 리포트부터 수집해서 스펙부터 알아내도록 하지요."

"예, 알겠습니다."

 적합자전에서 가장 중요한 것은 바로 정보.

 강철의 클래스는 저거노트라는 듣지도 보지도 못했던 클래스다. 더구나 그 안에 담긴 정보는 너무도 다양해서 구체화할 수 없는 상태였다. 그렇기에 싸우면 어떤 일이 일어날지 모른다.

 웨더웨더는 명령을 내린 상태에서도 자신의 노트를 들고서 화면에 나타나는 강철의 싸움을 보며 하나하나 정보를 기록하기 시작한다.

"흠~ 먼저 방패를 착용하는 맨손 클래스, 사용하는 무술은 주짓수군요. 한국인으로서 접하기 쉽지 않은 무술일 텐데 용케도 익혔네요. 2호 군은 어떻게 생각합니까?"

"하지만 동작 자체가 아직 형(形)만 갖추어진 상태입니다. 아무래도 익힌 지 얼마 안 된 것 같습니다. 그러나 스캐빈저와의 싸움에는 익숙한 것 같군요. 어떤 수단이 와도 당황하지 않고 받아 내는 모습이 태연합니다."

[아, 따가워! 개자식들, 진짜! 타일런트 대시!]

어둠 속에서 로그의 암기를 태연히 받아 내면서 나아가는 강철.

푸른빛을 뿜으며 맹수처럼 나아가는 그의 돌진을 제지하려고 여러 스킬들이 날아오지만, 그것을 무시한 채 강철은 스캐빈저와의 거리를 좁힌 다음 허리를 숙여 태클에 들어간다.

곧바로 마운트 자세에 들어간 그는 다리를 잡고 꺾기를 시전, 그러자 무릎 앞 방향으로 확 꺾이는 스캐빈저의 무릎이었다.

[끄아아아아아!]
[아, 미안. 이거 어설프게 들어갔네.]

"하하하하! 저거 개그입니까? 장난 아니군요."

"…한심하기 짝이 없군요. 망할 자식."

"그러고 보니 2호 군은 원래 이종 격투 하던 사람이었죠?"

KM-2호. 웨더웨더가 본래 인간이었던 이들과 몬스터의 각 부분을 합성해서 만든 키메라 인간들.

웨더웨더가 정부에 소속되면서 시작된 키메라 프로젝트. 무작위로 선정되는 적합자와 달리 안정적으로 적합자에 준하는 인간을 만들어 내도록 요구받은 웨더웨더가 자신의 스킬들을 활용해서 만든 KM(한국 키메라)시리즈였다.

KM시리즈가 되는 이들은 웨더웨더가 수집 혹은 정부에서 구입하게 된 소재를 이용해 지원자 및 납치한 인간과 합성해서 몬스터의 특성을 지니게 함으로써, 일반 인간을 능가하게 만들어 양산하는 연구였다.

정부는 적합자에 의존하지 않고 그에 필적하는 무력을 가지고 통제하길 원했고, 그 수요에 응한 웨더웨더는 자신의 스킬을 사용해서 몬스터의 신체 기관을 합성한 인간들을 만들어 낸 것이었다.

이들은 각종 화려한 스킬로 세간의 주목 받게 된 적합자들 때문에 일을 잃게 된 격투기 선수였다.

"예. 킥복싱 프로였습니다. 대재앙 이후 협회도 사라지고, 대회 스폰서도 끊기게 돼서 망했지만요. 망할 적합자

자식들!"

"뭐, 지금은 제 덕택에 그들에 필적하는 힘을 얻었지 않습니까? 그런데 또 신발 안 신으셨습니까?"

통칭 2호 군. 키 187센티미터에 이르는 장신에 양복에 감춰져 있지만 단단한 몸매를 자랑한 과거 킥복싱 선수였다.

다만 보통 인간이라고 보기에 기묘한 게 있다면 바지 아래로 나타난 발이 인간의 것이 아니라는 점이었다.

축축한 물기가 가득한 발과 갈퀴. 마치 거대한 개구리의 다리를 달아 놓은 것 같았다. 바지는 특별히 방수 처리가 돼서 옷이 젖지는 않았지만, 인간의 몸에 달린 그 다리는 정말 기묘한 광경이었다.

탱커는 스캐빈저를 증오하고, 스캐빈저는 탱커들을 잡아먹기 위해 싸운다. 하나, 생태계란 그보다 더욱 복잡한 관계로 이루어져 있다. 일반인들 중에서는 아예 적합자들의 등장으로 인해 환경이 변함으로써 버림받은 자들도 존재한다.

"그게, 자꾸 구두에 물이 차서······."

"뭐, 연구실에서는 상관없겠죠. 어쨌든 데이터가 만들어지는 대로 활약해야 할 테니, 다른 이들에게도 슬슬 준비하라고 해 주세요."

"예, 알겠습니다. 웨더웨더 님."

KM-2호는 웨더웨더에게 인사를 한 뒤 사라지고, 웨더

밟힌 꼬리, 그리고 혼란 · 249

웨더는 계속해서 전해지는 영상을 보며 기록을 이어 간다.

다음 날 아침.

드래고닉 레기온 한국 지부, 강철의 방.

거의 새벽이 가까워져서야 도착한 그는 아침이 되었는데도 일어나지 못하고 있었다.

8시를 넘어감에도 일어나지 않자, 세연이 그의 방문을 열고 깨우러 들어온다.

"쿠울~ Zzz……."

"아저씨, 일어나."

"끄응… 끄응… 우으응……."

"아, 귀여워."

엎드려서 자고 있는 강철을 흔들지만 일어나지 않았고, 천진난만하게 잠꼬대를 하는 그 모습에 세연은 주머니에서 휴대폰을 꺼내 사진을 찍기 시작한다.

그렇게 세연이 한창 강철의 피사체를 담던 사이, 시간이 지나도 두 사람이 오지 않자 궁금했던 엘로이스까지 뒤를 이어서 들어온다.

"지금 뭐하는 겁니까? 주인님을 깨우러 가서는… 어머나~"

"끄으응… 으응……."

평소 짜증을 자주 내고 인상을 찡그리는 강철인지라 이런 유순한 모습은 레어 중에서도 레어였다.

과중한 업무와 자신의 나이 대를 능가하는 일을 짊어지고 있어 어딘가 찌들어 있던 평소와 전혀 다른 천진난만한 모습에 엘로이스 또한 깨워야 한다는 사실을 잊고 강철의 머리를 쓰다듬으며 미소를 지었다.

"역시 좋네요. 주인님 자는 얼굴은~"

"보나마나 밤새도록 게임하느라 제대로 못 잔 거겠지만, 이 모습을 보니 깨울 수가 없지?"

"뭐~ 한 20분 정도는 시간 있으니 놔두도록 하죠."

결국 사심에 진 두 사람은 강철의 자는 얼굴을 감상하기 위해 놔둔다. 그리고 그의 잠꼬대도 같이 듣게 되는데, 강철이 몸을 뒤척이면서 하는 잠꼬대는 보통…

"6시… 6시 마린, 그리고 인마, 억제기, 억제기 막아……."

"걱정 마, 아저씨. 세연이가 백도어할 테니까~"

"하아~"

예상과 한 치의 오차도 없이 꿈속에서도 게임 단어를 중얼거리는 강철이었다.

그렇게 시간이 다 되어서 슬슬 깨우려는 찰나…

"엄마… 미안해… 엄마……."

"아저씨."

"그러고 보니 주인님의 부모님은 대재앙 이후 돌아가셨다고 들었는데, 어떤 사유인지 모르겠네요. 몬스터 때문은 아닌 것 같은데……."

"아, 그거 대충 들어서 알아. 그러니까~"

세연은 대재앙 때 사건으로 인해 식물인간이 된 어머니와 그런 어머니를 살리기 위해 온갖 빚을 지면서 병원비를 대었던 아버지에 대한 사정을 설명해 준다.

결국 사채업자들로 인해 아버지는 죽게 되고, 그 빚을 갚기 위해서 강철은 적합자로서 돈을 버는 삶을 시작했다는 내용이었다.

"뭐, 지금은 드래고닉 레기온에 들어온 덕택에 빚은 없어졌다는데, 자세한 사정은 모르겠어."

이 잠꼬대와 어떤 연관이 있는지는 알 수 없는 두 사람. 과연 어떤 과거가 있는지는 오직 강철만이 아는 사실이었다.

그가 어떤 어둠을 지니고 있는지 모르는 그녀들은 어쩔 수 없이 시간이 되자 강철을 깨운다.

드래고닉 레기온, 지부장 사무실.

"하아암~ 졸려 죽겠네. 오늘 일 안 하면 안 되나?"

"무슨 말씀이십니까? 오전에 일한 다음 오후에 던전 일정이잖습니까?"

"쩝, 어쩔 수 없지. 보자, 오늘 갈 던전이 〈오우거 정찰 기지〉였나?"

이번엔 특이하게도 돈이 되는 던전이군.

오우거의 피는 공격력 증가 포션을 제조하거나 마법 부여에 사용되기에 매우 비싼 소재였다.

음, 이것은 곧 3대 길드나 다른 길드들이 돈 되는 던전을 골라 챙길 여력이 없어졌다는 의미다. 각종 주요 시설 방비에 모든 힘을 쏟아부어야 하게 된 것이다.

난 머리를 깨우기 위해서 커피를 마시면서 TV를 틀고 뉴스 채널을 시청한다.

[오늘 오전 신고리 원자력 발전소에 프로그맨 던전이 열리는 바람에 발전소는 혼란의 도가니에 빠졌습니다. 사망자는 총 3명, 부상자는 5명이 나왔으며 현재 지역 길드에서 던전 공략팀이 출발했으나 탱커 부족으로 인해 공략의 진행이 느리고, 이로 인해 인근 도시의 전력 공급에 차질이 생길 것으로 예상됩니다. 정부는 빨리 탱커들의 업무가 복귀되어야 한다면서 탱커 연합을 비난하는 성명을…….

탱커들은 속히 던전으로 돌아가라!

자신들의 탐욕을 위해 국민의 재산과 생명을 협박 재료로 쓰지 마라!

우리를 죽이고 자기만 살겠다는 거냐?]

"지랄하고 자빠졌네!"
"어쨌든 주인님의 뜻대로 되니 다행 아닙니까?"
"아니, 갑갑해 미칠 지경이야. 아주 끝장을 보자는 거지?"
고작 수백억 양보를 못해서 나라 다 말아먹는 결정을 내릴 정도로 멍청이들일 줄이야.
방금 뉴스를 포함해서 각종 방송에서는 다양한 단체들이 오직 탱커의 업무 복귀를 추구하는 성명만 내고 있었다.
아오, 저 양심 없는 것들은 개선 사항은 일절 없이 우리 탓만 해 대네..

[국방부에서 탱커들의 불만을 해소하기 위한 의견을 제기해 왔습니다. 국방부 대변인은 탱커들을 모두 국군 소속으로 하여, 복지 및 치유 문제를 해결하는 방안을……]

"개소리는 씨발."
"일단 다 들어 보는 게 좋지 않겠습니까?"
"어딜 다쳐도 빨간약과 두통제만 처방하는 국방부 소속 의료 시설이 잘도 탱커들 재생 치료까지 해 주겠다."
물론 난 실제로 군대에 간 적은 없지만, 한국 국군의 악명은 들어서 익히 알고 있었다.

아니, 조금만 생각해 봐도 알 수 있는 일이다. 민간 의사가 돈을 더 잘 버는 게 당연한데 과연 실력 있는 의사나 의료 지식을 가진 자들이 얼마나 군병원에서 일하겠는가?

일단 실력에서부터 밀리는 판국인데 얼어 죽을, 치유 문제를 해결해?

"열이 확 오르니 잠이 다 깨네. 아우 짜증 나! 아니, 정상적으로 탱커에 대한 처지를 개선해 줄 의사는 도무지 없는 거야? 왜 답을 줘도 못 풀어?"

"진정하십시오, 주인님. 세상이 그리 쉽게 변하는 게 아니잖습니까?"

"하아~ 그래, 그렇지. 내가 이렇게 분해해 봐야 소용없는 일이지."

갑자기 전신의 힘이 빠진다. 나도 가끔은 내가 왜 이런 짓을 하고 있는지 모를 지경이다.

그냥 외국계 길드에서 돈 많이 벌다가 천지호 문제가 생기면 후딱 외국으로 도망가서 세연이랑 엘로이스 씨랑 콩짝콩짝 잘 먹고 잘살면 그만인데! 나 혼자 잘 먹고 잘살기엔 아무런 무리가 없는데!

'우리 철이는 어엿한 어른이 되면 누군가를 꼭 지켜 줄 수 있는 사람이 되렴~'

"…인님? 주인님?"
"아, 미안. 그래, 이제 완전히 깼어. 일이나 하자."
"예, 알겠습니다. 우선은……."
머릿속에 남은 상념을 없애며, 나는 일에 집중한다.

 예상대로 일이 진행되지 않으면 묘한 불안감이 생기기 마련이다.

 벌써 뉴스에서는 공장 몇 개가 폐쇄되고 사람들이 대피했다는 기사가 나오고 있었다. 여론은 절대적으로 우리에게 불리하게 돌아갔다.

 난 탱커 연합의 대표로 일하는 치우 형님과 이야기를 나눴다.

 (아오, 이거 상황 안 좋은 거 아닌가?)
"왜요? 형님?"
 (우리 사무실로도 막 인간들 와 가지고 난리 피우고 갔어. 정말 이대로 괜찮은 걸까? 뉴스만 봐도 우리 때문에 수많은 사람들이 죽고, 다치고, 일자리를 잃어버렸어.)
"뭔 약한 소립니까? 다 각오하고 준비한 거 아닙니까? 이번에 이루지 못하면 두 번째부터는 사람들은 아무런 감흥을 못 느낍니다. 예정대로 모든 탱커들을 고용하기 위한 준비를 하지요."

정말 사람들이 참 착해서 탈이다. 이런 상황에서도 남 걱정할 정신이 남아 있을 줄이야. 하긴 연일 언론과 사람들이 온통 탱커 욕만 해대는 판국, 회의가 생길 때도 되었다.

아니, 그래도 그렇지, 경제적 사정을 돌봐 주는데도 이렇게 될 줄이야. 이걸 냄비 근성이라고 하나? 식어 버리니 인간들이 금세 포기하고 싶다 생각하네.

(하아~ 이게 옳은 건지 모르겠다. 걍 우리만 힘들면 안 되나? 막 우리 때문에 여기저기 죽고 난리가……)

"아오! 그럼 던전 가서 뒤지던지요?"

달칵!

열 받아서 전화를 끊어 버렸다. 와, 갑갑해 미치겠다. 답답해서 가슴이 먹먹할 지경이다. 아니, 사람들이 좀 독해져야 할 땐 독해져야지, 왜 이 모양인지 모르겠다. 가운데에 낀 나만 고생하는 느낌이다.

"도대체 그럼 이런 양반들을 위해서 총대 멘 나는 뭐가 되는 거야?"

"진정하십시오, 주인님."

"아, 진짜로 미쳐 버리겠네. 일단 오늘 오후 던전이나 가자. 휴, 그래도 오늘이면 49레벨 찍겠다."

49레벨 찍고, 그다음에 50레벨이 되면 분명 새로운 스킬들이 나타날 거다. 부디 이 망할 스킬 문제나 해결되었으면 좋겠다고 생각하지만, 아직도 멀고 먼 문제 같다.

"어쨌든 오우거 던전 준비 꼭 하라고 하고, 트윈 헤드나 트리플 헤드 오우거가 나타날 수도 있으니 충분한 대비를… 어?"

[아저씨~ 사랑해~ 아저씨~ 사랑해요.]

이제는 아예 본인 음성이냐? 하다하다 내 벨소리를 아예 자기가 직접 녹음할 줄이야. 세연이 이 녀석, 나중엔 나를 어디 지하실 같은 곳에 감금시키려 할지도 모르겠군.

어쨌든 전화를 받으려는데 엘로이스 씨의 눈빛이 좀 매섭다.

"후, 방심할 수가 없군요."

"아, 그렇지? 나도 감당하기 힘들다니까~"

"저런 음정과 박자를 신경 쓰지 않은 노래보다는 성가대에서 인정받은 제 목소리가 휴대폰 벨소리로 어울릴 겁니다."

뭔가 이쪽도 핀트가 나가 있군. 하지만 난 태클 걸 생각하지 않고, 우선은 전화를 걸어온 상대부터 살핀다. 아, 현마인가?

(철이냐? 큰일이다.)

"뭔데? 왜? 뭐가 큰일이야?"

(너희 길드 지금 던전 안 갈 거지?)

"어? 오늘 오후에 1, 2팀 합동으로 가고, 내일은 면접 때문에 쉴 건데?"

 (그럼 다행이다. 레이드 하나만 뛰어 줬으면 한다.)

 갑작스럽게 레이드라니?

 물론 언젠가 1, 2팀 합동 레이드를 뛸 생각을 하고 있긴 했지만, 그건 길드원 전원이 50레벨 정도 되었을 때의 이야기였다.

 (지금 신서울 상수도 정화 시설 근처에 던전이 열렸어. 거기가 막히면 서울 시내 전체의 수도 공급에 차질이 생기게 된다. 현재 3대 길드는 전부 다 전국 단위로 산업 시설이랑 군 시설 등에 출장 상태라서 잔여 인원이 없어.)

 "드디어 그 지경까지 된 건가? 잘됐네. 이걸로 우리와 탱커 연합이 완벽히 우위를 잡을 수 있게 됐어."

 수도 공급에 차질이 생기면 산업 시설은 물론이고, 민간인들에게도 피해가 확대된다. 당장 물을 못 쓴다고 해 봐라. 삶의 불편함이 엄청난 속도로 가속화되는 것이다.

 그렇게 되면 더이상 정부도 개기지 못하리라. 역시 기다리면 승기는 우리에게 온다.

 (지금 그런 소리를 할 때가 아니야. 하필 거기에 나타난 던전이 '리치의 연구실'이라서 각종 오염된 몬스터들이 상수도 시설을 완전히 오염시켜 버리면 신서울 자체에 폭동이 일어나고 만다고! 아무리 자신들의 입장이 중요하다고 하지만 지켜야 할 부분은 지켜 줘야 하지 않냐?)

"현마 너, 겁나 착한 척한다? 레전드리 아이템 때문에 남의 뒤통수나 치는 일에 협력한 주제에 말이지."

(크윽! 어쨌든 너희 길드에 분명 '퇴마' 스킬 트리를 찍은 엘로이스 씨가 있어서 리치에게 완벽한 극상성이라 레이드지만 상당히 쉬울 거란 말이다. 네 메일로 벌써 데이터 보냈으니 살펴봐라.)

어디 보자.

리치의 연구실. 55레벨 제한 레이드 던전. 보스 몬스터 '리치'. 던전 타입은 서양식 저택이네.

보스 방은 저택 지하의 연구실이지만 곧장 갈 수 있게 해놨을 리가 없지. 보나마나 저택을 뒤져서 열쇠라던가 아이템을 얻어야 열리는 구조일 거다.

"얀마! 이거 겁나게 짜증나는 던전이잖아! 아, 트릭도 풀어야 하고, 함정도 파악해야 하는 곳이네!"

(대신 아이템은 많이 주울 수 있는 곳이야! 돈은 엄청 될 거다.)

"그럼 너네가 가던가! 우리 길드원들 클래스는 실내엔 약한 타입이라고!"

저택이면 특히 아틸러라이저인 성아가 활약하기 매우 힘들고, 다수의 소환수를 통한 유격전을 펼치는 은랑도 마찬가지, 기동성이 필요한 블레이드 라이저도 힘들다.

하지만 반대로 이런 저택 타입의 던전은 아이템도 매우

많이 떨어져서 돈은 확실히 벌리는 곳으로, 고서적, 귀금속으로 된 장식 등등 한 번 다녀오면 수십억 이상을 뽕 뽑을 수 있는 노다지 던전이긴 했다. 운 좋으면 저번처럼 레전드리 아이템이 나와서 백억 넘게 벌 수도 있을 터였다.

'음, 마침 내일 신입 탱커 하나 뽑아야 하는 참이니까~ 걔 데리고 가서 레벨 업도 시키는 게 좋겠군.'

세상 문제도 문제지만 더 중요한 것은 우리 길드의 역량을 기르는 일이다.

어쨌든 우선 오늘 던전 일정부터 캔슬시켜야겠다고 생각한 나였다.

"엘로이스 씨, 일단은 오늘 던전 일정 다 캔슬한다고 전해줘. 이유는 길드 합동 레이드 프레젠테이션이야."

"알겠습니다, 주인님."

후우~ 머리가 아프다.

던전을 위한 길드 경영만으로도 머리가 빠질 것 같은데, 탱커들의 인권 신장을 위해 정치, 경제판까지 들락거려야 하는 거다.

(그래서, 승낙하는 거냐?)

"일단 시간이 좀 필요해. 당장 던전 취소한다고 해도 그 던전에 필요한 물자 같은 걸 사야 하니까 말이야."

(되도록 빨리 해야 한다. 길어도 일주일 안에 처리해야 돼.)

"아, 진짜! 좀 승낙할 기세 보이니까 바로 갑질이냐? 기간 정하라고 지랄이네?"

(그게 아니라! 그 안에 처리 못하면 그 상수도 처리장을 더 이상 쓰지 못한다고! 나아가선 한강 수원지까지 오염이 될 건데! 시간이 촉박한 문제란 말이다! 서울시에 다시 대재앙이 펼쳐지게 된다고!)

"일단 끊어. 생각 좀 하게."

달칵.

아! 짜증 나! 짜증 나! 짜증 나아! 내가 도대체 누구 좋으라고 이 지랄을 하고 있는 거야? 도대체 왜? 왜에?

하, 갑갑하다. 지금이라도 그냥 기자들 모아서 탱커 연합 지지 취소하고, 사업 철수해 버린다고 할까? 그러면 더 이상 정부의 눈총도 뭣도 받을 필요가 없어지고, 던전 일에만 집중할 수 있다.

"아니, 이길 싸움으로 만들어 줘도 안 받아먹는 놈들이나! 답을 정해 줘도 쓰지 않는 놈들이나! 얼굴에 철판 깔고 도와 달라는 놈들이나! 아아아아악!"

이 망할 세상! 진짜 다 부숴 버리고 싶을 지경이다. 차라리 그냥 천지호 던전을 내버려 둬서 문명 시대 이전으로 되돌려 버릴까?

이 현마 자식은 무슨 갑자기 사람을 구해 달라고 나한테 저 난리를 치는 건지.

"답답하다. 에휴, 미현 누님이나 보러 갈까?"

요즘 바빠서 제대로 보지도 못했는데 말이야.

언제나 내가 방황하거나 고민할 때 가장 옳은 해답을 주던 사람이다.

대재앙 이후 시궁창 같던 탱커 생활할 때도, 세연이를 구할 때도 미현 누님의 조언이 아니었으면 그런 행동을 하지 못했으리라.

난 외투를 챙겨 입고서 사무실을 나선다. 아무리 덥지만 지부장 체면은 챙겨야 하는 것이다. 그런데 나오면서 내 사무실로 오려는 미래를 만난다.

"어라? 야, 너 어디 가?"

"아~ 잠깐 크로니클에 외출. 워낙 답답해서 말이야."

"크로니클? 아, 그럼 나도 같이 가자. 길드 갱신도 해야 하거든. 그리고 네가 사랑하고 좋아한다는 그 아가씨 얼굴도 좀 보게."

"안 돼."

난 딱 잘라서 말한다. 그래, 미래에게는 미현 누님을 보일 수 없다. 절대 보여선 안 되었다.

"에이, 뭐야? 어차피 네가 안 보여 준다고 해도 내가 따로 가서 알아내면 그만인데~ 부끄럽긴 부끄럽나 보네?"

'그건 곤란해.'

차라리 같이 데려가서 입막음하는 게 낫다고 생각한 나

였다.

결국 포기하고 미래를 대동하기로 결심한 나는 그녀의 차를 타고 크로니클로 향했다.

크로니클 서울 지부.

탱커들이 파업 중이라 그런지 탱커 부분 창구는 매우 한산했다.

오자마자 날 보면서 수군거리는 놈들이 몇몇 있었지만, 자기들이 그러면 어쩔 텐가? 아무리 날 죽이고 싶다 하지만 크로니클의 청경이라고 할 수 있는 '헌터'들이 즐비한 이곳에서 날 죽이기란 무리였다.

어쨌든 난 미현 누님이 있는 창구 쪽으로 미래를 데리고 걸어간다.

"어머? 드래고닉 레기온 지부장님, 오랜만이에요~?"

"철이라고 부르라니까요, 누님."

"으응? 그래서 용건은 뭔가요?"

여전히 아름다운 미현 누님이었지만 오늘따라 얼굴이 굳어 있었다. 마치 억지로 웃는다고 해야 하나? 아마도 탱커 파업으로 인해 벌어지는 사태로 인해 나에 대한 감정이 안 좋은 것 같았다.

미래는 뒤에서 깜짝 놀란 얼굴로 입을 막은 채 서 있을 뿐이었다. 후우~

"용건보다는 미현 누님의 스마일을 보고 싶었는데, 아무래도 무리겠네요."

"지금 사태에 얼마나 많은 사람들이 고통받고 있는지 아는 거니?"

"알기야 알지만, 이거 놔둬야 주도권이 온다구요, 누님. 이제 조금만 더 기다리면 정부와 기업, 의료계 모두 두 손 들고서 패배 선언할 거예요."

전기, 수도가 끊기면 현대 문명사회에 누릴 것도 못 누린다. 천지호가 나설 것도 없이 재건 직전까지 강제로 원시생활로 돌아가게 된다.

그러면 게임도 못하겠지만, 그보다 더 중요한 것을 위해서 난 다른 이들의 모든 희생을 바라보며 참고 있던 것이었다.

"하지만 사람 생명보다 더 중요한 게 있니?"

"우리도 목숨과 삶이 걸린 일이에요, 누님. 지난 3년간 제가 어떻게 구른지 아시잖아요!"

"하지만 최소한의 도리가 있지 않니?"

"모가지에 칼이 들어와야 움직이는 양반들에게 최소한의 도리를 어떻게 지켜요?"

한탄하듯 말하는 나와 계속 대답해 주는 미현 누님. 정말 세상의 선을 모두 모아 놓은 듯한 사람답게 정론과 옳은 말만 나에게 해 주고 있었다.

차분차분한 어조, 오랫동안 들어온 듯한 익숙한 높낮이의 음성이 내 마음을 편하게 해 준다. 억세던 내 어조가 조금씩 가라앉는 게 느껴진다.

"그래서? 그렇게 다 알고 있으면서 여기 온 이유가 뭐니?"

"……."

"이미 마음으로는 알고 있는데 누가 등 뒤를 밀어 주길 바라서 온 거지. 휴우~ 철이 군은 늘 그렇다니까~ 옳은 길을 알고서도 망설이는 거 말이야."

"이 망할 세상에 살다 보면 옳은 길도 미끄러지는 법이에요."

"하지만 보통은 아예 보지도 않고 무시하지만 아련히 바라보는 게 철이 군이지. 후훗~"

엔젤 스마일로 날 바라보는 미현 누님. 이제는 화가 풀린 걸까? 그걸 보니 나도 안심이 된다. 그리고 이걸로 확신이 섰다.

난 휴대폰을 들어서 현마에게 전화를 한다.

"야, 나다, 새끼야. 레이드 그거 우리가 맡을게."

(저, 정말이냐?)

"대신에 너네 길드에 신성계 클래스 많지? 당장 성수 만들 수 있는 대로 만들어서 다 보내라."

(물론 그 정도는 트럭 단위로 보낼 수도 있다.)

물론 우리 길드에도 엘로이스라는 고레벨 크루세이더가 있지만, 레이드를 맡아 주는 데 뭐라도 안 시키면 위안이 되지 않는다. 아니, 기왕 이렇게 된 거 뜯어낼 거 죄다 뜯어내자는 마음가짐이었다.

"일단 출발은 모레로 잡을 거야. 대저택, 트릭으로 푸는 던전이라서 시간이 좀 걸릴 건 알고 있어."

(너희가 들어가면 던전이 닫히게 되니, 그것만으로도 오염 진행으로부터의 시간을 벌 수 있으니 걱정 마라.)

"너 솔직히 그게 목적이지? 아니, 몇몇 지방에서는 멀쩡한 적합자 하나 던져 놓고, 시간 벌고 있다는 이야기가 되겠군."

레이드의 규모를 생각하던 와중 머리가 번뜩였다.

그러고 보니 누군가가 던전에 들어가면 자연히 그 안의 적합자팀이 실패할 때까지는 문 자체가 닫혀 버린다. 그 사이에 잔존 몬스터를 처치하고 시간을 벌면 어느 정도 벌 수 있을 건데?

탱커도 없는 이놈들이라면 하고도 남을 방법이기도 했다. 대충 식량만 주고서 한 놈 던져 버리면 그놈이 죽을 때까지는 시간을 벌 수 있었다.

(……)

"하하, 하하하하! 이런 젠장할! 과연! 정부 놈들이 아직

살 만하다며 개기는 데 이유가 있었군! 네 덕택에 좋은 거 깨닫는다."

(어쨌든 '리치의 연구소' 데이터를 보낼 테니 부탁한다.)

뚜… 뚜…….

싸가지 없는 놈. 승낙해 주니까 귀신같이 내뺀다. 아, 진짜! 미치겠네! 난 전화를 집어넣고, 창구 단상에 엎드려서 한탄하듯 미현 누님에게 말한다. 방금 전화 내용 거의 다 듣고 맥락을 파악하셨으리라.

"이런 망할 세상. 이놈이고, 저놈이고, 남 등쳐먹을 생각만 하는 놈들을 위해 그 몬스터들과 싸우고 오벨리스크를 깨기 위해 살아야 하나요? 나도 좀 씨발, 남들 사는 거처럼 하면 안 돼요? 아니, 그토록 막장까진 아니어도 내 밥그릇 정도는 챙기면 안 되냐 이 말이에요. 솔직히 민간인 놈들도 죄다 우리 탓이라면서 온갖 지랄 다 해 대고 있잖아요."

대재앙 이후 우리가 겪은 고통과 수고는 모르면서, 잘도 지껄이는 인간들! 합의된 희생양이 희생양을 거부하겠다고 나서자 난리치는 꼴을 보니 구역질난다.

진짜 아무리 생각해도 난 영웅이 될 체질은 아닌 것 같다. 이 일을 하면 할수록 인간에 대한 혐오감이 심해진다.

"하지만 그래도 할 거지?"

"안 그러면 저 싫어할 거잖아요."

"그게 철이 군 매력인걸?"

"아! 대신 돌아오면 밥 한 끼 사 줘요. 아니지, 저번 거랑 합쳐서 데이트해 줘요. 직접 해 준 도시락과 함께 공원에 한가로이 산책하는 루트로 말이죠."

"그걸로 철이 군이 할 맘이 든다면 얼마든지~"

좋았어! 간신히 의욕 생겼다! 역시 미현 누님이 있어야 일이 된다니까! 결정 난 나는 다시 전화기를 열어서 전화부터 건다. 가장 먼저 연락한 건 세연이었다.

(왜? 아저씨.)

"나 곧 돌아갈 테니까 한 30분 뒤에 대회의실에 다 모이라고 해. 길드 합동 레이드 확실히 땄어. 오후까지 프레젠테이션할 여유 없다."

(응, 알았어.)

"그럼 미현 누님, 나중에 봬요."

세연에게 말을 전한 나는 전화기를 넣고서 인사를 한 후 나가기 시작한다. 그러고는 내가 용건을 마치자 미래가 귀신같이 내 옆에 붙어서 말을 걸기 시작한다.

"야, 너? 세상에 설마?"

"그 이상 이야기하지 마라. 지금은 레이드만 생각하기도 심경이 매우 복잡하니까 말이야. 너도 바빠질 거야. 그리고 이거 다른 애들한테 비밀이다? 알리면 너랑 절교야."

"하아~ 왜 네가 그런 고자였는지 이제야 이해가 간다."

"시끄러! 나 고자 아니거든?"

난 미래에게 다시 한 번 더 못 박아 두고, 사무실로 돌아가는 차에 몸을 싣는다.

엿 같은 세상.

모두가 우리보고 희생만 하라고 하는 곳을 변화시키기란 힘든 걸까? 나는 괜한 짓을 하는 게 아닐까? 라는 회의가 계속해서 내 머릿속에서 소용돌이친다.

이 망할 세상, 결국 변하지 않는 건가?

"철아."

"왜? 자려는데……."

"저거 봐."

〈정부는 즉각 탱커들과의 협상을 진행하고 요구를 들어줘라!〉

〈강제로 던전에 밀어 넣어 봐야 무슨 소용이냐?〉

〈노동법이 엄연히 존재하는데 왜 그들만 노예 취급하는가?〉

〈억울하면 너희가 던전 들어가서 탱킹해 봐라.〉

〈던전 수익 500만 원, 치료비는 1,000만 원! 너 같으면 가겠냐?〉

몇몇 사람들이 플랜카드를 들고서 시위를 하고 있었다.

딱히 우리나 탱커 연합이 지시한 게 아니었다. 하지만 그들은 이 사태의 원인을 알고 있는 이들이었다.
 조금은 생각을 바꿔야겠군. 당장 눈에 띄지는 않지만 조금씩 변하고 있다. 마치 오랜 세월을 통해서 변하는 과정 '진화' 처럼 말이다.

페이즈 13

신입 탱커 면접

드래고닉 레기온 한국 지부, 대회의실.

"보자, 그러면 좀 갑작스럽지만 길드 합동 레이드를 정하기 전에 던전에 대한 데이터부터 프레젠테이션하겠습니다. 다들 미안해요. 갑작스럽지만 일단 사정을 다 착착 설명드리겠습니다."

〈리치의 연구실〉

적정 레벨 50 던전

위치 : 신서울 10번 구역 상수도 정화 시설

설명 : 신속히 처리하지 않으면 상수도 정화 시설의 마비

> 및 한강 수원지가 오염될 우려가 있음. 신속히 처리 요망
> 내부 던전 타입은 대저택 형 실내 건축물. 보스 몬스터인 리치가 있는 위치는 지하 연구실로, 계속해서 고스트 타입을 포함한 언데드 몬스터들을 양산해서 보내고 있다.

"자, 이게 개요고, 이게 첨부된 던전인 저택의 사진입니다. 지상 3층, 지하 2층으로 된 구조의 중세 시대의 대저택으로, 만화나 애니에서 많이 볼 수 있는 모습이지요. 내부에는 다량의 언데드 몬스터가 있으며 적정 레벨이 50이라 상위 언데드들이 나타납니다. 더구나 레이드급 던전이라서, 당연한 말이지만 몬스터들이 일반 던전보다 훨씬 강합니다."

"그럼 입장해서 바로 지하 2층에 가서 레이드하면 끝나나요?"

"그랬으면 좋겠지만, 이런 타입 던전은 으레 그렇듯 위층부터 해결해야겠지요."

대저택. 거기다 언데드 가운데 지성을 지닌 리치가 보스 몬스터로 있는 곳이라면 분명히 직행해서 곧바로 연구실로 들어갈 수 없고, 소위 말하는 중간 보스들을 처치해서 열쇠 조각을 모으면서 내려가야 한다. 그리고 함정도 상당히 많아서 조심해야 하는 건 기본이다.

그래서 이런 타입의 던전은 사망률도 상당히 높지만, 그

대신 몬스터의 소재보다 훨씬 더 많은 전리품을 챙길 수 있다. 즉, 하이 리스크 하이 리턴의 던전인 것이다.

"서경학 할아버님, 혹시 던전 함정 감지나 해제 주문 있습니까?"

"허허, 함정 감지는 익혔는데 해제는 아직 못 익혔네."

"일단 오늘 중으로 경매장 검색해서 마법서 있나 확인해 보고 사서 익히세요. 이런 저택 타입은 몬스터보다 함정이 더 무섭습니다."

"알았네."

우리 길드엔 도적 계열이 없어서 오직 유틸 법사인 위저드만이 함정을 감지하고, 해제할 수 있는 능력을 지녔으니 철저히 준비를 시킨다.

"지부장님, 근데 저희 아직 다 40레벨 초반인데 좀 빡세지 않을까요? 게다가 이제는 지부장님이나 저희 탱커들과도 레벨이 비슷한데 말이죠."

그렇다. 이때까지와 달리 이번 레이드 던전은 나도 적정 레벨 선에 드는 곳이다. 데미지와 위력이 제대로 들어오는 진짜 실전이었다. 지금까지의 던전은 그저 훈련에 불과했다고 볼 수 있겠다.

"어쨌든 우리는 결국 그랜드 퀘스트도 해야 하는 마당이니 좀 센 놈들도 상대하는 법을 익혀야 합니다. 그리고 못 돌 정도가 아니라 받은 의뢰이니 걱정 마세요."

"뭐, 지부장님만 믿고 가자고!"

"더구나 이번 레이드 던전은 언데드 타입이라서 상성상 퇴마 트리를 가진 엘로이스 님이 계시니까 걱정 마세요. 엘로이스 씨도 이번 레이드부터는 던전 세팅으로 싸우실 겁니다."

"간만에 갑옷을 입게 되겠군요."

'세라프'라는 이명을 지닌 그녀의 진면목을 볼 수 있으리라.

어쨌든 나는 추가적인 정보도 계속해서 브리핑한다.

"우선 일정은 모레 오후에 출발하는 걸로 하겠습니다. 내일 있는 2팀의 신입 탱커 면접은 그대로 진행합니다. 2팀장, 알았죠?"

"예."

"그리고 언데드 던전에 가는 거니 2팀의 거너 님은 크로니클에 가서라도 은탄을 넉넉히 구입하시고, 블레이드 라이저, 아머드 나이트는 근접 무기를 모두 명속성으로 세팅하세요. 다음! 1팀은 성아는 이번에 실내 던전이니 개틀링 레이저와 블래스터밖에 못 쓸 거야. 그거 유념하고 준비해."

"네! 확실하게 준비할게요!"

"어? …어, 그래."

왠지 자신감에 찬 대답이 들려와 난 순간 놀랬다. 애가 저랬나? 평소엔 좀 침울한 분위기의 애였는데 말이지. 무슨 일이 있었나? 일단은 바쁘니까 넘어가는 나였다.

"은랑이 너는 보안팀이랑 쓰리 스타즈 얼라이언스 가서 성수 받아 와라. 내가 신청해 놨다고 하면 돼."

"알았다, 큰 늑대!"

저 녀석, 행동은 개 같지만(동물적 의미로) 외모는 진짜 SSS+급이니까 옷 쫙 빼입고 가면 다들 아무 말도 못하고 길을 내줄 거다.

그래서 던전 안 갈 때의 외부 임무는 모두 저 녀석에게 맡기고 있는데, 갈 때마다 반응이 매우 좋다.

"어쨌든 이번 던전은 돈 엄청 되는 곳이니~! 주의해서 갑시다. 더구나 적정 레벨 50대라서 아이템도 다 빵빵한 것들 뿐이니까요. 다음은 포지션별 브리핑을 할 테니 탱커들은 이 사무실에 남아 주시고, 딜러들은 여기, 힐러들은 엘로이스 씨를 따라가세요. 우선 이걸로 개요 설명은 마쳤고 모레 아침, 가기 직전에 한 번 더 프레젠테이션을 하겠습니다."

총 인원 19인이 들어가는 레이드 던전이니만큼 준비도 세세하게 해야 했다. 일전의 바실리스크 레이드 때처럼 포지션별 토의도 필수였다.

더구나 이번 레이드 보스 '리치' 같은 경우는 아주 위험한 몬스터였기에 사전에 정보 수집은 필수였다.

지부장 사무실.

〈탱커 회의〉
Lv.48 저거노트
Lv.48 아머드 나이트
Lv.50 다크&카오스 나이트
Lv.43 데스 나이트

현재 우리 지부 탱커 명단과 레벨이다.

제길, 내가 가장 레벨 업 폭이 적다. 당연하겠지만 다른 애들 열심히 던전 돌 동안 나는 정치도 하랴, 방송도 하랴 시간 낭비를 많이 해서 어쩔 수 없었다. 젠장! 상연이 녀석이랑 동 레벨이라니! 억울하다!

"억울할 게 뭐가 있습니까? 경험치 차이가 엄청나게 나는데……."

"그래도 동 레벨이니까 기분 나쁘잖아!"

"그렇게 치면 저기 진서 형님보고 뭐라고 하시죠."

그러고 보니 진서 형님은 벌써 50레벨이네. 혼자 어디서 경험치 부스팅이라도 했나?

갸우뚱하며 바라보자, 형님은 당황해하면서 자신의 인터페이스를 열고 나에게 던져 준다.

⟨패시브-암흑 갈망 : 야간 전투시 경험치 추가⟩

"아니! 이 형님? 당장 탱킹도 어중간한 양반이 이런 걸 찍으면 어떻게 해요?"

"히익! 그, 그래도 레벨 업이 빨라서 지금 50레벨 신 스킬 떴어요."

⟨액티브-둠 오브 아바돈⟩
설명 : 마황 아바돈의 힘을 빌려 적에게 강력한 공격을 가한다. (다크 나이트 사용 가능)
⟨액티브-오픈 더 헬 게이트⟩
설명 : 지옥의 문을 열어 악령들이 적대 대상을 덮친다. 악령에 덮쳐진 대상은 각종 상태 이상 및 데미지 감소 디버프가 걸린다. (카오스 나이트 사용 가능)
⟨패시브-벨제뷔트의 축복⟩
설명 : 마왕의 축복을 받아 카오스 나이트 때는 추가 방어력과 체력, 다크 나이트 때는 크리티컬 확률과 공격력을 증가시킨다.

오, 다 A급 기술들이네. 일단 패시브부터가 좋군. 우선 벨제뷔트의 축복인지 저걸 찍으라는 게 좋겠다.

"세연이도, 세연이도 새 스킬 생겼어요."

"너도냐? 어떤 건데?"

"그건 비밀이에요."

뭐야, 싱겁게스리. 하긴 40레벨 대 스킬이 떴을 텐데 그거마저도 비밀인 건가? 데스 나이트라서 날 깜짝 놀라게 할 생각인가?

흠~ 묘하군. 어쨌든 기대치는 좋은 아이이니 걱정은 없을 거다. 오히려 내가 문제지. 젠장! 아! 스킬 좀 읽고 싶다!

"일단 보스 몬스터부터 파악하고 보자. 리치(Lich)가 어떤 몬스터인지는 대충 알죠?"

"언데드 마법사!"

"그렇게 치면 스켈레톤 메이지 같은 것도 리치라고 부르겠지. 2개의 차이는?"

"자의와 타의의 차이죠. 리치는 자의로 언데드가 되는 거고, 스켈레톤 메이지는 타의로 되는 원리죠."

정답. 리치의 경우 자신의 혼을 성물함에 따로 봉인을 해두고 본체의 육신은 언데드로 만들어서 스스로 불멸성을 추구한 것이고, 스켈레톤 메이지 같은 것은 이미 죽은 마법사의 시체를 일으켜서 만들어 내는 것이다.

"어쨌든 스켈레톤 메이지 같은 타의적으로 만들어진 언

데드의 경우 죽은 뒤 상당한 시간이 지났기에 고위 주문 같은 건 못 쓰고 그냥 간단한 마법만 쓰지만, 리치는 자의적으로 만들어진 거라 지식을 모두 보존했기에 마법사 시절 마법을 죄다 쓸 수 있다고 보면 되고, 더 열 받는 건 체력도 언데드급으로 오른다는 점이지."

"하지만 결국 언데드라서 성속성에 약하잖아요. 폭딜 넣으면 될 듯한데요?"

"그건 딜러들만 생각하면 될 문제고, 우리는 탱커야, 탱커! 파티 최전선이지. 잘 들어. 리치의 경우 현재 레이드 던전 적정 레벨이 50이니까 50레벨 이하 마법은 모두 사용 가능하지. 그것도 신성 마법과 생명 마법을 제외한 모든 마법을 사용할 수 있어."

즉, 던전 안의 리치는 올 매직 유저다. 단, 두 종류를 빼야 해서 ALL이라고 말하는 건 어폐가 있었지만, 각종 속성 마법, 유틸, 정신 마법까지 다양하게 구사할 수 있다는 점은 탱커에게 충분히 위협이라는 것이다.

"가장 문제는 바로 정신 마법인데, 이거 진짜 악독하고 막기 어려워. 무조건 피할 수 있으면 피하고 조심해야 하는 마법이야. 더구나 구체적으로 파악할 수도 없지."

"아, 공포를 건다거나 그런 건가요?"

"〈액티브-테러〉라던가? 피아 구분을 못하게 해서 미친 듯이 싸우는 버서크 램페이지(Berserk rampage), 적 아군을 제대로 못 보게 하는 컨퓨즈 사이트(Confuse sight) 등등 너무 많고, 또 뭘 쓸지 특정할 수도 없어. 그래서 이 던전이 리스크가 엄청 크다고 말해 둘게. 심지어 탱커들이 정신 마법 걸리면 답이 없으니 2명은 후방에 빠져 있어야 돼."

난 화이트보드에 그림을 그리며 설명한다.

현재 우리 탱커가 총 4명. 그러니 리치 탱킹을 2명씩 하자는 것이었다.

더구나 이 리치는 보통 마법사형 몬스터지만 레이드 보스급은 물리 데미지도 상당하다. 그리고 여차할 경우 탱커가 탱커를 탱해야 하는 경우도 생긴다.

"탱커가 탱커를요?"

"어. 상태 이상 풀리기 전까지 만약 나나 세연이가 상태 이상 걸려서 막 덮치면 너희가 막아 줘야 하고, 그 반대의 경우는 우리가 막아 주면 돼."

"그냥 딜러팀에서 추가로 상태 이상 걸어 달라고 하면 안 되나요?"

"그러면 편하긴 한데, 호흡이 맞으려나 걱정이네. 어쨌든 4명이 한 번에 탱킹하는 일은 없다고 보면 돼. 그럼 2명씩 페어로 탱하러 들어가자. 한 명은 리치의 물리 공격을 맡고, 한 명은 차단이 안 되는 마법을 커트하는 방식으로."

"근데 보스가 걔만 있는 건 아닌데 말이죠."

마음에 걸리는 건 바로 그거다. 최종 보스가 리치인 거 이

외에는 다른 정보가 없다. 리치 외에 상위 언데드 몬스터들이 중간 보스로 있을 텐데 말이지.

"다른 것들은 안에 들어가서 파악하자. 그래 봐야 리치보단 안 어려울 거야."

사실이다. 기껏해야… 보자, 리치 하위 몬스터면 뱀파이어, 좀비, 구울, 스켈레톤의 상위 개체들일 거다. 아, 굳이 하나 더 꼽자면 나올 만한 게 있긴 하네.

"왜 갑자기 세연이를 봐요?"

'일부 리치들은 데스 나이트를 부하로 삼고 있다던데, 설마 거기 나오려나?'

만약 세연이가 몬스터 데스 나이트를 만나면 어떻게 될까? 왠지 궁금했다. 그래도 적합자와 몬스터는 다를 테니 싸우려나? 아니면 혹시 같은 편으로 영입? 아니면 세연이가 몬스터 편으로 서려나?

왠지 궁금해지기도 했지만, 그것보다 엘로이스 씨에게 빨리 상담해서 대비라도 해 둬야겠다 싶은 나였다.

다음 날.
드디어 열린 탱커 면접 날이었다.
당장 내일 데려갈 녀석을 뽑는 조건으로 바뀌었지만, 어차피 그녀석은 경험+경험치 쩔 받는 거나 다름없다. 그런 만큼 확실히 포텐셜 좋은 탱커로 뽑아야 했다.

아침 일찍 일어나서부터 대회의실의 책상을 옮기고 준비 다 마친 뒤 이야기하면서 대기 중인데, 지부 바깥을 보니 사람이 빼곡했다.

"사람 왜 이렇게 많아? 야, 이거 50명만 부른 거 맞아?"
"예. 그랬는데 방송국 취재진에 엄청나네요."
"이거 1명 뽑는 건데……."

밖을 보니 사람들이 바글거렸다.

외국계 대기업이라고 불리는 드래고닉 레기온의 신입 탱커 자리의 지원자뿐만 아니라 각종 방송사 사람들, 군데군데 숨어 있는 스캐빈저라던가? 정치부 쪽 사람들까지 총 집합한 것 같았다.

"아니, 우리 회사 사람 하나 고용하는 게 뭐 그리 큰 건수라고?"
"그냥 아저씨를 취재하러 온 거나 마찬가지 같아요."

탱커 파업의 실질적인 기둥인 나를 보러 온 건가? 이것저것 물어서 뭐라도 기삿거리를 내려고 하는 거겠지만, 저들의 뜻대로 해 줄 필요는 없을 것이다. 면접이나 봐야지.

면접관은 나와 정상연 두 사람이었다. 둘 다 2년 이상 던전에서 살아남은 베테랑 탱커였으니 문제는 없었다.

대회의실에 앉은 나는 서류를 넘기며 첫 지원자를 부른

다. 보자, 임유혁이라. 레벨은 23, 클래스는 전사였다.
"자, 그럼 첫 지원자부터 들어오세요."
"아, 안녕하십니까?"
"경력이랑 보면서 바로 탱킹에 대한 점을 물을게요."
"예!"

난 지원 동기 같은 시시한 건 묻지 않는다. 동기라고 해 봐야 당연히 안정적이고, 월급 많이 주는 데라 온 이유밖에 더 있겠는가? 중요한 건 탱킹력과 센스였다.

우선 첫 지원자를 잘 살핀다. 키는 약 170센티미터 정도 되고, 우직해 보이는 인상이었다. 나이는 올해 24세로 나보다 형이군.

"전사면… 방패 쓰는 탱커죠?"
"예. 방패랑 한 손 검으로 탱킹합니다."
"보자, 적합자가 되고 1년 2개월 정도인데, 던전 횟수는 34회뿐이네요."

엄청 적군. 하지만 스캐빈저가 무서워서 잘 골라갔다고 한다면 이런 건 문제가 되지 않는다. 나처럼 1년에 거의 80회가 넘게 던전을 도는 놈이 특이한 거다.

"일이 너무 위험해서 좀 골라 가다 보니 그렇게 되었습니다."
"지원 서류엔 탱킹용 생존기를 찍었다고 적혀 있는데, 1개만 시전해 주실 수 있을까요?"

"여, 여기서요?"

"예. 하나 시전해 보세요."

"그… 그……."

"분명 여기엔 생존기가 2개, 무혈의 외침, 그으으은서엉을 찍은 걸로 적어 놓으셨는데? 설마 없나요?"

뚫어져라 바라보니 녀석은 쭈뼛거리면서 식은땀을 흘린다. 이래서 면접이 필수군. 즉, 저놈은 딜러 전사인데 이력서를 조작했다는 거다. 설마 여기에서 생존기를 켜 보라고 할 줄 몰랐던 건가?

"못 쓰면 그걸로 됐습니다. 나가세요."

"죄, 죄송합니다!"

젠장! 첫판부터 똥이라니! 생존기도 없는 게 무슨 얼어 죽을 탱커야. 죽고 싶나? 확 그냥!

"휴우~ 이래서야 제대로 된 녀석을 건질지 모르겠군요."

"다음! 지원자 오세요!"

"네에~"

다음 지원자는 웬 스태프를 든 여성이었다.

야, 뭐야? 서류 심사 제대로 한 거야? 왜 마법사 클래스가 여기 와 있어?

나이는 고등학생으로 보이는 귀여운 소녀였는데, 던전 경력은 반년, 레벨은 18이었다.

"안녕하십니까? 저는 선우련이라고 하고, 클래스는 배틀 메이지입니다."

"저기, 우리 길드는 지금 탱커 뽑는 건데요?"

"예. 배틀 메이지는 마법사 클래스 중에서 유일하게 탱킹 트리가 존재하는 마법 소녀 클래스입니다!"

진짠가? 싶어서 상연이를 바라보자 놈은 고개를 끄덕이면서 나에게 말한다.

"요즘 마법소녀 클래스 무시합니까? 프리X어도 안 보십니까?"

"아니, 그래도 탱커를 여자애가 할 만한 게 아닌데……."

"세연 누님도 하는 일 아닙니까?"

"좋아, 그러면 일단 자신의 탱킹 메커니즘을 설명해 보세요."

마법 소녀는 자신의 탱킹 메커니즘을 설명하기 시작한다.

마나 실드와 회피율로 방어, 각종 마법 스킬로 신체를 강화하고, 근접전과 마법 공격 스킬로 원거리 어그로까지 안정적으로 얻을 수 있는 점을 강조한다.

"더불어 생존기는 지금 18레벨이라 1개뿐이지만, 앞으로 성장 가능성도 있을 거라고 생각합니다."

"생존기가… 〈액티브-하이퍼 모드〉인가요?"

"예. 모든 마력을 소모해서 5분간 모든 능력치를 상승시키고, 상시 마나 실드를 켜고 있는 상태가 되는 거예요."

"근데 사용하고 나면 모든 마력이 없어지지 않나요?"

"쓰자마자 마나 포션을 먹고 커버하면 됩니다."

흠, 자기 단점을 극복할 방법도 알고 있고, 생존기 자체도 나쁘지 않다.

게다가 우리 길드는 현재 마법사라고는 오직 서경학 할아버지뿐이니 아이템 밸런스를 맞추기엔 적합하다고 생각하는데…

"그러면 1차는 합격으로 하고, 2차 테스트를 하러 가 주십시오."

"어머나! 가, 감사합니다!"

"아직 끝난 거 아니니 긴장하세요. 2차는 지하 1층의 트레이닝 룸에 들어가시면 됩니다."

"예!"

면접은 총 1, 2차로 구성되고 두 가지 다 통과하면 최종 후보군에 오르는 방식이다. 1차는 나와 상연이가 진행하는 면접이었다.

잠시 뒤, 지하에서 천지를 뒤흔들 것 같은 비명 소리가 들려온다.

"끼이이야아아아아아아!!"

"흠, 불합격이군."

"설마 세연 누님을 몬스터인 척 내세우시다니. 그것도 40제 레전드리 세트 템을 입히셔서 말이죠."

"나랑 다니면 사룡 세트 입혀도 되긴 하지만……."

내가 용족 판정이니 세연이도 사룡의 저주 세트를 입히면 효과를 볼 수 있다. 근처에 용족만 있으면 효과를 보는 세트 아이템이기 때문이다.

하지만 1레벨부터 같이 다닌 정과 그동안 열심히 일해 준 기념으로 세연이의 40레벨 제한 아이템은 특별히 레전드리 세트 아이템으로 맞춰 주었다. 주야간 가리지 않고 열심히 일한 공이 컸기에 본부에서도 허락한 것이었다.

〈디제스터 엠페러 세트 (전설 등급)〉
2세트 옵션 : 모든 속성 저항 및 물리, 마법 방어력 상승
4세트 옵션 : 모든 능력치 계수 1랭크 상승
6세트 옵션 : 모든 능력치 +100
8세트 옵션 : 모든 스킬 +1, '재앙의 왕' 버프가 활성화됨

〈액티브-재앙의 왕〉
설명 : 일반 공격 시 일정 확률로 자신의 클래스가 보유 중인 스킬 1개를 랜덤으로 발동한다. 쿨 다운 120초. '재앙은 불현듯 찾아오는 법이지. 으흐흐흐.'

전설 아이템다운 세트 효과에 옵션도 전체적으로 완전 깡

패였다. 그 덕택에 현재 43레벨인 세연이의 능력치는 정말 무시무시했다. 아니, 얘 그냥 사기 캐릭이야.

엄마, 얘, 뭐야, 무서워. 전설 방어구로 도배했다지만 얘가 몬스터급 능력치잖아?

〈이세연〉 Lv.43
코드네임 : 모드레드
클래스 : 데스 나이트
근력 : SSS-(225)+100 = 325
민첩 : S+(86)+100 = 186
마력 : SS+(172)+100 = 272
지력 : D-(30.1)+100 = 130.1
체력 : 113,221

모든 능력치는 물론이고 체력도 나보다 높다. 더구나 갑옷의 생김새도 흉흉하고, 얼굴을 가리면 진짜 데스 나이트니까 지하 트레이닝 룸에 도착한 이는 그녀를 아마 진짜 고위 몬스터로 착각하고도 남으리라.

2차 시험은 즉, 이런 세연이를 통한 용기의 시험이었다.

그리고 난 분명히 대비하라고 했지만, 상상해 보라.

어두운 트레이닝 룸에 들어가자마자 압도적인 능력치를 지닌 죽음의 기사가 서 있는 것을 본다면? 그리고 입구가 완전히 닫혀 버린다면?

"스… 하… 2차 시험은 절 쓰러뜨리는 겁……."

"끼야아아아아!"

결국엔 이렇게 되는 거다.

물론 세연이에게 손속을 두라고는 했다. 사실 그녀를 쓰러뜨리는 게 목적이 아니라 탱커로서의 담력과 근성을 시험하는 테스트였다.

어쨌든 비명이 들린 뒤, 세연이에게서 전화가 온다.

(아저씨, 얘 나 보자마자 기절했어. 불합격.)

"그래, 수고해라."

"흠~ 세연 누님을 보고 겁 안 먹는 사람이 더 이상한 거 아닙니까?"

"겁은 먹되, 투지는 사그라지지 말아야 하는 법이지. 근데 얘는 아예 기절까지 해 버렸잖아. 던전에 얼마나 흉흉한 몬스터가 천지인데……."

이런 식으로 우리는 착착 면접을 진행하고 있었다.

하지만 1차도 쉽게 걸러지지 않는 게 허위로 이력서 작성해 오는 놈들 천지였다. 아오, 짜증 나는 새끼들!

그리고 남은 놈들 중에서는 어찌어찌 탱커감이라고 파악되었지만 세연이를 보자마자 기절 혹은 전의를 상실해서 도망가는 놈들 천지였다.

아니, 그래서야 어떻게 그랜드 퀘스트를 하겠어?

(불합격.)

(불합격이야.)

(불합격.)

"휴, 벌써 30명째인데 어째 2차 시험 통과하는 애가 없냐?"

"뭐, 세상이 그런 법이죠."

"다음 분 들어오세요… 오?"

내 말에 다음 사람이 들어온다. 이번엔 좀 기대가 될 만한 녀석이 와야 하는데… 오?

검은 망토를 두른 작은 소녀가 들어왔다. 머리는 금발에 컬러 렌즈라도 꼈는지 눈동자는 진홍색을 띠고 있었다.

"오호호호홋! 이곳이 과인이 일할 터전인 것인가?"

"아이고, 맙소사. 은랑이 뺨치는 놈이 나타났네."

"레어 클래스, 블라디 체페슈군요. 전혀 메카니즘도 모르는데……."

아, 얘가 그거였나? 흡혈귀 계열인 클래스. 하지만 서류상으로는 하이브리드 탱커라고 되어 있어 나름 기대가 되는데?

그래도 레어 클래스니까 밥값을 하지 않으려나? 기대가 되었지만, 일단 가장 큰 문제점이 있었다. 쟤, 한국인 맞아?

"저기, 일단 한국인 맞나요?"

"최빛나 양이고, 나이는 17세, 강원도 춘천에서 왔다고 적혀 있……."

"에이이잇! 그건 과인의 이름이 아니니라! 과인은 바로 레미나스 블러디 엠펠이니라! 이름을 똑바로 칭하거라!"

하아~ 야, 은랑 불러와! 은랑 불러와! 개 뺨치는 콘셉트쟁이가 나타났어. 아오! 미쳐 버리겠네.

레어 클래스고 뭐고 제쳐 버릴까? 싶었지만, 30명이나 탈락한 시점에서 난 인내해야 했다.

좋아, 가명 정도는 그냥 넘어가 주지, 뭐. 분명 저게 코드 네임일 거니까 일단은 참고 넘어가자.

"보자, 그러면 우선 자신의 탱커 메카니즘을 설명해 줄 수 있나요?"

"과인은 탱커가 아니니라. 고귀한 내가 그런 천박한 일을 할 리가 없지 않느냐?"

"……."

하아~ 아, 진짜! 갑갑함이 목구멍에서 올라오는 나였다.

아니, 이거 탱커 면접인데 대체 왜 온 거야? 저 애는?

난 당황해하면서 상연이를 바라본다. 야! 얘 도대체 뭐야? 무서워.

페이즈 14

결의

"그러면 탱커도 안 할 거면서 여기는 왜 지원하신 겁니까? 애초에 서류에는 하이브리드 타입 탱커라고 적어 놓고는!"

내가 짜증스러운 마음을 다스리는 동안 상연이가 대신 질문을 던졌다.

멀쩡하게 탱커 모집이라고 공고를 올려놨는데 왜 온 건지 모르겠네.

이럴 줄 알았으면 레어 클래스고 뭐고 애초에 잘라 버릴 걸 그랬다. 매우 희귀한 타입의 클래스라서 한 번 보려고 부른 건데. 젠장할!

"이곳에 어둠의 기운이 가득해서 왔노라. 세간에 어둠의 권속들은 추잡스러운 자기 욕구만 채우려 하고, 긍지따윈 없거늘, 이곳만은 그렇지 않아서 왔느니라."

"요는 같은 악(惡) 계열 클래스가 있는 곳에 가려고 했는데 스캐빈저가 있는 곳은 가기 싫다는 거죠? 뭐, 좋아요. 그럼 당신 클래스가 어떤 능력을 지니고 있는지 설명 좀 부탁합니다."

결국 탱커 면접이 아니게 되어 버렸군. 하지만 그래도 희귀한 레어 클래스이니만큼 도움될 구석이 있나 물어보는 것 정도는 괜찮으리라. 일단 지금 서류상으로는 레벨이 32인데 말이지.

"지금은 과인의 레벨은 37이니라."

"뭐라고요? 이 서류를 줄 때보다 5레벨이나 올렸다구요? 그동안은 그럼 크로니클에서 파티를 구했나요? 탱커가 아닌 이상 파티 구하기가 쉽지 않았을 텐데……."

"아니, 홀로 돌았느니라."

"적정 레벨 던전을요?"

"물론이지. 그 정도는 되어야 왕을 칭하지 않겠느냐?"

이거 과연 허세일까? 진심일까? 진짜라면 얘는 거의 세연이도 능가하는 사기급 클래스가 되어 버린다.

좀 더 자세히 이야기를 듣고 싶었지만, 다음 면접 시간도 고려해야 해서 일단 얘는 2차로 보내야 할 듯했다.

"너도 그렇게 생각하지?"

"예. 자세히 들을 시간이 부족하네요."

"그럼 일단 빛나 씨는 1차 합격입니다. 2차 시험을 위해 지하 1층 트레이닝 룸으로 가 주세요."

"과인의 이름은 레미나스이니라!"

예이, 콘셉트종자 님. 그렇게 치면 나는 모든 마물의 왕이다.

저거는 그냥 세연이에게 걸러 내 달라고 하는 게 좋을 것 같았다. 강하면 쓰고, 약하면 잘라 내면 그만이다.

어쨌든 그 콘셉트 소녀는 문을 열고 나간다. 일단 서류는 빼놔야겠다.

"자, 그럼 다음 분 들어오세요."

"……."

"어?"

이거 이래서야 제대로 된 탱커를 뽑으려나 모르겠네. 이제 남은 인원은 19명. 수많은 서류를 뒤져서 추린 50명 가운데 아무도 건질 녀석이 없다니, 슬픈 현실이다.

"원래 인재는 찾기 힘든 법이죠. 이때까지 지부장님의 인재 복이 너무 심했던 겁니다."

"그러냐?"

"탱커 라인만 봐도 레어 클래스만 셋인 길드는 여기뿐입니다. 말도 안 되죠. 더구나 세연 누님은 진짜 사기 클래스인데……. 후우~"

엄연히 탱커인 아머드 나이트 상연이는 나날이 성장해 가는 세연이의 모습에 자괴감이 드나 보다.

그건 나도 그렇다. 40레벨에 11만에 달하는 체력과 딜도 어느 정도 나오고, 언데드 소환을 통한 유틸성까지 강력하다. 말 그대로 데스 나이트의 이름값을 하는 포스 있는 클래스인 것이다.

그렇게 생각하고 다음 면접자를 맞이하는데 연락이 온다.

(아저씨, 합격자 나왔어.)

(오호호호호홋! 죽음의 기사여, 과인은 감탄하였노라. 이 강철의 성에 어울리는 죽음의 기사라니! 혈야의 여왕인 나의 권속에 매우 어울리는 자로구나!)

"일단 개 집에 보내지 말고, 대기 좀 하고 있으라고 해라. 일정 바쁘니까 오늘 합격자 면담이랑 다 해야겠네."

보아하니 세연이의 모습을 보고도 매우 좋아할 만큼 멘탈도 강한 듯했다.

결국 남은 19명을 만나 봐도 죄다 1차 혹은 2차에서 탈락. 유일한 합격자는 저 중2병 소녀 한 명이었다.

어쨌든 정책상 합격자는 받아야 했기에 우리는 그 소녀, 최빛나를 합격자로 처리한다.

모든 면접이 끝나자마자 나는 지하 1층에 있는 세연이에게 향했다.

세연이는 막 갑옷의 투구를 벗고 있었다.

"수고했어."

"응, 아저씨."

"야, 걔는 어땠냐? 탱커가 맞긴 했냐? 테스트 대충 한 거 아니지?"

"아? 그 애? 기본적으로 권총으로 딜하면서 무슨 피로 된 마법으로 딜과 탱을 동시에 하고, 소모된 자기 체력도 채울 수 있었어. 클래스 자체는 체력 코스트로 이루어져 있고."

즉 탱, 딜, 힐을 모조리 다 해먹을 수 있는 사기 클래스라는 거군.

이로써 진짜로 우리 길드 탱커는 죄다 판데모니엄에서 올라온 어둠의 사도 같은 느낌이 되어 버렸다.

데스 나이트, 저거노트, 다크&카오스 나이트, 마지막으로 블라디 체페슈.

"다만 세연이는 언데드라서 생명력 흡수 기술이 안 먹힌다고 짜증 냈어."

"즉, 흡혈하면서 싸우는 흡혈 탱이라는 건가?"

"마법도 세고, 자기 힐도 되고 범위 힐도 가능하다고 했어."

그렇다는 건 걔는 올라운더 클래스라는 건가? 여러모로 도움이 될 것 같다. 게다가 레벨도 37이라서 이번 레이드에 정상적으로 합류할 수 있겠군. 탱킹에 대한 센스가 부족한 것 같으면 바로 딜이나 힐로 바꿔 버리면 그만이다.

결의 · 303

"으아아악! 사, 사장님! 사장니임!"

"어라? 진서 형님, 왜요?"

"저, 저 좀 숨겨 주세요!"

왠지 모르겠지만 진서 형님이 헐레벌떡 내려와서는 내 뒤로 숨는다. 그리고 그 뒤를 이어서 등장한 건 오늘 면접 때 보았던 블라디 체페슈, 즉 최빛나였다.

그녀는 해맑은 미소를 지은 채 방으로 들어오더니 내 뒤에 있는 진서 형님을 향해 손을 내밀며 말한다.

"드디어 만나게 된 나의 반려, 혼돈과 어둠의 왕이시여, 어째서 도망가시는 겁니까?"

"……"

"히익!"

"……"

나와 세연이는 어이가 없다는 얼굴로 빛나를 바라본다.

혼돈과 어둠의 왕? 진서 형님이 다크&카오스 나이트니까 틀린 말은 아닌데, 설마 저 중2병 콘셉트 종자는 비슷한 콘셉트인 진서 형님께 달라붙는다는 건가?

빛나는 계속해서 진서 형님을 쫓았고, 진서 형님은 내 뒤에서 벌벌 떨고 있었다. 아니, 이 형님은 곧 서른이면서 왜 이러는 거래?

"도망가지 마시옵소서. 어둠 속에 머물던 우리가 맺어지는 것은 당연한 일 아니옵니까?"

"아, 아뇨. 그, 맺어진다거나 그런 거 잘 모르겠는데……."
"세연아, 잠깐 쟤 좀 데려가."
"응."

일단 사정을 듣기 위해서 세연이보고 빛나를 데려가라고 했다. 도대체 어떻게 된 일인가?

잠깐 대기하라고 한 사이에 무슨 일이 있었는지 난 진서 형님에게 묻는다.

"도대체 어떻게 된 겁니까? 형님."
"그게 말입니다. 하아~ 내일 레이드 준비하려고 돌아다니는데 갑자기 절 보더니 다가와서 손을 잡더만 '이 진한 심연의 향기, 어둠이 맺어 준 인연이군요.'라면서 갑자기 달려드는데… 하아~"

마치 성추행을 당한 피해자처럼 침울하게 한숨을 쉬는 진서 형님이었다.

음, 역시 중2병 클래스끼리는 서로 끌리는 건가? 블라디 체폐슈와 다크&카오스 나이트. 블라디 체폐슈의 어원이 진서 형님이 쓰는 창이라는 점도 소름 돋을 정도군.

"왜요? 잘됐잖아요. 콘셉트가 좀 그래서 그렇지, 쟤 진서 형님이랑 잘 어울릴 것 같은데……."
"지, 지금 남 일이라고 말 막 하시는 겁니까? 저, 저, 저는 그냥 이대로 덕후 생활하면서 혼자 살고 싶다구요! 사, 사장님이 가져가시는 건 어떤가요? 혼돈의 마수라고 하면 아주 좋아하지 않을까요?"

"뭘 가져갑니까? 지금 둘(?)도 감당이 안 되는 판국인데!"

"하나나! 둘이나! 그게 그거잖습니까? 전 애인은 모니터 안에만 둡니다."

"에잇! 이미 뽑은 거 어쩔 수 없잖아요! 나도 감당하는데 형님도 감당하세요!"

난 진서 형님에게 이 상황을 받아들이라고 윽박지른다.

어쨌든 신입 탱커로 인해 우리 길드에 새로운 콤비가 탄생해 버렸다.

그리고 소심한 방구석 폐인인 진서 형님은 생전 처음 겪는 여성의 어프로치, 그것도 12살이나 차이 나는 어린애한테 휘둘리게 되어 버린 것이었다.

다만 문제가 하나 있었다.

"그러니까? 당신도 1팀 근무를 희망한다는 건가요?"

"그러하노라. 같은 어둠의 권속끼리 함께하는 것은 당연하지 않은가?"

"……"

빛나가 진서 형님 때문에 1팀 근무를 희망하자 탱커가 필요했던 2팀 팀장 상연이가 가장 큰 피해자가 되고 만다.

불쌍한 녀석. 그동안 정규직 영입을 위해 그렇게 수천 개의 서류를 추리고 그 난리를 쳤는데 말이다.

아무튼 이 문제는 나중으로 미루고, 우선 나는 신입 사원의 자세한 스펙을 알아보고자 지부장 사무실로 불러서 면담을 신청한다.

"자, 그럼 입단 축하하고, 엘로이스 씨랑 연봉 협상하기 전에 정보 좀 공개해 줘."

"예, 알겠습니다. 금수(禁獸)의 왕이자 이 강철의 성의 지배자님."

이상하게 오자마자 나에게 존칭을 쓰는 빛나였다. 다른 애들이 말했나? 아니면 진서 형님이 뭐라고 주입했나 보다.

근데 뭐야? 금수의 왕은? 내 클래스가 마수 특성이라고 그렇게 붙인 거냐?

"…이상한 호칭 붙이지 말고! 그냥 지부장이라 불러. 그리고 강철은 내 이름이다."

하아~ 은랑이 하나만으로도 피곤한데 이상한 게 하나 더 붙어 버렸다. 하지만 인성 자체가 나빠 보이지는 않으니, 저 정도는 참아 주자는 게 내 지론이었다.

그녀는 인터페이스를 열어서 자신의 정보를 나에게 보여 준다.

최빛나   코드네임 : 레미나스 블라디엠펠
레벨 37   클래스 : 블라디 체페슈
체력 : 370,000 / 370,000

근력 : A+(33.3)

민첩 : S+(74)

마력 : 없음

지력 : SS-(110)

 뭔 체력이 37만이야? 다른 스테이터스는 그럭저럭 괜찮은 수치였지만 이해할 수 없을 정도로 높은 체력에 난 깜짝 놀란다. 하지만 그녀는 자신의 장비창을 보여 주면서 추가적인 설명을 덧붙인다.

 딱 보니 체력은 무조건 레벨×10,000의 공식으로 올라가는 것 같았다. 그러면 다른 장비로 인한 버프를 무시하는 건가? 음~

 "스킬 좀 볼 수 없을까? 우선 클래스 고유 스킬부터 보자."

블라디 체페슈

고유 스킬

〈패시브-흡혈〉

설명 : 모든 물리, 마법 데미지의 50퍼센트를 체력으로 회복한다. 단, 생명체 한정

〈패시브-피의 군주〉

> 설명 : 마력이 없고, 모든 스킬의 코스트가 체력이 되며 최대 체력은 레벨×10,000 이상 올라가지 않는다.
>
> 〈액티브-안개화〉
>
> 설명 : 5초간 안개로 변하여 모든 데미지를 받지 않습니다. 쿨 다운 3분
>
> 〈패시브-네버 다이 블러드〉
>
> 설명 : 1일 1회 죽음을 회피한다.
>
> 〈패시브-주침야활〉
>
> 설명 : 피의 군주는 태양과 자외선에 약하다. 낮에는 모든 스탯 및 몇몇 스킬에 페널티가 주어진다. 밤에는 모든 스탯 증가 및 시야 확대
>
> 〈패시브-품위〉
>
> 설명 : 복장이 기품을 정한다. '천' 방어구만 착용 가능

심플하지만 그래도 상당히 괜찮은 고유 스킬 세트이다.

무적 기술 하나와 죽음을 피해 주는 패시브까지, 알찬 구성으로 세연이에게 맞먹는 레어 클래스다운 모습이다.

단점이라면 만능이라는 것치고는 가장 방어력이 낮은 '천' 계열 방어구만 입을 수 있다는 것뿐.

"기본적으로 장비는 권총과 같은 한 손 계열, 원거리 장비, 흠… 스킬의 추세는 대부분 그럼 딜? 아니면 힐?"

"늘 혼자 사냥해 왔기에 이것저것 찍었습니다. 보세요."

"아니, 탱도 되잖아. 어디서 약을 팔아?"

"제가 벌인 것은 홀로 하는 고독한 싸움! 팀워크가 있는 탱커는 아니었습니다."

"진짜 깬다, 너……."

스킬 트리엔 분명히 방어 쪽의 스킬이 있었다. 에휴… 진짜 이래서 내가 콘셉트쟁이들이랑 상대하기가 싫더라.

보유 스킬

방어군

〈액티브-피의 망토〉

설명 : 체력을 소모하여 피의 망토를 두른다. 이 망토는 최대 체력과 같은 수치의 데미지를 흡수하고, 받는 데미지를 40퍼센트 감소시킨다. 지속 시간 3시간

〈액티브-블러드 핀드의 팔〉

설명 : 심연에 존재하는 피를 먹고 사는 괴수의 팔을 소환하여 적의 공격을 막는다.

〈액티브-처형의 땅〉

설명 : 대지에 피의 창을 꽂아 이 땅을 자신의 영지로 임명하여 받는 데미지를 감소시키고, 흡혈량을 증가시킨다. 지속 시간 10분, 쿨 다운 30분

⟨액티브-도발⟩

설명 : 대상을 도발하여 자신을 공격하게 만든다. 1/3

사격군

⟨액티브-레그 샷⟩

설명 : 적의 다리를 쏘아 이동속도를 늦춘다.

⟨액티브-약점 저격⟩

설명 : 적의 약점을 쏘아 방어력을 낮춘다.

⟨패시브-매의 눈⟩

설명 : 원거리 공격 사거리를 증가시킨다.

치유군

⟨패시브-흡혈 적응성⟩

설명 : 자신이 받는 흡혈 효율과 아군에게 시전하는 회복의 효율이 증가한다.

⟨액티브-피의 전이⟩

설명 : 대상에게 자신의 생명력의 일부를 소모하여 회복시킨다.

⟨액티브-블러디 샤워⟩

설명 : 범위 내 대상들에게 군주의 은총을 베풀어 광역 치유를 시전한다.

공격 마법군

〈액티브-블러디 랜스〉

설명 : 피의 창을 생성하여 공격한다.

〈액티브-생명력 흡수〉

설명 : 적의 체력을 흡수한다. 피해량은 내 체력량에 비례하며 1초당 3퍼센트의 체력을 흡수한다.

〈패시브-고귀한 기품〉

설명 : 지력을 상승시킨다.

진짜로 탱킹, 딜링, 힐링 세 가지 포지션 기술을 두루 갖춘 클래스였다.

모든 기술이 유기적으로 연결되어 있고, 어떤 포지션에서도 설 수 있게 디자인된 완전 미친 클래스.

하지만 딱 봐도 알 수 있는 게 각 포지션 스킬을 두세 가지만 가지고 있어서 전문성은 완전 꽝이었다. 이것저것 할 수 있는데 1등은 못하는 스타일이라고 해야 하나?

하지만 다수의 좋은 탱커를 보유하고 있는 우리 길드에는 의외로 쓸 만한 클래스인 것 같았다. 위급할 때 여기저기 땜빵이 된다는 점이겠군.

그리고 또 하나의 단점을 지적하자면 비생명체 타입의 적, 기계, 골렘, 언데드와 같은 것들에게는 효율이 매우 떨어진다는 점이었다.

"흠~ 괜찮네. 그러면 무기는 권총 하나뿐인가? 뭐, 로브나 천 방어구에 피해 감소 달린 건 엄청 쌀 테니 그냥 지부 자금으로 아이템 맞추면 되겠군."

"흐음~? 이걸로 끝난 것입니까? 끝났으면 저는 이제……."

"아, 그 전에 하나 물을 게 있는데, 내일 당장 레이드 참여되냐?"

"내일입니까?"

뭐, 놀랄 만도 하지. 당일 합격만 해도 갑작스러운데 내일 바로 출근이라니.

하지만 레벨도 어느 정도 되는 만큼 굳이 거절하면 안 가도 된다고 할 생각이다.

"어. 당장 탱커로 와 달라는 게 아니라 일단 뒤에서 딜이든 힐이든 하면서 상황을 보고, 어떻게 일이 진행되나 견학한다는 느낌으로?"

"진서 오라버니도 가시는지?"

"길드 레이드니까 당연히 가지."

"그럼 가겠습니다. 하지만 레이드는 처음이니 배려를 부탁하겠습니다."

뭐, 어차피 어려운거 안 시킬 거고, 은탄 사서 빵야빵야 시킬 거다.

어쨌든 정규 인원은 딱 맞게 편성했다. 드래고닉 레기온

결의 • 313

한국 지부는 완성. 2팀의 탱커 문제는 탱커 연합의 사람으로 때워 주면 그만이다.

실제 우리에게 중요한 것은 바로 길드 합동 레이드 시의 호흡이니까.

다음 날.

드디어 리치 연구소 레이드 날이 왔다.

이동 방법은 여전히 트레일러를 통한 레이드 던전 입구까지 움직임이었다. 서울시에 있는 상수도 시설에 포탈이 열렸기에 바실리스크 레이드 때와는 달리 한 번에 도착하는 것이었다.

내리자마자 주변 몬스터를 처리하고, 보랏빛 포탈을 통해서 입장, 드디어 레이드가 시작된다.

'정말 감개무량하기 짝이 없네.'

트레일러에서 내리는 동료들과 나 자신을 보면서 예전의 자신과 달라진 모습에 스스로가 대견했다.

동료들과의 첫 레이드, 수많은 사람들의 생명줄이 걸린 일. 단 몇 개월 전만 해도 내가 이런 막중한 임무를 맡게 되리라고는 상상도 못했다.

'나도 참, 무슨 생각을 하는 건지. 이래서야 마치 죽으러

가는 느낌이잖아.'

 사실 내가 원해서 된 일은 한 가지도 없다. 망할 세상이지. 하지만 그래도 지켜야 할 이유가 있다면? 무엇일까? 미현 누님과의 데이트려나?

 "뭐, 그런 핑계가 좋은 거지."

 어쨌든 차에서 내린 나는 방패를 착용하고, 을씨년스런 저택의 철창 문 앞에 선다. 철창 너머에는 우리를 죽이려 들 법한 무시무시한 몬스터들이 즐비해 있다.

 "자, 다들 첫 길드 레이드니 긴장 제대로 하라고!"

 신입도 받았겠다, 식수로 인해 많은 사람의 생명이 걸려 있겠다, 그리고 미현 누님과의 데이트도 걸려 있고. 걸린 게 많았지만 결국 난 나를 위해서 이 싸움을 계속할 것이다. 쓰러지지 않고, 굽히지 않고, 단단하게 말이지!

 난 철창문을 강하게 후려치면서 외친다.

 "〈액티브 - 도발! '아침 먹고 땡이다! 해골 자식아!'〉"

1부 완결

**단 하나의 공으로 모든 것이 결정되는 그라운드.
실점 1.79의 골키퍼 정지우.
그의 말이, 그의 생각이,
그라운드를 지배하기 시작한다.
당신의 심장을 울릴 응원이 펼쳐진다!**

1~2권 절찬 판매 중!!

www.mayabook.co.kr

www.mayabook.co.kr